現代スペインの劇作家

アントニオ・ブエロ・バリェホ

独裁政権下の劇作と抵抗

岡本 淳子

大阪大学出版会

アントニオ・ブエロ・バリェホ
(1916−2000)

目次

序章　なぜアントニオ・ブエロ・バリェホなのか？

――一七世紀から二〇世紀までのスペイン演劇の流れ――

スペイン現代演劇を専門にしていると言うと、必ずと言っていいほど、「ロルカですか？」と訊かれる。「あまり知られていませんが」と前置きをして、「アントニオ・ブエロ・バリェホという作家です」と答えることにしている。大概の場合、「ああ、そうですか、すみません、聞いたことがないですね」と返ってくる。アントニオ・ブエロ・バリェホという劇作家は日本では一般的に知られていない。非常に残念なことである。

アントニオ・ブエロ・バリェホ（一九一六―二〇〇〇）はスペイン現代演劇の第一人者である。数々の演劇賞に加え、セルバンテス賞、国民文学賞という栄誉ある賞を授与されたスペイン文学界を代表する劇作家である。次にノーベル文学賞を取るスペイン人はブエロ・バリェホではないかという声さえあった。現在なおスペイン本国では、ブエロ・バリェホの代表的な作品の新版が、より充実した解説や読書ガイドを伴って次々に出版されている。英語への翻訳も盛んであり、多くの作品が英訳されている。ところが日本では、『ある階段の物語』と『燃ゆる暗闇にて』の二作品が翻訳されているのみで、ブエロ・バリェホの知名度は非常に低い。

ブエロ・バリェホは一九四九年から一九九九年までの五〇年間に二七本の作品を発表したが、そのなかでもフランコの独裁制時代に創作されたものに優れた作品が多い。その時代の負の圧力が、パワフルで複雑、そして興趣に富む作品を創出したのだと思う。ブエロ・バリェホの作品はスペイン内戦や独裁制を直截的には扱っていない。しかしながら、彼の作品は、内戦や独裁制を惹起する社会構造、あるいはより根源的な人間の精神構造をあぶりだす。それゆえに、ブエロ・バリェホの描く世界は決して古臭い過去のものとはならず、それどころか、今この時代にこそ読まれ、熟考されるべきものである。しかも、スペイン内戦やフランコの独裁制は決して過去のものではない。今なお多くの人がスペインの遠からぬ悲劇的な歴史にとらわれていることは、近年製作された映画作品が如実に伝えている。『蝶の舌』（一九九九）、『デビルズ・バックボーン』（二〇〇一）、『キャロルの初恋』（二〇〇二）、『パンズ・ラブリンス』（二〇〇六）、『サルバドールの朝』（二〇〇六）、『ペーパーバード　幸せは翼にのって』（二〇一〇）、『ブラック・ブレッド』（二〇一〇）、『気狂いピエロの決闘』（二〇一〇）、『メキシカン・スーツケース』（二〇一一）など、内戦あるいは独裁制を背景にした映画が続々と製作されているのである。加えて、ブエロ・バリェホ作品のなかでも、彼が独裁制下で執筆した作品が新版として刊行されているという事実も、自由を奪われた時代に人びとが関心を寄せていることの証左となるだろう。

ブエロ・バリェホはスペインの重要な文学賞を受賞したと先述したが、受賞歴があれば優れた作家であるという考えは短絡的であろう。ブエロ・バリェホが二〇世紀のスペイン演劇界を代表する劇作家であると言われる所以はいったいどこにあるのか。彼の最初の上演作品『ある階段の物語』（初演一九四九年）は内戦後の演劇の傾向を抜本的に変えたと言われている。アメリカ人研究者マリオン・ピーター・ホルトは、『ある階段の物語』がスペインに与えた衝撃は、米国におけるテネシー・ウィリアムズの『ガラスの動物園』（初演一九四四年）とアーサー・ミラーの『セールスマンの死』（初演一九四九年）に匹敵すると述べ、ブエロ・バリェホを賞賛する（Holt,

1975：17)。また、『二十世紀のスペイン演劇史』の著者フランシスコ・ルイス・ラモンは、マドリードのエスパニョール劇場での『ある階段の物語』の上演は、ブエロ・バリェホ演劇の始まりというだけではなく、新しいスペイン演劇の始まりであるとし、当作品の歴史的重要性を強調するとともに、劇作家ブエロ・バリェホはスペイン演劇全体を豊かにするために出現したのだと断じている（Ruiz Ramón, 1997：337, 340)。パトリシア・W・オコナーは本作品を「戦後の演劇に新しい生命と尊厳を吹き込んだ作品であり、賞賛に値するどころか、ほとんど奇跡的と言ってもよい作品である」（O'Connor, 1979：4）と評する。マーサ・T・ハルセイによれば、内戦後の演劇界は次のようであった。

図1　セルバンテス賞受賞時、国王に祝福されるブエロ・バリェホ（1986年）

この頃は凡庸の時代、すなわち順応主義的、逃避主義的な作品、あるいは過去の偽りの国家的栄光を理想とする作品に支配されるスペイン演劇の「危機」であった。現実を隠蔽し回避する作品、スペインという国が生きている歴史的瞬間と演劇とを分離する作品が支配的であった。（Halsey, 1979：4）

そして彼女は、そのような状況下でスペインの悲痛な現実を初めて舞台にのせたのがブエロ・バリェホなのだと論じる。

『現代スペイン演劇（一九三九―一九八九）』の著者フリアン・モレイロ・プリエトも『ある階段の物語』について、「現実と深くかかわり、美術的にも質の高い、それまでとは異なる演劇が現われた。それは、そのときまで現実逃避していた舞台上に、現実の生活や人間への関心がのるようになる出発点であった」(Moreiro Prieto, 1990 : 94) と述べる。

これほどまでにブエロ・バリェホが批評家あるいは研究者から評価される理由は、スペイン演劇の系譜をたどると自ずと見えてくる。

一　一七世紀からのスペイン演劇の流れ(1)

一六世紀後半から一七世紀にかけて、スペイン演劇はいわゆる黄金世紀を迎える。ミゲル・デ・セルバンテス（一五四七―一六一六）、ロペ・デ・ベーガ（一五六二―一六三五）、ティルソ・デ・モリーナ（一五七九―一六四八）、カルデロン・デ・ラ・バルカ（一六〇〇―八一）という後世に名を残す大作家が輩出した時代である。セルバンテスは『ドン・キホーテ』があまりにも有名なため劇作家としての印象が薄いが、『アルジェの捕虜生活』や『ラ・ヌマンシア』といった戯曲や、幕間狂言で優れた作品を残している。文学研究者ホセ・ガルシア・ロペスは、「セルバンテスの筋の展開はいくぶん荒く器用さに欠けるきらいはあるが、ロペより以前の時代の演劇としてはもっとも興味あるものとみなすことができるし、とくに彼の幕間狂言はこのジャンルでは最高傑作である」と評している。

演劇が一部の特権階級に独占されるものではなく、貴族から平民にいたるまでの男女によって享受されるようになるのが一六世紀中葉である。祭日に教会の外で上演されていた宗教劇や、宮廷の祝宴などで上演されていた宮廷劇に加えて、一般大衆も含めすべての階級の人が集まる中庭の演劇が盛んになる。貴族から庶民までの娯楽となった中庭演劇は国民演劇として栄え、一五八四年までにマドリードに三つの常設劇場が設置されるほどであった。

この時代の演劇の繁栄に一役買ったのがロペ・デ・ベーガである。彼は世界文学史上でも屈指の多作家であり、千八百篇にものぼる《コメディア》と四百篇ほどの聖史劇および聖餐神秘劇を書いたと言われている。その数に誇張があるにしても、現存しているロペの《コメディア》のうち間違いなく彼の作品と断定されうるものが三百十四篇もある。ロペ・デ・ベーガの書いた《コメディア》とはコメディー（＝喜劇）ではない。彼は従来の演劇形式や規則に縛られない、より自由で動きのあるダイナミックな作品、民衆の日常生活を生き生きと描く《コメディア》という新しい演劇を確立する。代表作には『オルメードの騎士』、『王こそ無二の判官』、『フエンテオベフナ』がある。

ロペ・デ・ベーガが確立した《コメディア》の継承者がメルセード会の修道士ティルソ・デ・モリーナである。彼はドン・フアン伝説を初めて舞台にのせた作品『セビリアの色事師と石の招客』の作者として名高い。その後ドン・フアン伝説は、モリエールの戯曲（一六六五）、モーツァルトの歌劇（一七八七）、バイロンの詩（一八二一―二四）、ホセ・ソリーリャの戯曲（一八八四）、リヒャルト・シュトラウスの交響詩（一八八八）など様々な分野での題材になる。ドン・フアンという人物を初めて芸術作品に用いたティルソ・デ・モリーナの功績は大きい。

カルデロン・デ・ラ・バルカもティルソ・デ・モリーナ同様に、ロペ・デ・ベーガの《コメディア》の継承者であり、それを洗練、深化させた劇作家だと言える。スペインの歴史・伝説をテーマにした作品での最高傑作とされる『サラメアの村長』は、意外なことに森鴎外によって日本に紹介された。研究者の牛島信明によれば、「歌舞伎調の美しい日本語からなるこの翻訳の底本は未詳であるが、原作からかなり離れた個所のあるところから推して、おそらくシュレーゲルあたりのドイツ語訳に拠ったものと思われる」とのことである。鴎外はこの翻訳の前書きに、ドイツのゲーテやイギリスのシェイクスピアは人口に膾炙するが、今はまだ聞くことのないカルデロンの名を広めるのに、この翻訳本が役立てば嬉しい、といったことを書いている。牛島は、「こうした鴎外の願望もむなしく、その後わが国でカルデロンが相応の評価を受けることはまったくなかった」と嘆いている。しかしながら、カルデロンの不滅の名作と言われる『人生は夢』は、世界的に最も重要な演劇作品とみなされ、後世の演劇のみならず文学全般に多大な影響を与えたことに疑いの余地はない。

スペイン文芸の最盛期とも言える黄金世紀もそう長くは続かない。いつをもって黄金世紀の終焉とするかは研究者によって見解の異なるところではあるが、カルデロンが死去した一六八一年を黄金世紀の終わりとする見方がある。その後、一八世紀、スペインの国力の衰退と並行するようにスペイン演劇界にも陰りが見え始める。一七〇〇年から一三年間にわたるスペイン王位継承戦争の結果、スペインはハプスブルグ朝からフランス・ブルボン朝へと変わり、政治、国民の生活様式、そして文学に至るまでフランスの影響を大きく受けることになる。一八世紀はヨーロッパに啓蒙思想が広がった時代であり、フランス古典主義を新しい規範とする新古典主義がスペインに入ってくる。教育改革、社会改革が盛んに行われるなか、ロペ・デ・ベーガをはじめとする黄金世紀の作家たちが確立した万人の楽しめる国民演劇に対する批判が高まる。そして、新しい演劇《コメディア》が排除した古い規則を取り戻す動きが始まるのである。

文学理論評論家であるイグナシオ・デ・ルサン（一七〇二―五四）が一七三七年に著した『詩論』は文学作品創作の一般規則をまとめたものであり、演劇に関しても、当時の傾向が明確に記されている。たとえば、物語は二つの重要な要素、娯楽性と有用性を含まねばならないとしている。有用性とは言い換えれば道徳的・教育的要素を有しているということである。また、ロペ・デ・ベーガがダイナミックな舞台の創造のために排した三一致《さんいっち》の法則、つまり、筋が統一されていなければならない、物語が展開される場所はずっと同じでなければならない、物語の開始から終わりまでは二四時間以内でなければならない、という三つの法則を遵守するようにルサンは説いている。演劇は観客を教化するための道具であるため、風紀を乱すような芝居は取締りの対象となり、洗練された言葉遣い、節度ある感情表現が求められた。啓蒙主義の時代の演劇には一般庶民を教育する役目が課されているため、学校に通えない多くの庶民が集まる場所や芝居小屋で演劇が上演された。ある意味、演劇が盛んであったと言えるのだが、規則ずくめのスペイン新古典演劇は独創性に欠け、黄金世紀のような後世に残る作品は生まれなかった。牛島の言葉を借りれば、「一八世紀は創造の時代ではなく、比喩的にいえば、〈黄金世紀〉の奔放で豪華な饗宴の後の、〈理性〉の忠実な僕による〈後かたづけ〉の時代」となるのであろう。

その後一九世紀前半には、ロマン主義的傾向が高まる。この時代に書かれた作品に関しても、その完成度に対する批判は少なくない。「現実に即した心理描写は忘れられ、そのかわり単なる感情の昂りを表現するにすぎなくなる。また、作品の意図が判然としない場合も多く、例えば舞台装置と抒情性だけを強調した単なる即興作品に終わることが多い」とガルシア・ロペスは指摘する。この時代を代表する作品がホセ・ソリーリャ（一八一七―一九三）の『ドン・フアン・テノリオ』（一八四四）である。ティルソ・デ・モリーナが『セビリアの色事師と石の招客』で文学作品にしたドン・フアンという伝説上の人物を、ソリーリャは、恋人の父親を殺したことを反省する人間的なドン・フアンに変えて登場させ、多くの観客を魅了することになる。この作品を、現在においてなお興行的成功の見込める永遠の名作として捉えることもできるが、一七世紀にティルソ・デ・モリーナが書いた『セビリアの色事師と石の招客』が下敷きになっていることを考えると、一九世紀に生み出された傑作と呼ぶには抵抗がある。

一九世紀後半になると上流喜劇（アルタ・コメディア）が現われ、一八世紀の啓蒙演劇同様に、道徳的テーマを用いて教育的な目的を追求する演劇が重要視される。この時代を代表するホセ・エチェガライ（一八三二―一九一六）は一九〇四年にノーベル文学賞を受賞するが、その作品は決して高い評価を得ていない。彼のノーベル賞受賞は当時のスペイン文学界で活躍していた九八年世代の作家によって露骨に非難される。エチェガライが土木工学者、数学者、政治家としてすでに知名度が高かったことが、ノーベル賞受賞に関係していたのではないかという見方もある。このように、一八世紀から一九世紀にかけて、演劇の需要が低下したわけでもなく、さまざまな形式の演劇作品が発表されはしたものの、後世に残る秀逸な作品は生まれなかった。

二〇世紀に入るとスペイン文学は第二の黄金世紀とも呼ばれる繁栄を見せる。この時代に登場するのが、モダニズムと九八年世代である。九八年世代の知識人はホセ・オルテガ・イ・ガセー（一八八三―一九九五）やミゲル・デ・ウナムーノ（一八六四―一九三六）、ピオ・バローハ（一八七二―一九五六）やアソリン（一八七三―一九六七）、アントニオ・マチャード（一八七五―一九三六）などのビッグ・ネームが並ぶ。演劇の分野で特筆すべき作家はハシント・ベナベンテ（一八六六―一九五四）とラモン・マリア・デル・バリェ＝インクラン（一八六九―一九三六）である。ベナベンテは現代スペイン演劇の先駆者とされ、一九二二年にはノーベル文学賞を受賞する。その作品は「逃避的、順応主義的、伝統的傾向の演劇であると言わざるを得ない」という厳しい評価もあるが、風刺をきかせた様式で貴族階級や上流ブルジョア階級に批判のメスを入れたとして評価されている。一方、バリェ＝インクランは、「メランコリックな調子を痛烈なユーモアに、繊細な調子を強烈な色彩に、郷愁感をグロテスクなイメージにそれぞれ置き換えて」創作したとされる。彼は若い頃はモダニズムの影響を受け、洗練された文体で散文を書いたが、一九二〇年以降は急進的な思想を持ってスペイン社会の不正を鋭く批判する。その際に用いたのがエスペルペントと呼ばれるバリェ＝インクラン独自の手法である。エスペルペントとは言葉や登場人物をデフォルメし、動物や物を人間化したり、人間を擬獣化、あるいは操り人形のように擬物化したりする。ベナベンテに比べると、バリェ＝インクランは過激とも言える表現方法で社会批判を行った作家である。

九八年世代の後に活躍したのが二七年世代と呼ばれる詩人たちである。ラファエル・アルベルティ（一九〇二―一九九）、ホルヘ・ギジェン（一八九三―一九八四）、ルイス・セルヌーダ（一九〇二―六三）など歴史に残る詩人たちが名を連ねる。その中でもフェデリコ・ガルシア・ロルカ（一八九八―一九三六）は別格であろう。彼の場合は詩のみならず、戯曲においても『血の婚礼』（初演一九三三年）、『イェルマ』（初演一九三四年）、『ベルナルダ・アルバの家』（初演一九三六年）などの秀作を残したことで知られる。高い芸術性と、人間そして社会に対する批判的な鋭い眼差しで作品を創作したロルカは、二〇世紀スペインを代表する作家であると同時に、スペイン文学史上最も著名な作家であると言えるだろう。日本においては、スペイン文学はすなわちガルシア・ロルカであると言っても過言ではないほど、彼は知名度も人気も高く、邦訳本も多い。ロルカを英雄視する劇的事実、つまり一九三六年のスペイン内戦勃発直後にフランコ率いる反乱軍に銃殺されたという事実も彼の名声を高める一因となったことは否めないであろう。いずれにしても、黄金世紀の終焉後、長期にわたり低迷していたスペイン演劇が、二〇世紀に入ってようやく、バリェ＝インクランやガルシア・ロルカが芸術性の高い作品を発表することによって復活に向けての第一歩を踏み出した。

二　スペイン内戦以後の演劇

スペインは一九三六年から一九三九年まで市民戦争を経験する。ガルシア・ロルカは一九三六年八月、故郷グラナダで銃殺される。反戦を説いたウナムーノは大学を追われ、自宅に軟禁された後、一九三六年一二月に息を引き取る。内戦勃発後、数多くの作家が次々とヨーロッパの他国、あるいはラテンアメリカ諸国に亡命する。たとえば、先に二七年世代の詩人として紹介したラファエル・アルベルティはパリ、後にアルゼンチンへ、ホルヘ・ギジェンは合衆国、ルイス・セルヌーダはイギリス、加えて、ラモン・センデール（一九〇一―八二）はメキシコ、マックス・アウブ（一九〇三―七二）はパリを出発点に最終的にはメキシコへ、そしてフランシスコ・アヤラ（一九〇六―二〇〇九）はアルゼンチンへと亡命した。それまで活躍していた作家たちを一時に失ったスペイン文学界がいかに不毛となったかは想像するに余りある。共和国政府軍（人民戦線）と反乱軍（国民戦線）の二年八カ月以上におよぶ戦いは、反乱軍の勝利に終わり、フランコによる独裁制が始まる。当然のこととして検閲による出版物・演劇・映画の規制が行なわれる。そういった社会情勢のなか、スペイン演劇はいかなる道をたどったのか。

一九四五年頃まで支配的であったのは商業目的に制作された、質の低い、観客の単なる気晴らしのための演劇であった。「ブルジョアたちのお気に入りであった軽いセンチメンタリズム、取るに足らないユーモア、陳腐な道徳的教化」などを盛り込んだ作品が成功を収めたと言う。内戦後、凡庸な娯楽作品が多く上演されたのは、検閲の影響、あるいはブルジョアたちがスペイン社会の直面する問題を忘却することを望んだためという見解もある。そして、娯楽としては映画のほうに人気が集まったため、多くの劇場が映画館に変わり、演劇界は危機に瀕したのである。加えて、フランコ政権が当初から言論の自由を厳しく管理した結果として、愛国心をあおり道徳心やその時代の理想（宗教、愛国、家族、服従、犠牲的行為など）を強化する演劇も少なくなかった。黄金世紀以降、低迷し続けるスペイン演劇はバリェ＝インクランやロルカによって復活の兆しを見せたにもかかわらず、内容の薄い娯楽作品のみが需要供給され、質的低下を余儀なくされる傾向に後戻りしてしまうのである。

そのような状況下で初演されたアントニオ・ブエロ・バリェホの『ある階段の物語』は、新しい演劇の始まりと呼ぶにふさわしい作品であった。しかし、本作品の登場により、従来のブルジョア演劇がなくなったわけではない。依然として、その先何年もスペインの劇場を占有し続けるのである。ただ、ブエロ・バリェホの『ある階段の物語』、ミゲル・ミウラの『三つの山高帽子』（初演一九五二年）、そしてアルフォンソ・サストレの『死への出陣』（初演一九五三年）から始まったとされる社会派リアリズムという新しい演劇が内戦後の演劇の流れを徐々に変えていくことになる。

ミゲル・ミウラ（一九〇五―七七）は前衛演劇の流れを汲む作品を発表する。彼の代表作である『三つの山高帽子』は従来の喜劇とは異なる独創的な作品だったため興行主が上演を拒み、その後二〇年間上演されることはなかった。作品が舞台に上げられないという苦い経験によりミウラは、観客が求め、かつ興行主も喜ぶ、従来より慣れ親しまれた作品を創作する喜劇作家となって人気を博す。現在の演劇史においては社会派リアリズムに分類されるミウラであるが、フランコ独裁制下においては順応主義的な他の多くの作家と大して変わらなかったと言える。

アルフォンソ・サストレ（一九二六年生れ）はミウラとは対照的に徹底的に妥協を拒んだ作家である。彼は演劇が教育や革命のための武器とならなければならないという信念を持って創作し、結果として彼の作品の多くは上演されなかった。サストレはメッセージを持った革命的な演劇、直接行動する演劇を目指すが、時として過度に強調される主張が演劇の質を落としているという指摘もある。

観客の需要に妥協したミウラと革新的でありすぎたサストレの中間に位置するのがブエロ・バリェホである。『アントニオ・ブエロ・バリェホの演劇——イデオロギー、政治、そして検閲』の著者キャサリン・オレアリーは、「演劇の改革運動の前線にいた多くの作家は、国粋主義者の勝利後にはすでに亡くなっていたり、投獄されていたり、あるいは亡命してしまっていた。残った者たちは新しい体制に以前と同じように挑戦する意欲をもはや持っておらず、あるいは挑戦する能力を持っていなかった」(O'Leary, 2005 : 51) と指摘する。繰り返しになるが、一七世紀に栄華を極めたスペイン演劇は、その後二世紀にわたって低迷し、ようやく二〇世紀初頭に復活の兆しを見せた矢先に、内戦と独裁制により演劇の質の低下を余儀なくされたのである。そのように再び危機に直面するスペイン演劇界を救ったのは、政府や観客に迎合するミウラでも、激しい政府批判のために多くの作品を舞台にのせることのできなかったサストレでもなく、二〇〇〇年に死去するまでに二七作品をスペイン国内で上演し続けたブエロ・バリェホなのである。

スペイン演劇の流れを概観したきたが、ここでブエロ・バリェホと先達との関係を見ておこう。ブエロ・バリェホは彼の作品にセルバンテスの『ドン・キホーテ』やカルデロン・デ・ラ・バルカの『人生は夢』あるいは『サラメアの村長』の影響があることを「私の演劇」や「私の好きな作家たち」と題するエッセイのなかで言及している。また、第二の黄金世紀の代表的作家バリェ＝インクランとフェデリコ・ガルシア・ロルカについては、『民衆にとっての三人のマエストロ——バリェ＝インクラン、ベラスケス、ロルカ』で論じているほか、「バリェ＝インクランの演劇について」、「バリェ＝インクラン、今日の作家」、「バリェ＝インクラン」、「バリェ＝インクラン五〇年後に」、「ガルシア・ロルカの演劇」、「ロルカ、今日」などのエッセイのなかで高く評価している。つまり、ブエロ・バリェホは狂気や夢を用いて社会批判をする作家や、エスペルペント、あるいは音楽的・造形美術的要素を駆使して批判的作品を執筆した作家を意識しながら創作活動を行なったと言えるのである。

三　アントニオ・ブエロ・バリェホについて

一九四九年、ブエロ・バリェホは初めての上演作品『ある階段の物語』でロペ・デ・ベーガ賞を受賞し、百八十七回のロングランを記録する成功を収める。彼は第一作目で批評家と観客の双方に受け入れられるという強運の持ち主なのである。翌年、『ある階段の物語』の一年前に執筆した処女作『燃ゆる暗闇にて』が同じくマドリードで上演され、成功を収める。その後も数々の作品でマリア・ロリャンド賞、ナシオナル・デ・テアトロ賞、バルセロナ批評家賞、観客と批評家賞、レオポルド・カノ賞などを受賞する。このように、独裁制下のスペインにおいて順風満帆に劇作活動を続けたと思われるブエロ・バリェホは、二度にわたり同業者による辛らつな攻撃を受ける。一度目はサストレによる批判であり、演劇雑誌『プリメル・アクト』の一九六〇年五・六月号に掲載された「不可能な演劇と社会契約」というサストレの論説から二者の論争が始まった。ブエロ・バリェホとサストレは、演劇を媒体として独裁制社会を変えていくという点に関しては共通していたが、その方法においてはかなり異なるスタンスを取り、相容れることはなかった。ブエロ・バリェホの取ったスタンスは《現実的改革主義》と呼ばれるもので、フランコ政権下の検閲が許す限り、そのチャンスを利用して作品を上演することによって内側からの変革を試みるべきであるという姿勢である。一方、サストレは、ブエロ・バリェホの態度は政府への屈服であるとして彼を非難した。そして、たとえ検閲に通らずとも、主義を曲げることなく革命的な演劇を創作するべきだと主張した。サストレのそのスタンスは、《非現実的改革主義》と呼ばれる。

ブエロ・バリェホが受けた二度目の攻撃はフェルナンド・アラバール（一九三二年生れ）からのものである。アラバールは、フランコ時代に最も激しく検閲された劇作家であると言われている。彼は非政治的な作品を書いているが、過激な性描写や、教会や伝統価値に対する冒瀆的な批判が、支配的イデオロギーに背くものであったからである。一九五五年にスペインを離れ、フランスに居を移したアラバールは、一九七五年、演劇雑誌『エストレーノ』に、「アルフォンソ・サストレとブエロ・バリェホの間で行われた現実的改革主義に関する論争は、まさに今この時期にこそ価値のあるものである。なぜなら前者はカラバンチェルの刑務所に入っていて、後者はマドリードのスペイン王立学士院の会員で、フランコのスペインから最も有名な賞をいくつも受け取っているのだから」（Arrabal, 1975：5）と記した。アラバールは、ブエロ・バリェホが当局に迎合していることを皮肉たっぷりに表現したのである。フランス在住のアラバールは、自らはスペインの独裁制に毒されていないと主張したが、スペインに残った者たちは亡命したアラバールにスペインの問題を語る資格はないと反論した（O'Leary, 2005：58)。ブエロ・バリェホとサストレあるいはアラバールとの論争を分析するオレアリーは、ブエロ・バリェホは《現実的改革主義》、《非現実的改革主義》のどちらの陣営にも受けいれられないことが度々あったと指摘する。その理由は、「ブエロ・バリェホはイデオロギー的にどちらか一方にコミットしているわけではなく、政治的な演劇を書くと同時に常に倫理的な作家であったからである」（O'Leary, 2005：58）としている。

ブエロ・バリェホの作品を読めば、彼が独裁制国家に迎合していないことは明らかである。それどころか、彼の作品は独裁制国家の権力行使を痛烈に批判している。しかしながら、結果としてブエロ・バリェホが国家に許容され、かつ評価される作品を創作しているという点だけを見るならば、反フランコ派の非難の対象となるのは仕方のないことなのだろう。研究者の多くは、ブエロ・バリェホの作品で描かれるのは人間の普遍的問題であるが、同時にスペイン社会との関係も無視できない重要な点であると論じている。ブエロ・バリェホ作品のテーマが普遍性を持つことに議論の余地はないが、説得力を持つ個人的経験に支えられた普遍性なのだと言えるであろう。ブエロ・バリェホ作品を理解するためには、彼が生きた時代、また彼がその時代にいかに翻弄されたのかを知っておく必要がある。ブエロ・バリェホと当時の社会との関係こそが彼の両義的な態度を理解する鍵となるのである。

一九一六年九月二九日にアントニオ・ブエロ・バリェホは、父フランシスコ・ブエロと母マリ・クルス・バリェホの次男としてマドリード県の北東に隣接するグアダラハラ県で生まれる。父フランシスコ・ブエロは共和国政府軍に勤務する軍人技師であり、五歳年上の兄フランシスコも後に政府軍の軍人となる。アントニオにとって政治に関心を持つ環境は整っていたと言えるであろう。一七歳のとき、マドリードにある名門サン・フェルナンド美術学校に入学し、画家を目指して学ぶ。マドリードに出て最初の一年を叔父夫婦の家で過ごした彼は、左翼的思想の持ち主である叔父夫婦および従兄弟たちの影響もあり、学生民主主義連合（ＦＵＥ）の事務所で働き始める。

一九三六年に内戦が勃発すると、ブエロ・バリェホは共和国政府軍である人民戦線に入隊を希望する。しかし、若すぎるとの理由で家族の反対にあい、仕方なくＦＵＥの宣伝部で働き続ける。一九三六年一一月、政府軍の軍人であった父親が、フランコ将軍の反乱を支持したとの容疑をかけられ、自らの所属する軍によ

図２　1947 年に描いた自画像

図 3　1942 年、エル・ドゥエソ刑務所（カンタブリア州）にて。142 号室の同室者と一緒に写真に納まるブエロ・バリェホ（左端）

り銃殺される。父親のこの事件によって受けたブエロ・バリェホのショックはいかほどであったろうか。理不尽な出来事に行き場のない怒りを感じたことであろう。それでも彼の共和国支持の姿勢は変わらなかった。一九三七年、ブエロ・バリェホは共産党に入党して召集令状を受け取ると、ハラマの戦線に衛生兵として参加する。翌年には上司とともにアラゴン戦線に移る。一九三九年の内戦終結後、彼はカステジョンのソネハにある強制収容所に送還される。ところが、逮捕者過剰で収容不可能となったため、ブエロ・バリェホを含む多くの者が条件付きで釈放される。マドリード行きの列車に乗せられたブエロ・バリェホは、マドリード駅で再逮捕されることを恐れて、到着前に列車から飛び降り、正規のルートを通らずに帰宅する。出頭命令を無視した彼は、同じ境遇の昔の仲間と反政府秘密結社の支部を結成する。ブエロ・バリェホの仕事は警察や政府組織の要人たちのゴム印を偽造することであった。密告があり、秘密結社のメンバーが全員逮捕される。略式裁判の結果、死刑宣告を受けた彼は、以後、死刑執行の呼び出しに怯えながら毎日を過ごす。八カ月後、三〇年の禁固刑に減刑、さらに六年の刑に減刑され、一九四六年に釈放される。

このようにブエロ・バリェホの青春時代はスペインの政治と密接に関わっており、彼の作品と当時の政治的背景を切り離して劇作家ブエロ・バリェホを論じることはできない。その後も一九六〇年にはスペインの検閲に対する抗議文に二二六名の知識人・芸術家とともに署名をしたり、一九六三年にゼネストを決行したアストゥリアスの鉱山労働者への弾圧に対する抗議文にも署名したりして政治活動を続ける。一九七五年にはアルフォンソ・サストレおよび他の政治犯を擁護する文書に署名、翌七六年には、ミゲル・ヘルナンデスやガルシア・ロルカなど、内戦中ないしは内戦後の犠牲者たちの追悼式典に参加している。一九七七年、ブエロ・バリェホは独裁制崩壊後初の選挙に向けて共産党の後援会に出席しており、また、「スペイン内戦元兵士連盟」および「市民戦争元囚人・報復被害者の会」の設立委員にもなっている。ブエロ・バリェホの反政府活動は革新的とは言えないかもしれないが、常に政府に抗議する姿勢を持ち続けていたことは明らかである。

四　本書の目的

本書の目的は、ブエロ・バリェホがフランコ独裁政権下で執筆した作品のテキストを綿密に分析し、作品の真に意味するところを明らかにすると同時に、おそらく検閲官に許可のスタンプを押させることに一役買ったであろう巧みな演出を考察することである。先述したようにブエロ・バリェホは、反政府の姿勢を取る作家の攻撃対象となるほどにフランコ政府から認められた作家であった。彼が作品で描くことと、独裁制スペインにおける彼の立場との間には矛盾が生じていると言ってよい。その矛盾を、テキスト分析によって解消しようと思う。作品ごとに異なる独創的な設定あるいは演出によって作者の抵抗が巧みにカムフラージュされていることを論証していく。

ブエロ・バリェホの劇作とはどのようなものなのか。彼とサストレの論争は、オレアリーが指摘するように、「文学あるいは文学が成し得ることへの期待」が同じではなかったことに因るものであろう。「ブエロは社会変化に影響を及ぼす芸術の力を信じてはいたが、サストレやブレヒトとは異なり、その影響が必ずしも直接的でなければならないとは考えていなかった」(O'Leary, 2005：59) と指摘される。ブエロ・バリェホは彼自身が「斜めの視線」(2) と呼ぶ劇作法を用いて、批判する対象を直接的ではなく間接的に攻撃するのである。サストレのように直接的な表現や描写を用いなかったからこそ、ブエロ・バリェホ作品は検閲に通ったのだと言える。ただ、間接的であるからこそ、作品を理解するためには行間を読みこみ、真に意味するところをとらえる努力が必要とされる。

先ほどからブエロ・バリェホのアプローチが間接的であると述べてきたが、「間接的」という言葉の意味もかなり曖昧である。本書の第二章以降の作品分析のなかでブエロ・バリェホの用いる間接的な手法が明らかになっていくはずである。ひとつ確かなことは、彼が多くの作品で権力や暴力を描いていることである。権力や暴力、それは独裁制国家と切っても切り離すことのできないものであり、スペイン内戦およびフランコの独裁制を生き抜いた作家にとって何よりも重大なテーマなのである。しかし、彼は作品のなかで一方的に独裁制や国家権力を批判し、攻撃するわけではない。多くの研究者がブエロ・バリェホ作品を倫理的、道徳的観点から論じていることからもわかるように、彼の作品を国家批判の政治的な作品であると決めつけるのは偏った見方である。彼が批判するのはスペイン社会に限らず、あらゆる社会に内在する権力構造であり、人間同士に生じる権力関係なのである。

ブエロ・バリェホの作品は個人を飲み込んでしまうような大きな力に抵抗しているように思われる。その大きな荒波のような力とは、つまり公の歴史である。彼が必死に抵抗するのは、スペインの独裁制や国家権力に対し

図 4　1989 年、ビルバオのアリイアガ劇場での『近くで聞こえる音楽』の公演にて。左から、美術監督のフランシスコ・ニエバ、ブエロ・バリェホ、演出家のグスタボ・ペレス・プイグ

てでもあるが、国家も含めてすべてを包括する公の歴史が有する拘束力に対しても抗しているのではないかと思うのだ。国家という狭い範囲には収まらない、さらに大きな抑圧力を持つ歴史、とりわけ公の歴史に対する抵抗が感じられてならない。したがって、作品を通じて歴史と向き合うブエロ・バリェホの姿を従来とは違う角度から見ていく必要があるように思う。ブエロ・バリェホ作品と歴史の関係についてはすでにいくつかの論文で指摘されている。マリアノ・デ・パコは、「ブエロ・バリェホの演劇における『歴史的視点』」と題する論文で劇作家がどう歴史を扱っているのかを論じるが、彼の作品中、歴史劇と呼ばれるもの、すなわち過去の時代を舞台としたものに限定して論を進めている。デイヴィッド・ジョンストンも「ブエロの劇は個人史と歴史の大きな流れとの連関を回復することを求め、今まで個人を締め出してきた共同体の事柄のなかの個人の役割に光を当てている」(Johnston, 1990：17) と述べ、歴史をテーマとして論を進めるが、考察対象は一八世紀を舞台にした歴史劇『サン・オビーディオの演奏会』(初演一九六二年) に限定している。

　これまでのブエロ・バリェホ研究は、三人の主要研究者リカルド・ドメネク、ルイス・イグレシアス・フェイフォー、マリアノ・デ・パコを中心になされてきたが、三者ともブエロ・バリェホ本人と親交が深かったためか、印象批評的であり、かつ、ブエロ・バリェホの経歴あるいは彼の書いたエッセイに依拠した分析が多いように思う。それ以後の研究にしても、この三者の論に立脚するものがほとんどで、客観的な批評で優れたものは出てこなかった。そのようななか、キャサリン・オレアリーの書いた『アントニオ・ブエロ・バリェホの演劇——イデオロギー、政治、そして検閲』は、ルイ・アルチュセール、テリー・イーグルトン、レイモンド・ウイリアムズ、ロラン・バルトをはじめとする様々な理論を用いてブエロ・バリェホ演劇を分析する画期的な著書である。本書も哲学理論を時に援用しながら客観的に作品分析を行なうことを目標とする点でオレアリーと似たアプローチを取る。

オレアリーの著作の目次を見ると、「フランコ主義のイデオロギー」、「言語と沈黙」、「ブエロ・バリェホと演劇の検閲」、「現実的改革主義」、「歴史、神話、脱神話化」、「ブエロ・バリェホ演劇のイデオロギー」、「演劇そして民主主義への移行」、「ブエロ・バリェホのポスト・フランコ演劇」とあり、「イデオロギー」、「検閲」、「歴史」、「神話」など本書でも取り上げているテーマと重なる部分が少なくない。明らかな違いは、オレアリーがブエロ・バリェホ本人および当時の批評家からの引用を多用し、時代と作家の関係に重点をおいているのに対して、本書ではテクスト分析を中心作業とし、作品を通してブエロ・バリェホと歴史の関係を明らかにしていこうとしている点である。

また、公の歴史に対抗する別のバージョンの歴史を論じる点もオレアリーの著作と本書との共通点である。オレアリーは、「ブエロは歴史を扱うことにおいて、歴史の論理的な足跡を回復し、過去の重大な出来事を見事に否定・歪曲した国粋主義者——ファランへ主義的なスペインの歴史を否定することを目的としている。代わりとなり得る歴史のバージョンを提供することで、彼は正史バージョンの歴史の虚偽を暗示した」(O'Leary, 2005 : 140)と論じている。本書もブエロ・バリェホによる歴史の書き換え、および別バージョンの歴史としての「敗者の歴史」を論じるが、オレアリーとは解釈が異なる。彼女は歴史劇『民衆のために夢見る者』（初演一九五八年）、『ラス・メニーナス』（初演一九六〇年）、『サン・オビーディオの演奏会』、『理性の眠り』（初演一九七〇年）、そして未来から現代を描いた「ア・ポステリオリな歴史劇」とされる『明り取り』（初演一九六七年）を扱い、ブエロ・バリェホの書く歴史劇こそが正式バージョンの歴史とは異なる別バージョンの歴史であると解釈する。「代わりとなり得る歴史のバージョン」という言葉が安易に使用されていることを指摘しなければならない。筆者も文学作品が歴史叙述の場になり得るという立場を取るが、作品＝正史の代わりとなり得る歴史のバージョンという単純な方程式にはならないと思う。本書ではヴァルター・ベンヤミンの言う「勝者の歴史」ではない「敗者の歴史」の救済者としてのブエロ・バリェホの姿を提示し、歴史劇であるか否かにかかわらず、ブエロ・バリェホ作品がスペイン社会の告発やスペイン史の書き換えに限定されない、普遍的な意味での「敗者の歴史」を語り伝えることを考察する。

図 5　1989 年公演の『近くで聞こえる音楽』に出演している役者リディア・ボッシュ、ミゲル・アヨネスと談笑するブエロ・バリェホ

　本書は、第一章でまず内戦そして独裁政権下の社会を概観し、当時のスペインにおける検閲の状況を見る。その後、ブエロ・バリェホ作品に対する検閲報告書を紹介し、報告書からどのようなことが読みとれるのかを考察

したい。第二章以下は、独裁制下で執筆されたブエロ・バリェホ作品を権力、抵抗、暴力、記憶、歴史をキーワードとして分析する。分析対象となる作品は、これらのキーワードが色濃く表れていること、批評家から評価され、賞が授与されていること、そして観客に受容され、上演回数が多いことを基準に選択した。

第二章で扱う作品は『燃ゆる暗闇にて』である。一九五〇年一二月一日、マドリードのマリア・ゲレロ劇場で初演されたが、初演時の上演回数は明らかではない。一九四九年に『ある階段の物語』と本作品がロペ・デ・ベーガ賞の候補となり、『ある階段の物語』が受賞する。本作品は受賞には至らなかったが、ブエロ・バリェホの執筆処女作であることと、作者自身が『ある階段の物語』よりも高く評価している作品であるため、分析対象とした。本作品では登場人物のほとんどが盲人である。なぜ盲人なのか、という問いから分析を始め、晴眼者と同じように自由と幸福を享受していると妄信する盲学校において、権力の隠蔽やイデオロギー操作がなされていることを明らかにする。また権力の可視化、眼差しへの不信、神話の解体について論じていく。

第三章では『ラス・メニーナス』を分析する。スペインの画家ベラスケスの没後三〇〇年を記念して一九六〇年一二月九日に初演、二五〇回のロング・ランを記録し、マリア・ロリャンド賞を受賞した作品である。ベラスケスの代表作《ラス・メニーナス》に描かれる人物が舞台に登場する本作品において、作品中で言及されるベラスケスの絵画四点がいかなる役割を演じているのかを考察する。肖像画と視線、裸婦画と抵抗、鏡および見えない画布の謎を分析し、見るという行為の持つ権力と、強制的に観客を取り込む舞台演出にベラスケスの絵画が大きな効果をもたらしていることを論証する。

第四章での分析対象は『サン・オビーディオの演奏会』である。一九六二年一一月一六日、マドリードのゴヤ劇場で初演を迎える。上演回数は公表されていないが大成功を収めたと伝えられている。雑誌『プリメル・アクト』のララ賞、バルセロナ批評家賞を受賞する。『燃ゆる暗闇にて』では一一名の盲人が舞台に現れたが、本作品でも六名の盲人が登場する。本章では、一見単純な二項対立に見える盲目の物乞いとブルジョア階級の関係が、精神構造的に複雑な関係にあることを分析し、グロテスクなものに対する人間の心理、および権力の逆転について考察する。加えて、本作品で強調される文字の力に注目しながら、盲学校を設立した実在の人物アユイの登場について考える。

第五章と第六章では拷問を行使する警察を舞台とする『バルミー医師の二つの物語』を取り上げる。本作品の執筆は一九六四年であるが、検閲で上演許可が下りず、スペインでの初演は一九七六年一月二九日を待たなければならない。マドリードのベナベンテ劇場での初演時に上演回数六一三回という記録的数字を出した作品である。観客と批評家賞、ラジオ・エスパーニャ賞、レオポルド・カノ賞、および定期刊行物『ガセタ・イラストラダ』の金メダルを受賞する。第五章では本作品の物語構造に注目し、複雑なナラティヴの入れ子構造を分析する。多層的ナラティヴの巧妙な演劇化が、隠蔽された国家権力を可視化し、敗者に声を与えることを論証する。そして排除されたもうひとつの歴史、オーラル・ヒストリーとして本作品を捉える可能性を提示する。第六章では、登場人物の人間関係を綿密に分析し、個々の権力関係が変化することを提示する。フーコーが論じるように、権力のあるところに必ず抵抗が生まれることを作品のなかで確認し、抵抗の形式が権力の手段と呼応することを明らかにする。

第七章では、一九六七年一〇月七日にマドリードのベリャス・アルテス劇場で初演された『明り取り』を分析する。上演回数は五一七回で、観客と批評家賞とレオポルド・カノ賞を受賞。この章では、第五章で論じた歴史叙述についての議論をさらに展開させる。三〇世紀に生きる実験者たちが登場する本作では、未来から現在を客観的に見るという演出で、観客が見る主体であると同時に見られる客体というアンビヴァレントな立場におかれる。その演出が、死者の声を注意深く聞いて過去を救済すること、そして現在起きていることを記憶し歴史化す

図6　トレードマークのパイプを手に

ることの可能性を表すことを論証する。また、作品中に繰り返し出てくる絵葉書の切り取り作業や明り取りを使ったなぞなぞ遊びが、無名の人々についての歴史叙述と深く関わっていることを考察する。

第八章は、一九七〇年二月六日にマドリードのレイナ・ビクトリア劇場で初演された『理性の眠り』である。本作品はブエロ・バリェホの作品中、最も海外公演が多い。イタリア、ルーマニア、ドイツ、ロシア、ハンガリー、スウェーデン、チェコ、フィンランド、アイスランド、ブルガリア、米国、メキシコ、イギリス、そして一九七七年には日本でも本作品の公演があった。この章では、二つの特異な演出、すなわち、全聾のゴヤが舞台にいるときには基本的にゴヤの声しか聞こえないという聴覚効果、そしてゴヤの黒い絵が舞台正面の壁に大きく映写されるという視覚効果を中心に作品分析を行う。加えて、心臓の音や動物の鳴き声、ゴヤの夢と幻想、そして銅版画のタイトルの巧みな演出を考察しながら、人間の残虐性を糾弾する抑圧的な舞台世界が創造されることを論証する。

第九章で取り上げるのは『財団』である。一九七四年一月一五日、マドリードのフィガロ劇場で初演。上演回数は二四五回で、観客と批評家賞、レオポルド・カノ賞、マイテ賞、演劇フォーラム賞、ロング・ラン賞、ル・カルセール賞という多数の賞を授与される。本作品の重要なテーマは目覚めである。幕開け冒頭から主人公の幻想世界が舞台上で展開され、観客はそれが幻想であると知らされずに舞台を見るという仕掛けがなされている。その幻想は主人公が国家権力を隠蔽し、過去を忘却するために創り出したものである。本章では狂気からの目覚めによって責任感や連帯感が生じ、行動することが可能になることを考察する。また、「二部からなる寓話」という副題が本作品の構造とどのような関係にあるのかを論考し、副題の効果的な役割を提示する。

終章では、先述したキーワード、権力、抵抗、暴力、記憶、歴史に基づいて、『燃ゆる暗闇にて』から『財団』までの流れを総括する。ブエロ・バリェホが描いたのは明らかに〈敗者〉とわかる人物の叫びだけではなく、〈勝者〉として生きる者たちの苦悩でもあることを考察し、彼の作品には〈勝者〉がいないことを確認する。国家でさえ自らが創出する美化された正史のなかでしか〈勝者〉となり得ないことがブエロ・バリェホ作品によって明らかにされる。

第一章　フランコ政権と検閲

一　内戦勃発(3)

ブエロ・バリェホの生き方、そして作品創りに大きな影響を与えたスペイン内戦と、その後の独裁制について参考程度に触れておきたいと思う。

一八世紀にスペインにヨーロッパの啓蒙思想が入ってきて以来、スペインでは常に保守派と自由派の攻防があり、政権を奪い合ってきた。一九一四年に第一次世界大戦が勃発すると、スペインは中立を保ち、参戦しなかったものの、国内ではドイツを支持する保守派とイギリスやフランスを支持する自由派（社会主義者、自由主義者、共和主義者）に分裂する。一九一七年からの六年間で政権が一三回も交代し、国内は政治的、社会的、軍事的に混乱の極みに達する。その混乱を治めたのが、カタルーニャ方面軍事司令官ミゲル・プリモ・デ・リベーラであり、彼の独裁は一九二三年から三〇年まで続く。

しかし、知識人を中心として反独裁の気運が高まる。一九三一年には共和国樹立が宣言され、第二共和政が成立する。憲法制定議会選挙では共和制を支える左派系の政党が勝利を収め、反カトリック的な法案が制定される。たとえば、政教分離や信教の自由が定められ、修道会系の学校の閉鎖、イエズス会の解散、墓地の世俗化、離婚や非教会婚の容認などが進められた。一九三一年から三三年までは「改革の二年間」と呼ばれるが、一九三三年一一月の総選挙では、共和国の改革に不満を持つ者たちの票が保守系の政党に流れ、右派や中道派が勝利する。「暗黒の二年間」と呼ばれる一九三三年から三五年までは、左右両派の緊張が急速に高まる。カタルーニャでは、「スペイン連邦共和国内のカタルーニャ共和国」樹立が宣言され、マドリードでは社会主義者が蜂起する。アストゥリアスでも鉱山労働者が反乱を起こすが、政府はモロッコ人部隊を率いるフランコを司令官に任命し、革命運動を鎮圧させる。このとき、多くの左派の指導者や労働者が投獄された。

図7　共和国政府擁護に立ち上がる市民

フランコは、一九二〇年にモロッコ駐留外人部隊に配属され、このアフリカの地で異例の早さで昇格していく。彼はモロッコにおける軍人生活で、「国家の統一を保障する愛国主義的存在としての軍隊という信念を確固たるものにし」、「この信念はその底に、自由主義者、議会主義、政党政治などに対する不信の念を秘めており、スペイン没落の歴史的根源をこれらの内に見出していた」（若松　一九九二、五―六）ということである。

一九三六年二月に再び総選挙が行われると、僅差ではあったが人民戦線側（左派諸勢力）の勝利となる。総選挙から三日後、左派共和主義者のアサーニャが首相となり、危険人物と目されたフランコは遠隔地カナリア諸島に左遷される。そして、同年七月、フランコがカナリア諸島で軍事蜂起を宣言し、軍部の反乱がスペイン全土に広がる。クーデター直後の混乱期、各地で武力衝突があり、労働者組織が強固で即座に反撃に出た地域では共和国側が勝利を収めるが、ほとんどの地域では反乱軍側が相手を武力制圧する。その際、双方において有力者の処刑や暗殺が実行された。

内戦は勃発当初から国際社会の関心の的となる。しかし、イギリスが中心となり、ドイツ、イタリア、ソ連、フランス、ポルトガルなど二七カ国が不干渉委員会を結成する。ただ、実際にはドイツとイタリアは反乱軍を、ソ連は共和国政府軍を武器調達などによって支援する。反乱軍は誰が総指揮を執るのかを緊急に決める必要があり、候補はフランコとモラの両将軍に絞られる。結局、「その経歴、地位、モロッコ軍の後楯、内戦勃発以後の戦績、外部における知名度・威信などにおいて、フランコに軍配が上がる」（若松　一九九二、一六）。一九三六年九月、フランコは「陸海空三軍総司令官」（ヘネラリシモ）となり、一〇月には「国家首長」となる。つまり、このときからスペインには二つの政府が存在することになる。ドイツ、イタリア、ポルトガル、バチカンが新政府を承認した。反乱軍の占領下となった地域では、カトリックを精神基盤とする社会体制をめざし、共和国政府の行った改革によって実施されたさまざまな政策を反古にする。たとえば、非教会婚と離婚の禁止、地方自治権の廃絶、イエズス会の再建、男女共学の禁止、死刑制度の復活、宗教・古典教育の強化などである。一九三八年には出版法が制定され、新聞統制と厳格な検閲が実施され、言論の自由が制限される。

一九三六年七月一八日に始まったスペイン内戦は、大まかに言えば、共和国政府率いる人民戦線とフランコ将軍を中心とした反乱軍率いる国民戦線との対立である。内戦研究の実態をまとめた中塚次郎は、フランコ側の研究では、内戦を次のように説明したと記す。

スペインは地域ナショナリズムによる祖国解体、社会主義やアナキストによる社会革命、フリーメーソンや無神論者によるカトリック的伝統破壊の危険にさらされていた。そこからスペインを救ったのが三六年の軍クーデターである。

（中塚　一九九八、二一〇）

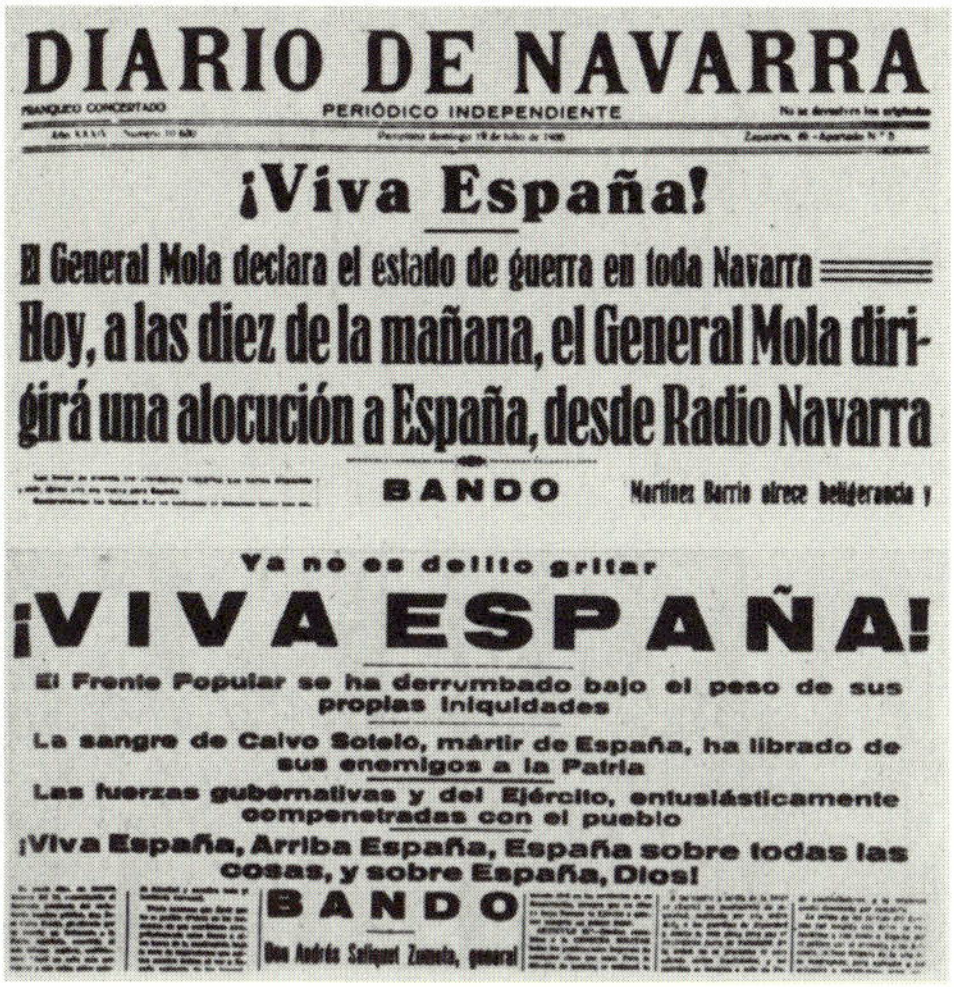
DIARIO DE NAVARRA

PERIÓDICO INDEPENDIENTE

¡Viva España!

El General Mola declara el estado de guerra en toda Navarra

Hoy, a las diez de la mañana, el General Mola dirigirá una alocución a España, desde Radio Navarra

BANDO

Martínez Barrio ofrece beligerancia y

Ya no es delito gritar

¡VIVA ESPAÑA!

El Frente Popular se ha derrumbado bajo el peso de sus propias iniquidades

La sangre de Calvo Sotelo, mártir de España, ha librado de sus enemigos a la Patria

Las fuerzas gubernativas y del Ejército, entusiásticamente compenetradas con el pueblo

¡Viva España, Arriba España, España sobre todas las cosas, y sobre España, Dios!

BANDO

Don Andrés Saliquet Zumeta, general

図８「スペイン万歳！」北部で国民戦線を勝利に導いたモラ将軍の演説を通知するナバラ新聞

そして、おびただしい数の死体、聖職者の棺や遺骸を掲載した写真集を出版し、共和国側の蛮行を強調して、フランコ独裁を正当化したと言う。一方、共和国政府側は、内戦は寡頭制的支配階級に支持された軍部と、政府を支持する民衆との戦いであったとし、民衆を守るために戦う彼らに正当性があったとする。しかしながら、人民戦線の母体は共和国政府ではあったが、中心となって戦ったのは農民・労働者であり、政府はどちらかといえば無関心な態度を取ったという指摘もある。スペイン共産党中央委員会小委員会編纂の『スペイン共産党史』には、「共和国政府はファシスト反乱の準備に対して、動揺と盲目的な態度とを取りつづけながら、スペインを戦乱の奈落へおとしこもうとかまえている連中に事実上、自由行動を許していた」（人民戦線史翻訳刊行委員会　一九七〇、八七）という批判的な記述がある。いずれにしても、スペインの内戦は「ヨーロッパにおける民主主義対ファシズムの最初の大戦闘」であり、「ファシスト侵略にこたえてスペイン人民がよぎなくおこなったこの戦争は、祖国の基本的なふたつの価値と権利、つまり独立と自由をまもるための戦争だった」（人民戦線史翻訳刊行委員会　一九七〇、一一八―一一九）ということであり、正当性は人民戦線側にあるという解釈だ。

一九七五年のフランコ死後の民主化とともに、スペイン内戦に関する本格的な歴史研究が始まる。なぜなら、「研究の自由が保障されて、封じられていたフランコ批判の歴史研究が可能となり、史料公開が進み研究の質は飛躍的に高まった。そればかりでなく、沈黙を守っていた人びとが語りはじめ、民衆の生き証人たちが消え去る前に、彼らの証言を収集することができた」（中塚　一九九八、二二四）からである。それまで封じ込まれてきた人民戦線側の証言の多くが世に知らされることとなる。内戦時、真実を隠蔽する状態にあったことが次の引用からもわかる。

労働者の民兵も、人民戦線に投票したと見られたものも、容赦なく次から次に逮捕され虐殺されたりした。殺されたものの中には詩人ガルシア＝ロルカもあった。外国の新聞記者も占領地域から追放され、その真相を報道することができなかった。地主や教会の勢力が復活し、市街ではファランへ党員がたえずパトロールして民衆を不安におとしいれていた。それは、中世の装いをまとってはいるが、ドイツ＝イタリアのファシズムと同様に、国民の学問・思想・言論の自由を奪い、文化を破壊し、人権を否定する体制であった。書物は焼かれた。（斎藤　一九八四、一一八）

同様に、人民戦線側で内戦に参加したドイツの共産党員フランツ・ボルケナウは、「単純な人の間によく見られる子供っぽい厚顔さで、バイレンの委員会は、我々が実際に見たものを見なかったと信じさせようとした。（中略）何もなかったと言い張るように命令された。（中略）特に処刑のようなことは起こらなかったと我々に信じさせようとする」（ボルケナウ　一九九一、一〇七）と真実の隠蔽を証言する。偽りの平和が演出されていたことをボルケナウは次のように記す。

要するにマドリードはバルセローナより戦時の街という印象を与えるが、社会革命の街という印象は与えない。民兵の制服やカフェの中の民兵の自信のある振舞い、私有車がないこと、時々ポスターが管理や接収のことを云っているということがなければ、社会変動があるとは誰も気がつかないだろう。しかしながらこの平和な印象は偽りである。少なくとも舞台裏ではテロがある。今日の会話は昨日起きた恐ろしい殺人のことである。それが反乱軍がバダホスを占領した後行った殺戮のニュースにより惹き起された。敵は千五百人の囚人を闘牛場につれて行き、機関銃で皆殺しにしたといわれる。政府の検閲のせいで（中略）、そのニュースは新聞にでなかった。（ボルケナウ　一九九一、七九）

その結果、政治状況の基本的な事実についてさえ、公然と論ずることが現在スペインでは不可能になっている。（中略）この争いが不幸なものであるとはいえ、もしもそれが相反する主義間の公明な争いであるならば、あるいは健全な成果をもたらすかもしれない。ところが、新聞はそれに触れることさえ許されていないので、だれひとり情勢を充分知るよしもない。そこで、この政治的拮抗は、世間を味方につけんとする公開の争いというかたちではなく、権謀術数とか、アナーキスト暴徒による暗殺とか、共産主義者の官憲による合法的暗殺とか、さらに、声を低めたあてこすりや流言といったかたちで、突き進んでいく。

（ボルケナウ　一九九一、一九三）

そして、残虐行為はエスカレートする。ヒュー・トマスの報告によれば、「処刑された男の妻、姉妹、娘も、その男と運命をともにした。しばしば女たちは頭髪を剃られ、ひたいにUHP［プロレタリア同志同盟］とかUGT［労働総同盟］など労働階級の記号をぬりたくられて、物笑いのまととなり、そのあと強姦されることもあった」（トマス　一九六六a、一四八）のである。

内戦勃発から終戦まで、数限りない処刑や殺戮が繰り返される。それは反乱軍側に限ったことではない。人民戦線はフランコ側に協力的な教会の焼き討ちを頻繁に行った。内戦開始直後は、人民戦線の勝利のためという確固たる目的をもっていたが、長引く戦乱に民衆はもはや惰性で戦っていたと伝えられる。「街の隅に牧場が一つあり、そこに毎日自動車が到着し、十五人か二十人の囚人がつれ出され、全部銃殺される。死体は見せしめとして二、三時間そこに置かれるが、まわりの街の住人はそれを見ても少しもおじけつかない」（ボルケナウ　一九九一、九一）という証言からは、人々が残虐な光景に対してすでに麻痺していたことがわかる。

二　内戦終結そして独裁制へ

一九三九年四月、内戦で勝利を収めたフランコはファシズム的な個人独裁を開始する。内戦による死亡総数は約六十万人、そのうち暗殺や処刑による死亡が約十万人、戦争に直接起因する病気または栄養失調で死亡した者が約二十二万人、そして戦闘中に死亡した者は約三十二万人であると伝えられる。犠牲者と亡命者を合計すると約一〇〇万人がスペインからいなくなった。当然のこととして労働力や物資が不足する。また、物的損害は計り知れず、インフラや経済活動手段も大きなダメージを受けた。甚大な被害を被ったスペインは復興と新国家に向けて多くの課題を抱え、第二次世界大戦に参戦する余裕はなかった。しかし、フランコはヒトラーのドイツ軍に「青い師団」と呼ばれる義勇兵を派遣している。

内戦が終結しても、両陣営の攻防はすぐに収まることはなかった。トマスは、「一カ月に約十万人の人々が、裁判もうけずに暴虐の犠牲となっていのちを失った。僧正がやつざきにされ、教会が汚されることもあった。教育のあるキリスト教徒が、文盲の農夫や感受性のつよい自由職業の人々を殺害しながら、夜をすごすことがあった」（トマス　一九六六a、一二九）と、両者の側で処刑が引き続き行われていたことを記す。とりわけフランコ政府側は、フリーメーソン、人民戦線政党の党員、労働組合員、そして人民戦線派が勝利した一九三六年二月の総選挙で人民戦線に投票した者すべてを逮捕し、その多くを処刑したのである。

フランコは教会に対して特権的な地位を保障し、一九四一年にはバチカンと協定を結び、カトリシズムを国教化したり、カトリック教義を教育に適用したりする。ただ、第二次世界大戦においてドイツの敗色が濃くなると、フランコは独裁をカムフラージュする必要に迫られ、国民憲章や国民投票法を制定して、民主主義の体裁を整える。しかし、一九四六年に国連はスペインの排斥決議を採択し、米・英・仏の三国共同宣言では、フランコの引退やファランヘ党の解体などが要請される。フランコ体制は国際平和にとっての脅威であるとされ、経済封鎖の可能性も検討される。国連の排斥決議が破棄されるのは一九五〇年になってからである。

スペインは深刻な食糧問題やエネルギー・原料不足などの問題を抱えており、一九五一年、バルセロナにて大規模な労働運動が起きる。そのため、同年、内閣の大改造が行われ、より開放的な経済・政治・対外政策を掲げ

図９　雑誌『証言――歴史における昨日、今日、そして明日』の1976年３月号は、「1936年７月――対立する二つのスペイン」と題するスペイン内戦特集であった

るグループが入閣する。一九五五年には国連に加盟、一九五八年には欧州経済協力機構、国際通貨基金、世界銀行に加入する。一九六一年から労働契約法が実施され、労使交渉が可能となる。一九六〇年からフランコ体制末期までストライキが頻発する。同時に、学生運動や大規模なデモ行進など反体制運動が過熱する。この頃、「自由主義派、カトリック左派、反フランコ王制派、左翼諸政党―労組、バスク、カタルニャ《ママ》などの民族主義勢力、共和主義諸勢力などからなる多様な反独裁戦線が、萌芽的ではあったが」出揃うことになる（若松　一九九二、六六）。フランコ体制は地域ナショナリズムを厳しく取り締ったが、バスクでは一九五九年に「バスク祖国と自由」（ＥＴＡ）が結成され、一九六八年以来テロ活動を遂行し、体制を脅かす。カトリック教会も反政府色を強めていき、地域語によるミサを禁じられたバスクやカタルーニャの司祭からの反発も出始める。共産党の影響力が強い労働者組織である労働委員会が創立し、一九六七年には初の全国集会が開かれる。一九七三年、体制の危機とフランコの病気が理由で、四〇年来フランコの忠実な補佐役であったカレロ・ブランコが首相に任命される。しかし、彼はその約半年後にＥＴＡ

によって暗殺される。一九七三年半ば、カトリック系の日刊紙『ヤ』（Ya）の紙上で結成された思想グループが、フランコ体制の変革を求める論説を次々と発表していく。一九七四年、病臥したフランコは一時的に国家元首の地位をファン・カルロス王子に譲るが、病状が回復すると国家元首に復帰、政府内の改革派の一掃に乗り出し、保守回帰を図る。ますます反体制運動が激化する中、一九七五年一一月にフランコは八三歳で死去する。

以上、スペインの内戦と独裁制について大要を紹介した。こと日本において、スペイン内戦に関する書物は枚挙に暇がないほど出版されている。ところが、フランコの独裁制関連の出版物は驚くほどに少ない。内戦研究に比べてフランコ研究あるいは独裁制研究が進んでいないことになろう。フランコ独裁制下で作品を執筆・発表し続けた劇作家アントニオ・ブエロ・バリェホの作品を分析する本書が、フランコ時代のスペイン史を演劇作品をとおして見直す一助となることを願う次第である。

三　検閲について(4)

ブエロ・バリェホは一九四六年の出所後に執筆活動を開始するが、彼の直面する問題は検閲である。彼はスペインでの執筆を続ける以上、検閲と折り合いをつけながら創作活動をしなければならない。当時のスペインの検閲について知ることは、ブエロ・バリェホの執筆活動および作品を理解するうえで重要である。

一九三六年七月に内戦が勃発すると、共和国政府軍および反乱軍の両陣営は、戦備として、ラジオ、びら、歌、映画、演劇などの伝達媒体を利用する。そして反乱軍側はクーデター一〇日後にはすべての出版物に対する検閲を始め、一週間をおかずして「出版・宣伝事務所」を設立する。同年一〇月、フランコ将軍が反乱軍側の国家の長に就くと、当事務所の権限が政府機関「出版・宣伝課」に移される。一二月には当課が、社会主義的、共産主義的、無政府主義的な書物、新聞、パンフレット、あらゆる種類の印刷物を検閲し、加えて、性的興味をそそる挿絵などの制作、商業取引、流通を取り締まるようになる。かくしてフランコ政府の検閲は徐々に全体主義的な様相を帯びてくる。

一九三八年四月、「出版法」が布告され、書籍、雑誌、映画、演劇、見世物、公共の行事、新聞、定期刊行物等すべてに事前の検閲が定められる。たとえば書籍の検閲における審査内容は以下の通りである。

一、カトリックの教義を攻撃していないか?
二、道徳・倫理に反していないか?
三、教会や聖職者を攻撃していないか?
四、フランコ体制やその組織を攻撃していないか?
五、フランコ体制に貢献している人物、貢献してきた人物を攻撃していないか?
六、非難に値する部分が、作品の全体的内容を左右するか?

(Abellán, 1980：19)

しかし、詳細な基準については法で定められておらず、検閲官にとっても作品の審査は容易でなかった。ジャンルを問わず共通して問題にされたであろう審査基準をマヌエル・L・アベリャンは四つに大別している。

一、性モラルに関しては表現の自由は禁止。性的羞恥心や由緒ある習慣に反すること、モーセの第六戒(なんじ姦淫するなかれ)に反することは違反。堕胎、同性愛、離婚への言及は禁止。

二、フランコ政権が導入した制度、イデオロギー、法律に対する反対意見は禁止。
三、猥褻、挑発的、慎み深いマナーに適さない言葉の使用は禁止。
四、宗教を機関や階級として扱うことは禁止。（Abellán, 1980：88–89）

フランコの独裁がドイツやイタリアの独裁と大きく違うのは、カトリックという宗教の重要性である。ファシズムとカトリック伝統主義が混合しているため、フランコ政府の内部においても様々に異なるイデオロギーが存在していた。それはスペイン独裁制の検閲を理解するうえで基本となる要素であり、検閲官一人一人の基準にばらつきがあるのもそのためである。換言すれば、フランコ体制での検閲は非常に恣意的であったわけである。検閲の基準が不明確であり、場合によっては矛盾をはらんでいたため、従うべき指標がないことに不満を漏らす作家もいた。

演劇は、その他の出版物と同じように取り締ることはできないと考えられていた。なぜなら、演劇作品の上演は集団を対象にしており、しかもメッセージが瞬時に伝わるからである。したがって、映画の検閲は演劇以上に厳しかった。全国様々な場所で上映されるため、鑑賞者の数が演劇の比ではないからである。ただ、映画の場合、一度許可された完成作品を勝手に変更して上映することは非常に困難であるが、演劇の場合は一回一回がライブであるため、取り締まる側も手間がかかったのである。検閲官は上演の前のドレスリハーサルに出向き、音楽、舞台美術、衣装などをチェックした。加えて、台詞の言葉の意味を変えるような声の調子、ジェスチャー、その他の兆候などがないかどうかも監視した。演劇作品には、二重の検閲、つまり出版と上演の審査が必要とされたのだが、テクストとしての出版許可よりも上演許可を得る方が困難であったと言う。ウエスカ県にある文部省の出先機関が、一九四四年にその地方支所にあてて出した演劇に関する規範の一部を要約する。

●プロの劇団が上演する場合、興行主は、事前に、当劇団のレパートリーと上演予定の作品を明記した「検閲書類」を提出する義務がある。「検閲書類」とともに、しかるべき台本の提出も劇団に要求すること。文部省副書記室、宣伝活動国家機関の印の無いものは許可しないこと。
●検閲承認書および上演作品の台本を携えていない劇団による演劇作品の上演は許可してはならない。
●劇団が提出した検閲承認書に一九四二年三月一日以前の日付がついている場合、上演を見た直後に、容認できないテーマはなかったか、道徳的に有害なシーンはなかったか等を県の出先機関に報告すること。
●上演において、台本にはない、あるいは検閲によって削除された言葉、文章、ジョークなどが発せられていないかどうか細部にわたって注意すること。
●毎月三〇日に、すでに送付している形式に従い、管轄地区において上演された演劇作品について詳細に報告すること。該当する欄には、検閲承認書の審査番号、承認日、承認した機関名を記述すること。
●各演劇作品の初演には必ず立ち会い、しかるべき検査を行うこと。

（Abellán, 1980：253–255）

また、検閲は台本の予備審査と、検閲済み完成作品の最終審査の二段階審査になっていたことも付け加えておこう。演劇作品に対する検閲は、かなり厳しく実施されていたのである。

一九四六年、国連から排斥決議を受けたこともあり、政府はその後、ファシズム色を控え、ナショナル・カトリシズムの言説を前面に出していく。一九四五年から一九五一年まで、教育省が検閲を担当したこの間、検閲は多少緩くなったようだが、依然としてナショナル・カトリシズム路線は優勢であった。その後、一九六二年にマヌエル・フラガ・イリバルネが情報観光大臣に就任すると、彼は「開放主義」を取り、限定的ではあるが出版物の自由化を認める出版法を制定した。この動向は、フランコ体制が社会、経済及び文化的変化に伴い、国内外で生き残るために必要な自国のイメージ作りであったとも言われる。

検閲の基準に一貫性がなかったことは先述したが、当然のことながら基準を求める声も少なくなかった。そして、一人の検閲官が、新しい政権における演劇とはいかなるものであるべきかをマニュアルにした。それを基にして一九六三年二月に「映画検閲規定」が作成され、翌年には演劇に適用できる『映画および演劇の検閲に関する報告書』が刊行される。詳述はしないが、禁止されているテーマや事柄をいくつか見ておこう。

●自殺の正当化
●哀れみからの殺人の正当化
●復讐や決闘の正当化（特定の時代や場所の社会習慣である場合は除く）
●離婚、姦通、違法の性的関係、売春、結婚制度や家族制度に反することの正当化
●堕胎、避妊法の正当化
●性の堕落（同性愛を含む）
●麻薬中毒、アルコール中毒を明らかに勧誘するような描写
●夫婦生活の親密な部分
●暴力。人間や動物に対する乱暴や残虐行為、恐怖のイメージや場面
●人間の尊厳を傷つけるイメージや場面
●カトリック信仰と実践に対する不敬な描写
●政治イデオロギーや体制あるいは式典を侵害するような侮辱的で低俗な描写
●歴史的な事実、人物、環境の意図的な歪曲

●民族、人種、社会階級間の憎悪を支持すること
●祖国を守る義務、その義務を要求する権利を否定すること
●カトリック教会、カトリックの教義、道徳、信仰、国家の基本原理、国家の尊厳、国内外の安全保障、国家元首を侵害するすべてのもの

これら禁止されたテーマに関して、ベルタ・ムニョス・カリスは鋭い分析をしている。彼女によれば、「その真の目的は大規模な人権侵害を行ってきた体制のイメージを守ることである。それだからこそ、たとえば、規定では、ある種の事実に関する『病的な、あるいは根拠のない』描写が非難されている。体制が避けようとしているのは、舞台上に自分たちが描写されることであり、結局のところ、自らの存在を隠蔽しようとしている（たとえば、拷問、あるいは銃殺の場合がそうである）」（Muñoz Cáliz, 2006）のである。第二章以降に分析していくブエロ・バリェホ作品の中に、右記の禁止テーマがどれくらい現れるであろうか。

規定がある程度定められたが、その内容は漠然としていると言わねばならない。規定の解釈が検閲官によって異なり、あるいは状況に応じた解釈がなされることを回避するのは困難であった。つまり、相変わらず検閲は恣意的であったのである。六〇年代に入るとスペインは対外的にも門戸を開くようになっていたため、海外の作品は比較的容易に検閲を通った。海外作品は現実のスペインとは無関係であるというのが理由である。そのため、国内の作家も、場所を海外にしたり、登場人物に外国人の名前をつけたりすることを一手段として用いた。

検閲官は検閲が本職ではなく副業であり、報酬もそれほど良くはなかった。ちなみに、一九五〇年の検閲官の年俸は、一級行政官が一万四千四百ペセタ、一級部局長が九千六百ペセタ、出版局の三級検閲官は五千ペセタであった。上演をチェックするために地方に出向く審査官は、一九五三年の記録で、月収二百五十ペセタである。

演劇部門の検閲官に選ばれたのは、劇評家、演劇とは関係ない部門の新聞記者、随筆家、映画の脚本家、小説家、劇作家、演出家や俳優などの舞台関係者、そして聖職者である。先述のように審査は検閲官の主観に左右されたため、一度却下された作品が、別のときには瑣末な変更のみで、あるいは変更なしで許可されることも少なくなかった。すべての検閲官が専門的な知識を持っているわけではないため、作家の工夫次第で検閲を通過することはそれほど困難ではなかったと推察される。

一九六六年三月には新たな出版法、通称「フラガ法」が国会で承認された。この出版法は内戦以後の厳格な出版規制を緩和しようとするものだが、新聞に対する政府の監督権の留保、国外ニュースの統制、出版物の事前押収などは依然として続いた。検閲官が行っていた予備審査は作家による自主検閲になる。言論・出版の自由が徹底されたわけではなかったが、ある程度許容されたため、出版物の点数が増加する。しかしながら、出版法のなかに罰則規定が盛り込まれ、罰金刑が科された。その件数は、一九六六年には二二件、六七年には七二件、六八年には九一件と徐々に増加した。その事実が、取り締りが決して緩和したわけではないことを物語っている。この年に初めて女性二名が検閲官となる。検閲官の報告に対して激しい論争を引き起こした作品に関しては、国内外で湧き起こった反論を抑えるため、あるいはフランコ政権に民主的なイメージを与えるために許可される場合も少なくなかった。

四　アントニオ・ブエロ・バリェホと検閲(5)

ブエロ・バリェホ作品に対して、検閲官がどのような報告をしたのかを見ていきたいと思う。彼の最初の上演作品『ある階段の物語』と、本書で分析する作品七本に対する検閲内容を紹介していく。検閲報告書はムニョス・カリスの『フランコ政権の演劇検閲の関係文書』（Muñoz Cáliz, 2006）の巻末資料を参考にする。

一九四九年一〇月一一日に検閲官三名によって審査された『ある階段の物語』は、文学的には評価に値する作品と判断され、三カ所の削除と二カ所の修正のみで上演を許可される。修正は、一九三九年（フランコの独裁制が始まった年）に言及した箇所であり、削除は「ストライキ」、「労働組合」、「組合活動家」という三語であった。歴史批判を風俗喜劇としてカムフラージュするブエロ・バリェホのテクニックは完璧だった」と語っている。後に検閲官の一人が、「当作品の上演が成功するとは思わなかったため即座に承認した。

『燃ゆる暗闇にて』の検閲は一九五〇年一一月二一日、台本が提出されてから一週間後に、削除や修正なしで一六歳以上の成人向けに上演許可が下りる。検閲官は一名のみ。文学的価値に関するコメントには、「きちんと書かれている。知的に書こうとしているため情熱と流暢さに欠ける。そのため、内面の問題が弁証的に、冷ややかに表明されており、感動がない。登場人物が軽く、彼らの息遣いが聞こえてこない。なぜなら、作者は気持ちのこもっていない脳みそだけの経験で登場人物たちを舞台に描いているからだ」と書かれている。そして、最終判断として、「作者がカルロスの犯罪を正当化しようとしているように思える瞬間が幾度かあるが、実のところ作者は、程度の低い激情的な殺害動機を隠しはせずに、カルロスにイグナシオの苦しい不安を抱えながら生きるという罰を与えている。有害な主張はまったくなく、魂の葛藤が展開しているにすぎない。作者はどちらの立場にもついておらず、結論を提示してはいるが、暗示などはしていない」とし、道徳的な危険性は一切ないと結論付けている。

『ラス・メニーナス』の検閲は一九六〇年一一月一五日で検閲官は四名。五ページにおよぶ修正を伴って上演許可が下りる。次のようにコメントした検閲官がいた。「心理学的色合いが濃く、演劇的な深みもある非常に価値のある作品であると私は思う。文学的な質もすばらしく、舞台装置も適切である。登場人物や状況がわれわれの同時代の問題に類似し、適合することを抜きにすれば、この作品はなんの異議もなく許可されることができるというのが私の判断だ。人間の判断というのは公的であれ私的であれ、明らかに今も昔も常に同じなのである。したがって、それぞれの作品に類似や相似、象徴を見出すことは容易なことである。判断はより客観的かつ公正であるべきだ。しかしながら、ブエロ・バリェホの作品の場合は現在の問題を示唆している可能性があるので慎重に見なければならない」。

次の作品『サン・オビーディオの演奏会』の検閲は一九六二年一一月一五日に二名の検閲官によって行われ、削除なしでの上演許可が下りる。報告書には、「何らかの理由があって作者はこの作品を『たとえ話』と形容している。古い時代を舞台にした作品ではあるが、すべての時代に当てはまる意図的なものを裡に秘めている。私の判断では、この作品は民衆扇動的な後味は残るものの、概して教訓的である」とある。

『バルミー医師の二つの物語』は、フランコ政権中には上演許可が下りなかった重要な作品なので詳細にみていこう。一九六四年七月二八日の審査会では、検閲官三名が削除四カ所と登場人物の名前を外国のものにすることを条件に上演を許可する。報告書には、「拷問に関してはすでに映画や演劇で描かれており、本来の意図を理解して作品を見るのであれば、不快になることはないと思う。（警告）インポテンツという言葉やその状況に繰り返し言及することをできる限り避けること。回避することはできないとわかってはいるが」というコメントがある。また、「いくつかの削除を提案する。しかし、拷問の事実を節度あるやり方で表現しているため、この作品は問題なく検閲を通ることができる」というものや、「この作品は具体的な物語を中心に据えてはいるが、不運にもかなり普遍化している不正な暴力や警察の拷問を見事なまでに攻撃した作品であり、検閲を通る価値がある」というものがある。その一方で、「私はフィエロ氏とバルトロメ・モスタサ氏の見解に賛成する。報告書を出すのは初めてなので」という責任感の欠如したものもある。さて、一度は上演許可が下りたにもかかわらず、三か月後に十名の検閲官により総会が開かれ、上演許可が却下される。一九六六年に再申請されるも情報観光大臣によって不許可とされ、その一年後に再提出された申請も退けられる。一九七四年の審査時には、「ブエロは世界的な名声を持つ我が国を代表する劇作家であるから、スペイン国外でスキャンダルになる前に承認するべきだ」と提案する検察官もいたが、許可は下りなかった。一九七五年一一月の申請では、一六名の検閲官が総会を開き、同年一二月に三カ所の削除を条件に上演が許可される。

フランコ死去後の一九七五年の検閲報告書にはどのようなことが書かれていたのだろうか。上演許可を擁護する意見としては、「全世界的な事実としての警察の拷問の一般的な分析。イデオロギーとは切り離され、一般的に非難される拷問が作品内で検討されていると断言できる。その普遍性が維持され、不適切な暗示が回避されるのであれば許可」というものがある。また、「実際、この作品は警察の拷問の物語である。具体的な国に限定されていない。この物語は全世界に適用される。この警察署長のような人間はどこにでもいるという登場人物の言葉がそのことを明らかにしている。良くできた作品であり、かなりメロドラマ的で、民衆扇動的ではない」という意見もある。反対意見としては、「周知のとおり、作者はこの作品の舞台を架空の国スエリアにしたが、秘密警察が組織されている国と取り違える可能性があると断言できる。作者はスペイン人であり、スペインでは半世紀前に、時として公に時として秘密裏に内部紛争が起き、秘密警察が第一線で活躍していたのであるから、私の意見を言わせていただけるなら、最近起きた悲惨な出来事を考慮すると、われわれの国を暗示していることは疑いの余地がない。結論、時宜を得ない」というものがある。あるいは、「物語が架空の国で展開しているが、観客が自国と類似する問題や見解を見出すことは避けられない。上演禁止」とある。

『明り取り』に関しては、一九六七年六月に申請書が提出されたことは記録されているものの、検閲報告書が保管されていない。単に紛失してしまったのか、何か意図があって破棄されたのか、現在のところ何もわかっていない。

『理性の眠り』の第一回目の審査は一九六九年七月に三名の検閲官によって行われる。しかし、最終的な上演許可は下りずに、同年一二月、一二名の検閲官による再審査が行われ、ドレスリハーサルで承認されるのであればという条件付きで、一二月九日に上演許可が下りる。ただ、次のような条件も付与された。「二幕の三九から四五頁のシーンについては特別に注意をし、ゴヤへの襲撃や暴行、ならびにレオカディアへの暴行を無理やり舞台化することによって引き起こし得る抗議の声を避けること。許可するうえの基本的かつ不可欠の条件である」と記されている。ある検閲官は、「この作家は再び歴史的な状況を利用して、自身の立場を外在化している。そして、『明り取り』が想定した窮地を避けるために、一世紀以上も時間的距離を置いて、ゴヤの晩年にわれわれを連れて行き、フェルナンド七世に具現化される絶対主義の圧政者の姿、そして抑圧される自由主義者たちの悲しく暗い光景を見せるのだ」と述べる。加えて当検閲官は、ゴヤの幻覚への同化の演出は効果的であると評価できるが、最後の場面は下手なメロドラマのように終わっていると指摘している。別の検閲官は、「この作品はスペイン史の具体的な一時期を舞台にしており、その扱い方に議論の余地ありと言えなくもないが、検閲の規定内には納まっているので、一八歳以上の成人に向けての上演可」としている。また、一九世紀の絶対主義を扱う作品が同時代のスペインを示唆していることは認めるが、フランコ政権のイメージアップのために許可したと記す検閲官もいた。

最後に分析する作品『財団』は、一九七三年三月に三名の検閲官が、四月には一〇名の検閲官が報告書を書いている。最終的に、六カ所の削除とドレスリハーサルの審査を条件に、同年六月二八日に一八歳以上の成人向けの上演が許可される。報告書には、「再びブエロ・バリェホお得意の善の被抑圧者と悪の権力、善の敗者と悪の死刑執行人だ。彼の刑務所生活の想い出だ。しかし、今回は場所はあまり特定されていないし、内戦やスペインの暗示はない」というコメントや、「人殺し！　という叫び声の部分は削除されるべき」、あるいは、「顕微鏡で見なければわからないくらいの政治的な暗示はあるが、作者の問題提起には普遍性があり、一八歳以上の成人に対して上演を許可できると思う」という記述もある。また、「重要なテーマであり重要な作品。作者は想像上の国での『寓話』として作品を位置づけている。そのことを尊重するなら、許可だ」という安易なものや、「重要な作品であり、抑圧を上手く描いた作品である。すべての点において抑圧とは普遍的な性格を持っているので、当作品の上演には何の危険もない。作品の質がすばらしい」と高い評価を示したものもある。

以上、ブエロ・バリェホ作品に関する検閲の状況を見ても判るように、作品の許可・不許可はかなり恣意的なものである。しかしながら、サストレの作品をはじめ、その他多くの劇作家の作品が上演されなかったという事実を無視することはできない。ブエロ・バリェホは、ミウラのように上演のため、あるいは興行的成功のためにブルジョア階級の志向に迎合することなく、またサストレのように頑なな態度を崩さずに上演されることのない作品を作り続けるのでもなく、ある程度の削除や修正を受け入れて上演許可を取りつけた。当時の社会に抗議する姿勢をとるブエロ・バリェホ作品が政府に認められ、さらに観客から支持されたのはなぜなのか。政府に受け入れられた理由として、検閲に通るために比喩を多用することで作品が真に訴えたいことをカムフラージュしたということはある。しかしながら、ブエロ・バリェホ自身は彼の作品が検閲の影響を強く受けたとは考えていない。彼が「斜めの視線」と呼ぶ劇作法は、批判する対象を直接的ではなく間接的に攻撃する。そしてその「斜めの視線」を通して舞台上に描かれることは、独裁制下の観客が決して声に出して言えなかったこと、あるいは忘却しようと努めていたことにほかならない。

ミカエル・ウガルテは亡命作家についての著書で、「亡命は執筆の触媒」であり、「犠牲者たち［＝亡命作家］

は書くこと、思い出すこと、証言することの抑制不能な必要性を共有している」（Ugarte, 1999：5）と指摘する。しかし、この必要性は亡命作家に限ったことではない。スペイン国内にとどまり、その社会に生き、社会を観察し続けている者こそ、「書くこと、思い出すこと、証言すること」の必要性を痛感しているはずである。そして、そうすることが自由にできないからこそ作家の手腕が問われる。ブエロ・バリェホがいかなる劇作法を用い、いかなる抵抗を可能にしたのか、作品分析を通じて考察していこう。

第二章　盲目が可視化する権力
――『燃ゆる暗闇にて』における神話の解体――

アントニオ・ブエロ・バリェホは一九三六年に出征するまで、マドリードのサン・フェルナンド美術学校で絵画を学び、画家を目指していた。しかし、投獄による約七年間のブランクのため画家としての道を断念し、劇作活動を始めることになる。処女作の『燃ゆる暗闇にて』は、ブエロ・バリェホが服役中の一九四五年に構想し、出所直後の一九四六年の八月に一週間で書き上げた作品である。その後、加筆修正を重ね、一九五〇年に初演を迎える。

処女作『燃ゆる暗闇にて』は後のブエロ・バリェホ作品の特徴と言える要素、たとえば演劇的弁証法、不安というテーマ、象徴、身体的に障害を持つ登場人物といった要素をすべて含んでいると指摘されている（Gutiérrez y la Fuente, 1992 : 16）。本作品の舞台は盲学校であり、登場人物の一三名中一一名が視覚障害者である。本作以降のいくつかの作品に主役、脇役を含め視覚障害者が登場しており、ブエロ・バリェホ作品と「盲目」との関係を考えることは重要である。

登場人物のほとんどが盲人である本作品の「盲目」について、ブエロ・バリェホは一九五一年出版の『燃ゆる暗闇にて』のあとがきに次のように記している。

作品のなかのこの［盲人の］事柄に論理性が欠けることを承知で、盲学校の生徒を生まれつき盲目である者に限定することをあらかじめ決めていた。そうしたのは、ある意味で盲人ともいえる人間一般を描きたかったからである。

（Buero Vallejo, 1994：333）

ブエロ・バリェホは盲人が人間一般を象徴することを明言し、作品が提示する普遍性を強調する。しかしながら、彼がこのあとがきを書いた一九五一年はフランコ政府による検閲が厳しい時代であり、当然のことながら作品の持つ時事性に言及することは困難であったろう。独裁制の終焉により、彼は作品中の盲人について次のように語れるようになる。

盲人はひとつの記号使用である。生死に関わるほどの私自身の経験や刑務所内での苦悩の日々と大いに関係しており、そしてある意味、独裁制が敷かれている間、暗闇の中で盲目的に生きていた我々と関係している。我々の社会は盲人の社会であるという隠喩が［『燃ゆる暗闇にて』に］存在した。

（Pérez Henares, 1998：70）

フランコ政権中には自身の作品解説に関しても自主規制が働いていたことが明らかである。いずれにしても、盲人が人間一般、あるいは独裁制時代のスペイン社会を象徴するというのは少々漠然としている。本作品の「盲目」

は、作者の語る以上にさまざまな角度から分析することが可能であるように思う。まず、盲学校の絶対的な教義である「鉄のモラル」の分析から始めよう。

一　自由という神話

第一幕が開くと、観客は喫煙室でくつろぐ八人の学生を目にする。身だしなみの整った若者たちは実に楽しそうに会話し、椅子から立ちあがったり座ったり、歩き回ったりする。一見すると彼らは健常者に見えるのだが、実は視覚障害者なのである。ブエロ・バリェホはその様子をト書きで「正常性の幻想」と表現している。

正常性の幻想はしばしば完璧であり、観客はその生徒たちを悩ましている身体的障害のことを忘れてしまいそうになる。ただ、どうしても避けられない些細なこと、すなわち、この生徒たちが決して対話者の顔を直視しないということが、時折観客に彼らが盲目であることを思い出させる。(6)

晴眼者と同じように自由に行動し、幸せそうに見える生徒たちであるが、盲目という身体的障害は彼らを「悩ましている」のであり、決して障害という制限から自由になっているわけではない。彼らを晴眼者と区別するものは「些細なこと」であっても、「どうしても避けられない」ものである。しかし、盲目の生徒たちは、ほぼ完璧に晴眼者のごとく振る舞う。したがって観客は、自由に歩き回る登場人物がしばらくは盲人であるとは気づかない。ただ、生徒たちが「決して対話者の顔を直視しない」ため、観客はやがて彼らの「正常性」が「幻想」であることに気づくのである。

「対話者の顔を直視しない」というト書きで明らかになるのは、盲学校の生徒たちの間には見る／見られるという二項対立的な関係が存在しないということである。つまり、見る主体／見られる客体という権力関係が存在しない。校長のドン・パブロも盲人であり、学校を統括する校長でさえも見るという行為の持つ権力は持っていない。ドン・パブロは当校の規則である「鉄のモラル」にしたがって、晴眼者のごとく活発に、かつ陽気に生活するよう生徒たちを指導する。彼らは施設内においては杖を持たずに何の不自由もなく歩き回り、スケートや球技などのスポーツさえも楽しむ。しかし、盲目の生徒たちは本当に自由なのだろうか。

舞台は、夏休みが終わって学校に戻ってきた生徒たちが始業式を待つ場面から始まる。少し遅れて到着した学校一の人気者でお調子者のミゲリンは、「表はごちゃごちゃしてるからな。ここに来るとほっとするよ。ここに着いたとたんに、杖なんか守衛さん行きだろ」とおどける。研究者のリカルド・ドメネクは「盲学校の教義は避難所のようなもの、すなわち、たとえそれが偽りの平和であっても、平和に暮らすことを可能にする秩序になっている」（Doménech, 1993 : 71）と論じる。教義のみならず盲学校という場所そのものが視覚障害を持つ生徒たちにとっての避難所になっている。目の見えない者たちの象徴である杖を放棄できる唯一の場所なのである。

盲人の杖について考えてみたい。ミゲリンが夏休みの出来事について話し始めたときの様子を見てみよう。

ミゲリン　いいかい。（笑いながら）ある日、杖を持って通りに出たんだ。すると……（話を中断する。驚いた口調で）何か聞こえないか？

冗談言うなよ、と言われ、ミゲリンは次のように返す。

ミゲリン　冗談なんかじゃない。なんか妙な音がするぞ。杖の音だ……

外部の世界では盲人にとっての命とも言える杖の音は、盲学校においては「妙な音」となる。杖の音は不安を象徴するものとされ、排除されるべきものなのである。生徒たちは杖を放棄することで、自分たちが晴眼者と同じ世界にいるのだと思い込む必要があるのだ。盲目の生徒たちは、杖のもつ価値の転換により、自分たちの不自由な世界を晴眼者たちの自由な世界に転換しようとする。視覚の存在しない盲学校にとって最も重要なのは「音」である。杖の音は彼らにとって視覚的な障害を強く意識させるものであり、晴眼者と同じ振る舞いをすることを教義とする盲学校においては、その杖の音はそぐわないもの、つまり「妙な音」となる。また、見えない世界において杖の音を響かすことは相手に認識されることにもなる。つまり客体であることを認めることにもなるため、排除されるべき行為となるのである。

施設では使用される言葉にも制限がある。「盲人（ciego）」という言葉は禁句であり、生徒は自分たちを「目の不自由な者（invidente）」と呼ぶ。この二つの言葉に関するやり取りをみてみよう。始業式にやってきた転校生イグナシオは、親しげに接してくる生徒たちに対して、「放してくれ、僕は……憐れな盲人（ciego）なんだから」と言う。生徒たちは皆、イグナシオが冗談を言ったのだと思う。しかし、冗談ではないことがわかるとミゲリンが、「そんな言葉を知ってるなんて大したもんだぜ、とっとと失せろ！」とイグナシオを威嚇する。つまり、偽りの正常性を維持するためには、その正常性を危うくする言葉の使用も規制されるということだ。ここで“invidente”という語の意味を再考する必要があるだろう。それは“vidente”の否定語であり、「vidente ではない」というように“vidente”を基準とするものである。“vidente”には「目の見える人」と「予見能力のある人」という二つの意味があり、盲学校の生徒は後者の意味で“vidente”という語を使用する。つまり、“invidente”である彼らは「目の見える人ではない人」なのではなく、「予見能力のある人ではない人」として自らを呼び、あくまでも目が見えないということは明言しない。しかしながら、“invidente” に「予見能力のない人」という意味はなく、「目の見えない人」という意味しかない。“vidente” と同じように振る舞うことに努める彼らが、自らを “invidente” と呼ぶとき、彼らは目指すものとは反対のものであること、つまり目が見えないことを認めていることになるが、その矛盾には気づいていない。

　盲学校の生徒たちが抱える矛盾を隠蔽するのは「鉄のモラル」である。新入生のイグナシオは、明るく冗談を言い合い、自由に歩き回る生徒たちが盲人だと知って驚愕する。彼らはイグナシオもすぐに自由に生活できるようになると励まし、「鉄のモラル」の教えを説いて、まずは杖を手放すことから始めるようにとアドバイスする。施設の生徒が一人残らず守っている「鉄のモラル」とはいったいどのような役目を果たしているのか。彼らはそれを守ることで晴眼者と同様の生活が享受できると思い込んでいる。つまり、彼らにとって「鉄のモラル」は幸福を約束する神話として存在している。その神話は誰にも疑問視されず、きわめて自然なものであるかのように扱われている。しかしながら、施設の安全な生活、視覚障害者が晴眼者のように立ち振舞える環境は人工的に作られたものである。家具の場所はすべて固定されているため、彼らは決められた線の上をなぞって行動しているにすぎない。すなわち、変化が禁止された、自由が奪われた空間なのである。「鉄のモラル」はそのような空間を自然で自由なものとして受け入れることを可能にするイデオロギーとなっているのである。盲学校の生徒たちは人工的に制限された空間、抑圧された空間でのみ自由に行動できるという矛盾した状況に置かれている。そのような盲学校の矛盾を可視化し、「鉄のモラル」が創り出す自由という神話を破壊するのが転校生のイグナシオである。

二　真実を追求する者と真実から目を背ける者

盲学校の中心人物で優等生のカルロスと新入生のイグナシオは、施設の教えや女子生徒フアナをめぐって対立していくことになる。二人は、舞台の初出時から非常に分かりやすい対照をなしている。ト書きによれば、カルロスはエネルギッシュなたくましい青年で、イグナシオは痩せていて貧相である。カルロスが糊付けされた白いワイシャツにネクタイをきちんと着用しているのに対し、イグナシオは季節外れの黒い服を身につけ、ワイシャツの襟ボタンをはずし、ネクタイを緩めている。舞台を見る観客はその外見からしてイグナシオが疫病神的な存在であることを察することができる。

外見的に明らかな対立が示される彼らは、内に持っている信念においても対立する。カルロスは施設という閉鎖された世界の偽りの平和を守ろうとし、一方イグナシオは、自己欺瞞の世界、つまり現実と向き合うことを避ける施設を嫌悪する。ドメネクの言葉を借りれば、イグナシオは正常性の幻想よりは「悲劇的な真実を選択する」（Doménech, 1993：73）のである。イグナシオは登校初日であるというのに、盲学校の異様なほど陽気な雰囲気に辟易して施設を去ろうとする。引き留めるフアナに彼は次のように言う。

イグナシオ　黙れ！　どいつもこいつも、みんな癪にさわる。君もだ！　君が一番癪にさわる！「楽しく」っていうのがここでの合い言葉なんだ。君たちはその楽しさに毒されているんだ。僕がここにあると思っていたのはそんなものじゃない。本当の仲間に会えると信じていたのに……空想にふけっている人たちなんかじゃなくて。

さらに、イグナシオは校長やカルロス、そして施設全体を非難し始める。

イグナシオ　（前略）楽しくやればいいじゃないか、優等生で物知りのカルロスと。まったく愚かなやつさ、楽しいと思い込んでいるんだからな。それに、ミゲリンも、ドン・パブロも、他の連中もみんな愚かだね。みんなさ！　君たちはみんな生きる権利なんかない。苦しむことから逃げようとしたり、自分たちの悲劇に立ち向かうことを拒んだりしてるんだから。正常な生活を送っている振りをしたり、忘れようとしたり、哀れな人たちを元気づけようと喜びのシャワーをお勧めしたりしてる。（中略）君たちは模範生だよ。それに、絶望と戦っている教師たちの協力者でもある。絶望はこの施設の隅々、いたるところにうずくまっているんだ。みんな盲人（ciego）なんだ！　盲人（ciego）さ。目が不自由（invidente）っていうんじゃない！　愚か者さ！

“ciego”という形容詞には「盲目の、目が見えない」という意味のほかに、「無分別な、盲目的な、理性を失った」、そして「ふさがった、閉じた、出口のない」という意味がある。イグナシオは施設が禁句とする“ciego”という語を用いることで、その施設が「理性を失った」、「閉じた、出口のない」空間であることを告発する。このようにして彼は「鉄のモラル」を忠実に守ろうとするカルロスと真っ向から対立していく。

『A・ブエロ・バリェホの演劇――周縁化と無限』の著者であるエンリケ・パホン・メクロイによれば、「イグナシオとカルロスは、人間が自分を制限するものに対して取る二通りの立場を表している。すなわち制限を受け入れる立場とそれを否定する立場である。カルロスは自分を制限するもの、すなわち盲目を怖がっており、それを否定することでその制限から逃げようとしている。イグナシオは自らを制限するものを勇敢に認めているが、打ち勝つ希望を持たず、打ち勝とうともせずに、むなしい絶望感に浸っている」(Pajón Mecloy, 1991：79)。しかし、イグナシオは「むなしい絶望感に浸っている」だけなのだろうか。彼は見ることを切望している。彼は幸福あるいは正常を装う施設、そしてその施設を代表する優等生カルロスとあくまでも戦うと宣言する。研究者カルメン・チャベスの言うように、「イグナシオが施設にもたらす戦いは革命」(Chávez, 2001：36) であると言ってもよいであろう。戦うことで目が見えるようになるわけではない。しかしイグナシオは戦うことによって、晴眼者の世界を模倣する盲学校の矛盾を暴きだし、正常性という神話を崩壊させるのである。

一方、カルロスは神話の構築そして維持に努める。彼は自分たちの世界と目の見える人たちの世界は同じであると言い張る。ところが、彼らの自由が施設という閉ざされた空間に限定されていることを最も認識しているのは彼自身なのである。興奮したカルロスは盲学校が人工的な空間であることを認める発言をしてしまう。

カルロス　(興奮して) つまずくもんか！　ここじゃ、すべてが決められているんだ。僕たちは隅から隅まで全部知り尽くしているのさ。杖は外で使うにはいいけど、ここじゃ……

カルロスに対してイグナシオはこう言い返す。

イグナシオ　ここでも杖は必要さ。俺たち憐れな盲人 (ciego) は、周りでどんな危険が待ち伏せしているのか知りようがないだろう？

そして、イグナシオは彼自身の言葉が真実であることを証明するべく、カルロスに罠を仕掛ける。イグナシオは事前に丸テーブルを通常の場所から移し、カルロスと自分との対角線上に置いていたのである。イグナシオのいるところまで早足で歩いて来るように挑発されたカルロスは、結局、障害物の気配を感じ、顔を引き攣らせながら歩く速度をゆるめ、両腕を前に出して丸テーブルに触れる。カルロスは躊躇したことを強く否定し、施設のなかでの自由を主張し続ける。しかし、周りにいた者は皆、カルロスのためらいを感じとっており、もはや彼の主張が説得力を持たないことは明らかである。

カルロスとイグナシオを二項対立的にとらえる研究者は多い。しかし、二人の生徒は相対立する存在なのだろうか。カルロスは自分が盲目であるという真実から目を背け、晴眼者と同じ自由があるという幻想世界を創り出し、現実逃避する。しかし、それは自分が盲目であること、晴眼者のようには生活できないこと、そして盲目であるがために多くの制限を強いられていることを強く認識しているからにほかならない。彼は「鉄のモラル」の信奉者であり、学校一の模範学生であるが、校長の教えあるいは信念を全面的に擁護しているわけではない。イグナシオの件でドン・パブロと話したときのことをカルロスは次のようにフアナに語る。

カルロス　（前略）ドン・パブロが動転しているんでびっくりしたよ。はっきりと具体的には言ってくれなかったけど、僕を信頼して不安な思いを打ち明けてくれた……生徒たちは以前より口数が少なくなって、自信がなくなっているってこと。学問上の競争だって前に比べるとかなり活気がなくなっているってこともね。元気づけようとはしたけどさ。校長がひどく戸惑っているのがわかって気の毒だったよ。気の毒だったし……それに、ひどく妙な感覚を覚えたんだ。

「どんな感覚?」と聞くファナに、カルロスは「軽蔑にも似た感覚」と伝える。校長の「鉄のモラル」を絶対的なものとして守ってきた優等生のカルロスが、絶対的存在である校長に対して軽蔑にも似た感覚を覚える。なぜカルロスは校長に対する信頼感を失うのか。当然、外部から入ってきたイグナシオに動揺する校長に失望したということはあるだろう。カルロスは校長には毅然とした態度で「鉄のモラル」に準じた教育を継続してほしいと願っている。ただ、その願いが、心の底から彼が「鉄のモラル」を信じているからなのかどうかは疑わしいのではないか。彼は絶対的な教えを説く校長に盲従しているわけではなく、自らを劣等感から庇護する存在として校長を利用しているのである。カルロスは自らの劣等感を覆い隠すために施設の正常性あるいは「鉄のモラル」を必要としているのである。したがってカルロスは、自分が押し隠そうとする劣等感をイグナシオが暴くのを、何もせずに手をこまねいている校長に対し苛立ちを感じるのである。パホン・メクロイが分析するとおり、カルロスは「劣等感から逃げるために優越感を信じ込み、あるいは非現実的な世界、理想的ではあろうが決して真実ではない想像上の世界を信じ込む」(Pajón Mecloy, 1991 : 84) のである。彼が「鉄のモラル」を固守するのは施設すなわち体制の維持のためではなく、自分自身が絶望感に陥らずに生きていくためである。つまり盲目という制限された状態で生きていくための方策として偽りの正常性を選択し、その選択を正当化するための道具として「鉄のモラル」が必要なのである。

一方のイグナシオは、目が見えないという事実を受け入れ、盲人は目の見える人たちとは違うのだと訴える。そして、施設の正常性や平和の幻想のなかに生きる生徒たちに真実を突きつける。しかし、イグナシオが見たいと切望している「光」は現実的なものではない。生まれつき盲目であるイグナシオは、「光」を感知したことはなく、それがどんなものであるのかを知らない。つまり、彼が追い求めているのは未知なるもの、しかも手に入れることが絶対的に不可能なものである。イグナシオは不可能な夢、つまり光の存在する世界という彼にとってのユートピアを追い求める夢想家でもある。神話を維持するカルロスとその神話を破壊しようとするイグナシオ、光の存在するユートピアを追求するイグナシオとそのユートピアへの希求を隠蔽するカルロスという関係が成立する。彼らは二人とも非現実的な部分と現実的な部分を併せ持っているのである。

三　正常性の崩壊

本作品の一一人の登場人物は先天的に盲目であり、彼らは盲人であることを運命として受け入れなければならない。盲目が象徴するのは一般的に人間には欠陥があり完璧ではないということだと論じる研究者もいる（De Paco, 1991）が、舞台には数は少ないにしても目の見える人たちも登場するのであり、盲人が生まれながらにして欠陥を持っている人間一般を象徴すると一概に言うことはできない。見える／見えない、見る／見られるという対立が、盲目というテーマによって浮上することに注目する必要があるだろう。

カルロスとイグナシオの外見が対照的であることは先に述べたが、カルロスや他の生徒たちのきちんとした服装について考察しよう。晴眼者であれ視覚障害者であれ、自分自身の気分をよくするために整った服装をするというのが理由としてあげられるであろう。しかし、晴眼者が自分の姿を鏡に映してその服装をチェックするとき、他人の目を気にしていないと言えるであろうか。盲学校の生徒たちは相手を見ることができず、相手から見られることもない。そうであるにもかかわらず、サングラスをかけたり、きちんとした身なりをすることは、晴眼者の世界を意識すること、すなわち眼差しの客体となることを自ら引き受けることにほかならない。そして、施設内で唯一目が見えるドーニャ・ペピータの持つ眼差しは、彼女の在・不在にかかわらず監視する力を有することになる。換言すれば、彼らは実際に存在しているのかどうかもわからない晴眼者の視線を意識していると言えるのである。つまり、盲学校はパノプティコン（一望監視施設）[7]として機能している。盲人たちは自らの知り得ない視線から決して自由になることはなく、盲学校における自由は偽物だということになる。

見える／見えないという対立について考えてみよう。施設の外側の世界に身を置くとき、生徒たちは自分たちの目が見えないということを強く意識しなければならない。しかし、見る主体・見られる客体という晴眼者の世界の二項対立が成立しないことが前提の盲学校では、一般的に常識とされていることの転覆が可能になる。

ミゲリン　（前略）僕たちは目が見えない。まあ、それはいい。目が見えるってことが理解できるかい？できないよな。そうすると、目が見えるってことは理解できないものなんだよ。ということは、目が見える人たちも見えてないってことになるんだ。

ペドロ　じゃ、見えてないんなら、何をしているのさ？

ミゲリン　みんな笑うなよ。馬鹿だなぁ。彼らが何をしているのかって？　みんながみんな見えているって錯覚してるんだ。狂気の幻想さ！　この狂人たちの世界で唯一正常なのは僕たちのほうさ。

イグナシオはミゲリンの論を馬鹿げているとして取り合わない。しかし、これは見える／見えない、正常／狂気の概念を覆す重要な言葉である。フランスの哲学者ディドロは「盲人に関する手紙」のなかで「見えているものが触れえるものかどうか私はしらない」（ディドロ　一九七六、九三）という言葉を記し、見えるということと存在するということの必然的関係を疑問視している。見えることに疑問を呈することは眼差しの権力に抵抗することであり、眼差しが作り出す二項対立を解体することでもある。

眼差しの存在しない世界では声や音が重要となり、眼差しという権力への抵抗言説として機能し得る。では、盲学校における音、声、そして声と関係する「語ること」と「語らないこと」に論を進めよう。先述したように、自信に満ちた校長のドン・パブロや、その校長の教えに従う生徒たちは、盲学校という閉ざされた空間において精神的にも身体的にも安定した生活を送っている。なぜなら施設は見える／見えない、自由／不自由、抑圧者／被抑圧者といった二項対立を排除し、彼らが負の側にいることを隠蔽するからである。しかしながら、その安定した生活や信念が脆いものであることが、イグナシオの存在によって明らかになる。イグナシオが再三の注意にもかかわらず杖を使用し続け、その音を響かせ、盲人（ciego）という語を反復することで、施設の隠蔽する二項対立を暴いていくからである。

イグナシオは施設に「戦争」をもたらすと宣言する。イグナシオがもたらす「戦争」は生徒たちの「平和」を揺るがし、徐々に施設の人間関係を壊していく。まず、恋人同士であるカルロスとファナの関係に変化が現れる。

カルロス　ファナ！（沈黙。ファナは本能的にカルロスの方に振り向くが、困惑しており、口を開こうかどうかを決めかねて、イグナシオのほうを向く）いないのかい、ファニータ？……ファナ！（ファナは身じろぎせず、答えない。イグナシオも沈痛な思いで黙っている。カルロスは直感による信頼感を失い、奇妙な孤独感に襲われる。まさに盲目である。自信なく両腕を前に出し、空気を掴むような仕草をし、用心深く前に進む）ファナ！……ファナ！……

それまで生徒たちは相手を見ることはできないが信頼感によって互いの存在を確認できていた。その信頼関係を成立させていたものは「音」、つまり語ることである。彼らは常に声を掛け合い、互いの存在を確認し合ってい

図 10　イグナシオに同情し、彼と多くの時間を過ごすようになるファナ。一方、優等生のカルロスは次第に自信をなくし、歩き方までぎこちなくなる（『燃ゆる暗闇にて』1950 年公演）

た。ところが、イグナシオの影響ですべてが変化してしまう。第二幕、カルロスとファナが腕を組んで登場するシーンのト書きでは、「お互いに不安な気持ちが声に表れないよう努めているが、隠し切れない」とある。二人の関係の変化は声に表われ、そしてその声が二人を一層不安にするのである。仲の良かったファナとエリーサの間にも亀裂が入る。カルロスとファナがエリーサを非難するような話をしている間、エリーサはすぐ近くのテラスの入口に寄りかかっている。その時のト書きをみてみよう。

> エリーサはファナの言葉が聞こえないほど遠くにいるわけではないのに、とがめようとはしない。相変わらず物思いにふけっている。カルロスとファナもエリーサがいることに気づいていない。盲人たちの絆がぷっつりと切れてしまったかのようである。

カルロスとファナがエリーサの存在に気づかないのは、信頼関係が崩れたために気配を感じ取る感覚が鈍くなってしまったと考えることもできる。しかし、一番大きな原因は、二人の会話を聞いているエリーサが一言も言葉を発せず、息をひそめていることである。つまり、盲目の彼らは沈黙することで意図的に相手とのつながりを切ることができる。あるいは、沈黙して存在を知らせないことによって、相手よりも優位に立つことさえできるのである。本作品では沈黙が人間関係を左右する力を持つということも描かれる。もう少し音について考察しよう。

イグナシオの存在がファナとカルロスの関係に亀裂を入れたことは、先ほど書きで見たとおりである。加えて、もう一組のカップル、ミゲリンとエリーサの仲も険悪になっていく。ミゲリンはイグナシオの取巻きの一人になり、エリーサと一緒にいる時間が少なくなるからだ。ミゲリンは「エリーサの横を通っても、彼女に気づかない」のである。イグナシオは、それまで仲のよかったカルロスとファナ、ファナとエリーサ、エリーサとミゲリンの結びつきをすべて切り離し、組織を解体していく。盲学校の連帯を崩壊に導いたものは、そもそも何だったのか。それはイグナシオの杖の音である。彼は校長やカルロスの再三の忠告にもかかわらず杖を手放そうとはしない。彼が動くたびに杖の響きが彼の存在を知らしめる。イグナシオは「音」を発する「語る主体」となり、杖の音を響かせて盲目であることを語るのである。また時として、あえて杖の音をさせずに行動することで「語らない主体」にもなる。彼はあえて音を立てないことを選択して、相手よりも優位に立つこともあるのだ。彼が音を出すとき、それは相手に認識される客体になることでもあるのだが、重要なことは、彼が「語る」あるいは「語らない」とき、そこには彼の意志が含まれるということである。つまりイグナシオは「語ること」あるいは「沈黙」を自ら選択する、行動する主体となっている。

積極的に意思をもって行動するイグナシオとは対照的に、他の生徒たちは施設の偽りの正常性が崩壊すると、たちまち自信を失い、「目の見えない不自由な者」になってしまう。校長の妻ドーニャ・ペピータがスケート競技をする生徒たちに放つ言葉がそれを示している。

ドーニャ・ペピータ　二度も転んだわ、ミゲリン！　だめじゃないの。それに、あなた、アンドレス、どうしたの？　そこで出なきゃ……あーあ、また誰か転んだ。みんな日毎に危なっかしくなっていくんだから……

目が見えないことを意識した途端、彼らは不安に押しつぶされそうになり、それまでの生活を維持できなくなる。カルロスの外見にも変化が見られる。彼のワイシャツのボタンははずれ、ネクタイも緩み、服装に乱れが目立つようになる。また、それまで執着していた「目の不自由な者（invidente）」という語の代わりに「盲人（ciego）」を使うようになる。真実を叫ぶイグナシオの言葉が、カルロスに揺さぶりをかけ、精神的にも身体的にも不安定にしていくのである。

このように、閉じられた空間である施設は、外部から吹き込まれた風により、足元が揺らぎ始める。真実の追求が体制を揺るがす。そして、安定した体制を脅かす反乱分子は排除の対象となる。

四　反乱分子の排除

第三幕、盲学校における見せかけの正常性の崩壊は誰の目にも明らかになる。カルロスの言うように、「彼「イグナシオ」の撒いた種は新芽を出し、今では多くの者が無意識に彼を支持している」のである。思い起こせば、第一幕で校長の妻ドーニャ・ペピータは、「問題はつまり、できるだけ短期間でそのイグナシオという子に私たちの有名な鉄のモラルを徹底させることね」と言った。皮肉なことに、イグナシオに鉄のモラルが徹底するどころか、ユートピアを追求する彼の戦闘的な姿勢が他の生徒を魅了していく。施設にとってイグナシオは単なる転校生ではなく、イデオロギーを植え付ける権力行使者となっていく。施設に脅威を与える反対勢力の勢いを止めるには、その根源となる反乱分子を排除することが必要となる。ドーニャ・ペピータは、「イグナシオが出て行けば、彼が先導する反対運動を続けようという強い意気込みも、彼と一緒にどこかへ行ってしまうでしょう」と語る。そして校長のドン・パブロは最も信頼している生徒カルロスに相談する。

ドン・パブロ　イグナシオが出て行けば、すべて元どおりになるだろう。彼を追い出すこともできるが、それでは施設の名前にひどく傷がつく。さしあたって、きみから何か理由を付けて……もちろん穏やかにだよ……出ていってもらえるよう話してみてくれないか?

カルロスは、しかし、イグナシオとすでに話をしていたのである。そのときイグナシオは絶対に出て行かないと断言したのだ。カルロスがそのことを告げると、校長は「何がなんでも出ていってもらわねばならん!」と怒りを顕わにしてカルロスに言う。

ドン・パブロ　(不安そうに) 出て行くべきなんだ。私たちがこの仕事を始めてから、こんなにも破壊的な相手はいなかったよ。彼には我慢がならん。だめだ……彼は何に対しても反抗的なんだ。(感情的に) カルロス、何か方法を考えてくれ。あとは君の腕にまかせるから。

結局、カルロスはイグナシオを殺害することを選択する。後にドーニャ・ペピータは、「以前にドン・パブロが要求したとおりになったわけだけど……（非難の口調で）でも、誰もここまでするとは思っていなかったわ」とカルロスに詰め寄る。確かに校長の言葉は殺害をも示唆すると考えることができるだろう。では、カルロスは校長の意図を汲み取ってイグナシオを殺害するに至ったのだろうか。

カルロスが殺人を犯してまでイグナシオを排除したかった理由として三つ考えられる。まず一つ目は、カルロスは自らの存在意義のために、施設が崩壊するのをいかなる手段を使っても阻止しなければならなかったということである。先述したように、カルロスにとって施設あるいは「鉄のモラル」は、視覚障害が彼に与える劣等感からの避難所なのである。彼に優越感を与えてきた秩序が崩壊することは、彼自身の居場所の喪失を意味する。したがって、カルロスは彼自身の存在意義を守るために、イグナシオを排除する必要があったのである。二つ目に考えられるのはイグナシオとカルロスの力関係の逆転である。最初に舞台に登場したときの様子から、カルロスが善でイグナシオが悪、あるいは衣服の色を考慮するならカルロスが天使でイグナシオが悪魔と捉えることもできる。しかもカルロスは全生徒を取りまとめる、施設の中心的人物であるのに対して、イグナシオは施設に馴染まない一匹狼といった感がある。ところが、次第にイグナシオの影響力が大きくなり、カルロスは中心から周縁へと追いやられてしまう。幾度となくおこなわれる言い争いでもカルロスはイグナシオに言い負かされ、他の生徒の前で恥をかかされる。カルロスは権力関係において自分が優位であり続けるために、その関係を逆転するイグナシオを排除しなければならなかった。カルロスは権力の保持を望んだのである。そして、三つ目の理由としてファアナとの恋愛をめぐる敵対関係が考えられる。ファアナはイグナシオに同情し、恋人のカルロスとよりもイグナシオと多くの時間を過ごすようになる。イグナシオが原因で恋人のミゲリンと疎遠になってしまったエリーサは、同じ境遇のカルロスに同情する。しかしカルロスは、ファアナは依然として自分を好いているのだから、自分は不幸ではないと言い張る。エリーサは、「明らかにあなたには事実を認める勇気がない」とカルロスの弱さを指摘する。ますますむきになるカルロスに対してエリーサは、「理解できない。あなたが絶望的になっているのか、それとも気がおかしくなっているのか、私にはわからない」と言う。エリーサがカルロスに向けた言葉は重要である。彼は、「不幸である」、「事実を認めない」、「絶望的」、「気がおかしい」といった、彼が最も忌み嫌い避けてきた言葉によって、今まで自分自身を支えてきた偽りの正常性が崩れるのを感じるのである。カルロスはイグナシオにファナを奪われただけでなく、結果として、認めたくない自身の姿を突き付けられたのである。ファナを失うカルロスは今まで装ってきた正常性を剥ぎ取られ、彼の生きる意味、存在価値までも否定されるのだ。このように、カルロスの殺人行為は決して校長の命令に従ったわけでも、施設の名誉のためでもなく、彼自身の個人的な利益のためだと考えられる。集団の利益は個人的利益を隠蔽するためのカムフラージュにすぎない。

カルロスのイグナシオ殺害後、殺害現場の唯一の目撃者ドーニャ・ペピータは沈黙を守る。反乱分子の排除が確かに行われたが、その事実は隠蔽されるのである。彼女はカルロスひとりだけを部屋に残し、真実を言わせようとするが、彼は嘘をつきとおす。ドーニャ・ペピータは彼に、「他人の眼を警戒することを考えもしなかったのね。いつだって私たちは他人の視線を忘れて暮らしているんだわ。イグナシオだけが他人の眼を気にしていた」と指摘する。偽りの正常性に麻痺したカルロスは目の見える人の存在を忘れていた。ここで言えることは、盲目の生徒たちは、身なりや行動が常に監視されている、見られる客体であるにも関わらず、「鉄のモラル」を遵守し正常性を演じ続けた結果、見る主体になったような錯覚に陥っていたのである。

五　盲目が象徴すること

本作品では様々な異なるレベルの盲目が描かれる。それらの盲目が何を象徴するのかをこの節で考察することにする。まず、イグナシオの取巻きになった生徒たちについて考えよう。カルロスとエリーサ以外の生徒たちは自分自身の確固とした信念を持っていないように思われる。ドン・パブロの「鉄のモラル」に従い、晴眼者と同じように生活していると思い込もうとしてきた彼らは、新入生イグナシオが光に対する欲求を訴えると、その訴えに魅了される。次第に、彼らは施設の偽善を指摘し、カルロスと対立するイグナシオを応援するようになる。目が見えるようになりたいというイグナシオの強い願望が彼らの心を動かしたのだろうか。一時的にはそうであったのかもしれない。しかし、彼らは事故死として処理されたイグナシオの死を正当化し始める。

エリーサ　イグナシオにとってはよかったのかもしれないわ……生きる運命になかったのね。そう思わない、ミゲリン？

ミゲリン　（優しく）ああ。これでよかったんだよ。彼は何をやっても不器用だった。

ファアナ　（前略）かわいそうなイグナシオ！

カルロス　安らかに眠っているよ。

ファアナ　そうね。彼にとってはこうなったほうが幸せなんだわ。（泣く）許してちょうだい！　わたし、あなたを苦しめたわ……

カルロス　謝ることなんか何もないんだよ、ファアナ。

ファアナ　いいえ、あなたに話さなければならないことがたくさんあるの……本当に後悔しているわ……（中略）でも、ずっとあなたのことを愛していたのよ、カルロス！

図 11　殺害されたイグナシオの周りに集まる校長ドン・ペドロ、校長の妻ドーニャ・ペピータ、そして生徒たち
（『燃ゆる暗闇にて』1950 年公演）

イグナシオに同情し理解を示していたファアナも、何事もなかったかのようにカルロスの元に戻る。イグナシオの死後、態度を急変させる校友たちを、カルロスは冷ややかな目で観察する。

カルロス　（軽蔑したように）気づきませんか？　イグナシオと親しかった友人たちも死んだ彼のことなんかどうでもいいんです。彼の亡骸を前にして陰口を叩いてますよ。ああ、所詮、盲人（ciego）は盲人（ciego）なんです！　自分たちにはイグナシオを憐れむ権利があるなんて考えているんだから。自分たちだってちっぽけで俗悪なくせに！　ミゲリンとエリーサは仲直りしたし、他の連中も肩の荷が下りたかのようにほっと息をついてます。施設に喜びが戻ってきたんです！　すべて元どおりです！

カルロスは手のひらを返したような態度を取る生徒たちに軽蔑的でさえある。『ブエロ・バリェホ演劇の光と闇』の著者ベルドゥ・デ・グレゴリオは、本作品で描かれる盲目は、他人や組織の言っていること、あるいは誰がそれを言ったのかだけを理由に受け入れ、そして従う順応主義者を象徴すると論じている（Verdú de Gregorio, 1977：93）。終始イグナシオを嫌っていたカルロスとエリーサを除く他の生徒たちの盲目は信念あるいは判断力の欠如、および権力への無批判の服従を象徴していると言えるだろう。

さて、登場人物中ただ二人の晴眼者、イグナシオの父親と校長の妻ドーニャ・ペピータは本作品においてどのような役割を演じているのだろうか。イグナシオの父親は息子を学校には入れず、家庭教師をつけることで社会から隔離してきた。父親は息子が世間一般の人々とは違う「アブノーマルな存在」であるとし、そういう意識を息子にも植え付けてきたのである。視覚障害者に対して偏見を持っている父親は、他の生徒たちが運動やボール競技を難なくするのを見学し、驚きを隠せない。彼は視覚障害者の能力を過小評価しているため、息子の可能性を極端に制限してきたのである。イグナシオの父親は、視覚障害者に対する理解において盲目であると言えるだろう。一方、もう一人の晴眼者ドーニャ・ペピータは、イグナシオの父親とは対照的に、盲目の生徒たちの可能性を伸ばすべく校長のドン・パブロと二人三脚で「鉄のモラル」を教育する。校長自らが盲人であるこの施設においては、晴眼者である彼女が実質的な取りまとめをし、監視役を担うことになる。しかし、監視役であるはずの彼女はカルロスの殺人を目撃していながら沈黙を守る。見たことを隠蔽すること、それは故意に盲目になることである。彼女は視覚障害を持つ生徒たちが正常性を装う手伝いをする一方で、自らは盲目の振りをするのである。ドーニャ・ペピータの行為は精神的盲目を象徴すると言ってよい。

では、本作品における先天的な盲目はいったい何を象徴するのだろうか。多くの研究者は盲目のイグナシオが求める光とは真実の象徴であるという見解を示す。しかし、いったい何に対する真実なのか。誰にとっての真実なのか。イグナシオが求める光が真実の象徴であるとするなら、真実とは手に入れることが不可能なものなのか。光のない世界に生きる盲人が求める光のある世界は、実際には存在しない理想郷ユートピアということになるだろう。われわれ人間が未知のもの、獲得不能なものを求めて止まない生き物なのだとすれば、先天的な盲人が知り得ない、理解することもできない視覚を求めるという設定は、われわれ人間の苦悩を効果的に表現していると言える。

ブエロ・バリェホは「没入の効果」を用いて、われわれ観客を舞台上の盲人たちに同化させる。没入の効果とは研究者リカルド・ドメネクが名づけたブエロ・バリェホ特有の演出効果である。ブレヒトのように観客の意識を舞台から遠ざけるのではなく、舞台上の登場人物たちの世界に完全に引き込む効果であるが、ブレヒトの効果と同様に、観客の条件反射を壊すことを目的とする（Domenéch, 1993：60）。観客に舞台上の人物と同じ体験をさせ、観客が肉体的・精神的に作品に参加することを可能にする演出法である。本作品に関して言えば、「観客を盲人の世界に参加させ」、「観客に目の見えない世界を経験させ、不幸な者たちの物理的な不安を感じさせる」（Iglesias Feijoo, 1982：316）演出である。『燃ゆる暗闇にて』で用いられる「没入の効果」はイグナシオの台詞にそって行われる。

イグナシオ　（前略）目の見える人たちが時々俺たちの不幸を想像しようとして、両目を閉じてみるってことを知ってるよ。（舞台の照明が暗くなり始める）そうすると彼らは恐怖に震えるんだ。なかには、自分が盲目になったと思って発狂した人もいた……時間が来ても部屋の窓を開けなかっただけなのに。（舞台は暗い。窓のところで星だけが輝いている）要するに、俺たちが陥っているのはそういった恐怖や狂気なんだよ！……それが何であるかもわからずに！（星明かりも消え始める）それだから俺にとっては二重に恐ろしいんだ。（舞台そして劇場内全体が完全な闇に包まれる）俺たちの声が行き交う……闇のなかを。

イグナシオ　（前略）朝になって光がもどると目の見える人がどんなに喜ぶか感じたことがあるよ。（再び星が輝き始めると同時に舞台が明るくなっていく）彼らは周囲の物を確認していって、その形やその……色を楽しむんだ。光を喜ぶ気持ちでいっぱいになるんだ。彼らにとって光は神様の本当の恵みさ。あまりにも大きな恵みだから、夜に光を出すことだって考え出された。でも俺たちにとっては何も変らない。光はもどってくる。闇のなかにあった物の形や色をはっきりさせながら。物に完全な存在感を与えることができるんだ。（舞台上の照明も星も完全に元どおりになる）遠くにある星でさえ！　同じことだ！　何も見えないんだよ。

ここでの没入の効果について、研究者たちはおおむね次のような見解を示している。観客が身体的および精神的不自由を余儀なくされる登場人物を見るとき、彼らは自分たちが置かれている独裁制下の状態を考えずにはいられない。それに加えて、照明が消され、劇場が真っ暗になると、観客はイグナシオと同じように光を求める。観客は視界を失うことにより、自分たちが制限された状態であること、自由が奪われているということを認識し、光すなわち真実あるいは自由を求める、という見解である。この作品の上演された時代を考えれば、そのような解釈は至極もっともである。しかしながら、客席が真っ暗闇になる時間は、観客が暗闇に怯え、光を切望するほど長いとは言えない。したがって、どちらかと言えば、照明が戻ったときに観客は、目が見える者は盲目を体験できるが、目の見えない者は光を体験できないということを強く認識するのではないか。観客は求めても決して得られないものがあるということを知り、目が見えるということにおいては自分が恵まれていると実感するのではないか。そのとき、独裁制に生きる観客は、見えるのだから見なければならない、見えるのに見ていないのではないかと、自らの「見る」という行為を顧みるに違いない。

六　神話の解体

ドーニャ・ペピータは見えるにもかかわらず、見えないふりをした。しかし、第三幕終盤、彼女はカルロスに真実を語らせようとする。ところがカルロスは、たとえ彼女が殺害場面を見たと思ったとしても実際には何も見なかったのだと主張する。そして、「見るっていったいどんなことですか？　ここでは見るなんてことはありえない！　あなたの目が証拠だとでも言うのですか？　あなたの目が！　馬鹿ばかしい！」と軽蔑するように言い捨てる。彼の言葉は、ドーニャ・ペピータが見たかもしれないという恐怖から出たものであり、彼は眼差しの持つ権力に脅かされているのである。「見る」という行為は力を有するものであり、視力を奪われているということは抑圧された状態だと言えるのだ。カルロスは「見る」という概念を否定し、「見る」と「見られる」の持つ権力関係から解放されようとしている。その権力を隠蔽するものこそ「偽りの正常性」であった。

生徒たちは、イグナシオの死によって平和が戻り、以前のような精神的に安定した生活を送れると考える。そして、再び「鉄のモラル」が約束する正常性の神話に取り込まれて生きていこうとする。しかし、その神話を再び自然のものとして受け入れることはできない。一度崩れた神話はもはや神話としての機能を果たさないのである。幕が下りるとき、カルロスはイグナシオが発した苦悩の言葉を繰り返す。

カルロス　今、星がめいっぱいに光を出しながら輝いているんだ。そして、目の見える人たちはその素晴らしい光景を楽しんでいる。窓ガラスの向こうには僕たちからは遠く隔たったそういう世界が存在する……（彼の両手は傷ついた鳥の羽のように震え、ガラス張りの神秘的な牢獄をたたく）僕たちから見える距離にそれは存在する……見えさえすれば……

ブエロ・バリェホ研究においては、イグナシオの苦悩あるいは欲望をカルロスが引き継ぐという解釈が主流である。しかし、引き継いだわけではなく、カルロスのなかにはその苦悩や欲望がもともと存在したと考えるべきであろう。抑圧されてきた光への情熱がイグナシオという外の空気に触れたことで再び大きく燃え出したのである。

盲学校の壁は一面ガラス張りである。施設が外の世界と自由に行き来できる開放的な空間であるような錯覚を起こさせる。しかし、その錯覚を起こすのは目が見える観客であり、視覚障害者にとってそれはガラス張りであれ、コンクリートの分厚い壁であれ、外部と内部を分離する境界に過ぎず、ト書きにあるように「牢獄」なのである。ガラスの作る境界を認識できないのは盲人ではなく目の見える観客である。つまり、見えると思っている者が実際には見えていないこともあることが示唆される。先述したように、「見る」と「見られる」、あるいは「見える」と「見えない」の間には権力関係が存在する。しかし、それは絶対的な、固定された関係ではない。ブエロ・バリェホは登場人物のほとんどを盲人にすることで、見る主体・見られる客体という権力関係が解体された世界を作り出す。その権力関係の解体が二項対立のない平等な世界をもたらすかと言うとそうではない。正常で幸福な世界としての顔を持つ空間が、実際には厚い壁で閉鎖された「牢獄」であったように、巧みな権力行使は不可視化されている場合が多い。そこに亀裂をいれるのは、イグナシオが行ったような、自然という仮面を被る神話を解体する行為なのである。

第三章　絵画と視線の権力

――『ラス・メニーナス』のなかのベラスケス――

『ラス・メニーナス』は、ベラスケスの没後三〇〇年にあたる一九六〇年に発表される。本作品は初演時に二六〇回公演というロング・ランを記録し、当作家の「最も意欲的な作品の一つであり、興行的にも最高の成果を収めた作品の一つとみなされている」(Doménech, 1993 : 169)。タイトルの『ラス・メニーナス』は、スペインを代表する宮廷画家ディエゴ・ベラスケス(一五九五―一六六〇)の最も有名な同名の絵画に由来する。[8] 劇中の登場人物、彼らの衣装、そしてベラスケスのアトリエの舞台美術もほぼベラスケスの《ラス・メニーナス》と同じである。

ブエロ・バリェホが美術学校に入学し、画家を目指していたこと、約七年間のブランクにより画家になる道を断念したことはすでに述べた。彼はその後も多くのデッサン画や油絵、特に肖像画を描き続ける。そのなかでも、内戦後同じ刑務所にいた詩人のミゲル・エルナンデスを描いたデッサン(図12)は有名である。絵画に造詣の深いブエロ・バリェホが、画家のなかでも特にベラスケスに思い入れがあったことはよく知られている。『民

図12　ブエロ・バリェホが描いたミゲル・エルナンデスの肖像画

衆にとっての三人のマエストロ』の中でブエロ・バリェホは、フェデリコ・ガルシア・ロルカとバリェ＝インクランに加えてベラスケスを取り上げ、絵画《ラス・メニーナス》について論じている。ベラスケスという題の詩では、控えめながら意志の固い、真実を語るアンダルシア人として彼を称えている（Buero Vallejo, 1996：5）。また、歴史上の人物に扮装して写真撮影をするという催しでベラスケスに扮したというエピソードも伝えられている（O'Connor, 1996：87）。

ブエロ・バリェホの『ラス・メニーナス』に関する先行研究を見ておこう。当劇作家はベラスケスに自分の姿を重ねているという見解が圧倒的に多い。たとえばイグレシアス・フェイホーは、「絶対権力が支配する社会に立ち向かう芸術家の使命というテーマが舞台で提起される」（Iglesias Feijoo, 1982：26）とし、二人の芸術家に共通する使命を論じ、オコナーは、「ベラスケスは筆で、ブエロ・バリェホはペンで、真実を美的に描き伝えるための新しい手段や方式を探求した」（O'Connor, 1996：91）と記す。また、フェリペ四世の時代と本作品の上演当時のスペインに多くの類似点を見ていることも研究者たちに共通する点である。具体的には、飢餓、圧制、検閲、欺瞞などの共通点が指摘されている。ベラスケスとブエロ・バリェホ、あるいは一七世紀と二〇世紀のスペインには確かに共通する部分が多い。検閲のあったフランコの時代に、異なる時代を舞台にして現実社会を比喩的に描くことはひとつの常套手段であったと言ってもよい。一七世紀の社会や市民の描写のなかに二〇世紀の独裁制に生きる民衆の苦悶や絶望がいかに表現されているのかを分析することは価値あることである。ただ、作品のタイトルが『ベラスケス』ではなく『ラス・メニーナス』である以上、ベラスケスの絵について考察する必要があるだろう。先行研究では、情報が多いとは言えない画家ベラスケスに関して考察するものはあっても、彼の絵が演劇作品『ラス・メニーナス』の中でどのような劇的効果をもらしているのかを論じた研究はないのである。

本章では、アントニオ・ブエロ・バリェホが巨匠ベラスケスを主人公に据えた『ラス・メニーナス』を、絵画に焦点を当てて論じる。作業としては、劇のなかで言及されるベラスケスの絵画四点それぞれの特徴を分析し、それらの絵の特徴が舞台上でどのような形で生かされているのかを考察する。また、ベラスケスのその四点の絵画をブエロ・バリェホ自身がどのように捉えていたのかを論じ、演劇作品『ラス・メニーナス』においてベラスケスの絵画が果たす役割を明らかにする。

一　ベラスケスの絵と視線

劇作品『ラス・メニーナス』ではベラスケスの四枚の絵が重要なモチーフになる。とは言え、実際に絵という形で舞台上に現れることはなく、絵のモデルが登場したり、物議を醸す問題の絵として何度も言及されたりするにとどまる。その四枚の絵とは、《イソップ》、《メニッポス》、《鏡を見るヴィーナス》、そして《ラス・メニーナス》である。《イソップ》と《メニッポス》は全身像の肖像画、《鏡を見るヴィーナス》は裸婦画、《ラス・メニーナス》は集団肖像画であり、分類するならば三つの異なるタイプの絵となるであろう。ただ、共通点がひとつある。それは絵の中の人物の視線である。イソップとメニッポスは描いている画家を、つまりは鑑賞者を凝視している。ヴィーナスは鏡越しにこちらを見つめ、《ラス・メニーナス》では絵の中のベラスケス、マルガリータ王女、矮人のマリ・バルボラがこちらに視線を向けている。ベラスケスの絵にはモデルが語りかけるようにこちらに目を向けているものが少なくない。『ベラスケスとバロックの精神』の著者エミリオ・オロスコはベラスケスの肖像画について、「彼の作品を本で見ていると、ページを繰るにつれて、わたし達の注意を要求するかのような執拗なそれらの眼差しに、独特の気持にさせられるのは誰もが経験することである。問いかけるようなその深い注視はわたし達に休息を与えない」（オロスコ　一九八三、五四）と述べている。劇中で言及される四枚の絵がすべてその類であるのは偶然ではないだろう。そこで、視線について考えてみたい。

鑑賞者が絵を見つめ、そして絵の中の人物に見つめられる。視線について論じる多木浩二は、見つめられることとは「私を世界に織り込んでいく外からの拘束にもなる」（多木　二〇〇八、一二）と述べる。また、絵画《ラス・メニーナス》を論じるミシェル・フーコーによれば、「鑑賞者をその視線の場においた瞬間に、画家の眼は鑑賞者をとらえてむりに絵のなかへ連れこみ、特権的であると同時に強制的な場所を指示」（フーコー　一九七四、二九）するのである。ブエロ・バリェホが『ラス・メニーナス』で扱うベラスケスの絵はどれも鑑賞者をなかば強制的に絵の中に引き込み、同じ空間を共有させると言ってよいだろう。そしてそれらの絵がどれも有名な作品であり、容易にイメージできる絵であればこそ、観劇する者たちも想像のなかでベラスケスの絵の中に入りこみ、ひいては舞台空間に引き寄せられることになる。とりわけ《ラス・メニーナス》を前にした鑑賞者は抗いがたい誘惑に負けて強制的に、と同時に自主的に、あのベラスケスのアトリエに誘われるのである。一九八八年のスペイン映画『ベラスケスの女官たち』はまさにそのような鑑賞者の心情を描いた作品になっている。ある映画監督が自分の少年時代の夢、つまり《ラス・メニーナス》の中に入る夢を映画にするというのが大筋である。撮影中の映画では、プラド美術館で《ラス・メニーナス》の前に立った少年が絵の中に入りたいと思った瞬間に実際に入ってしまい、絵画に描かれる人物たちと接触する。ブエロ・バリェホが当初画家を目指し、ベラスケスを敬愛していたことは先述したが、当然のごとく彼は足繁くプラド美術館に通い、ベラスケスの絵と対面している

(Iglesias Feijoo, 1982：263)。つまり、作家自身が何度も絵の中に取り込まれる経験をしているはずなのだ。その経験をもとにブエロ・バリェホは観客を舞台に同化させる手段としてベラスケスの絵の持つ視線の効果を利用したのではないか。

視線に関して考察を進めていこう。ジャック・デリダは写真を見る視線について、男女の会話という形式で次のような論を展開する。「だれにも自分の物語がある、あなたにはあなたの物語をゆだねよう。それがあなたの見ることの権利だから」、そして、だからこそ「物語はない」のであり、「その結果、お話に対する欲望があなたのなかでますます募る」(デリダ　一九八八、一〇二)。つまり、「まさにその相互貫入が、まなざしから何ものかを引きだすのだ。それは言説に呼びかけ、読解を要求する。これらの画面、場面、あるいは写真のひとこまは、あらゆる知覚を超えて、解読を喚起する。(中略) 覗き見ではなく、注解なのだ」(デリダ　一九八八、一一一)とデリダは記す。

この写真論をベラスケスの絵に適用することができるのではないか。写真を撮る者―撮られる被写体―写真を見る者、という三者の関係と、絵を描く者―描かれるモデル―絵の鑑賞者の関係は似ている。ホセ・オルテガ・イ・ガセーが指摘するように、「ベラスケスの作品にはある種写真的な様相がある。それこそが彼の最高の独創性なのだ」(Ortega y Gasset, 1968：71) とすれば、ベラスケスの絵画を写真論を用いて論じても的外れとはならないであろう。その上、オルテガはデリダとよく似た論を展開し、「したがって、絵を見るということは絵を理解するということ、その絵が持つあらゆる形態の意図を発見すること、あるいは、同じことであるが、絵画をじっくり眺めるというのは単に眼の問題ではなく、解釈の問題なのである」(Ortega y Gasset, 1968：71) と述べている。『ラス・メニーナス』という舞台はつまり、鑑賞者の一人であるブエロ・バリェホによるベラスケスの絵の解読あるいは解釈なのだという見方ができる。では、ベラスケスの四枚の絵を考察していくことにしよう。

二　《イソップ》と《メニッポス》

幕が上がると、ベラスケスの絵《イソップ》（図13）と《メニッポス》（図15）の人物とほぼ同じ衣装に身を包んだ二人の男が絵と同じポーズで立っている（図14、図16）。ト書きにも「絵との類似は完璧である」[9]と記されている。「舞台上のぼやけた薄暗がりのなか強烈な照明を浴びて二人の人物だけが浮き出て見える。二人は舞台両袖の前景に不動のまま立っている」という演出は、プラド美術館に一度は足を運んだことのある観客にはベラスケスの絵を想起させるであろうし、劇場がまるでプラド美術館になったかのような感覚を与えるであろう。舞台上の彼らは物乞いであるが、一六年前にベラスケスの《イソップ》と《メニッポス》のモデルになったという設定である。

ベラスケスが描いた《イソップ》と《メニッポス》を思い起こしてみよう。二人の人物に共通する特徴は鑑賞者を鋭い視線で見つめていること、しかも多少上から見下ろしている点である。《イソップ》のサイズは一七九・五×九四センチメートル、《メニッポス》は一六一×九七センチメートルであり、ほぼ等身大で描かれた絵が展示された状態を考えると、まさに鑑賞者は二人の賢者から見下ろされ、すべてを見透かされているような気持ちになるのではないか。イソップは古代ギリシアの寓話作家であり、奴隷だったと伝えられている。メニッポスは紀元前三世紀のギリシアの風刺家だが、彼も元は奴隷だったということだ。ベラスケスは奴隷という低い身分にありながら英知に長けた二人の人物を威風堂々とした姿で表現した。

ブエロ・バリェホの描く二人の物乞いも観客席よりも高い舞台の上から観客を見下ろす。イソップのモデルとなったのがペドロであるが、ペドロは作者ブエロ・バリェホのアルター・エゴとも言える重要な人物である。画家を目指していたペドロは、冤罪のため六年間ガレー船での強制労働を課された。その後、課税に抗議する暴動にかかわった反逆者として追われる身となり、物乞いとして身を隠しているのである。高齢のためほとんど視力を失ってはいるものの、ベラスケスの絵を誰よりも理解し、ベラスケスに真の友人と呼ばれる人物だ。社会的には最下層だが、絵画のみならず社会、そして人間に対して鋭い洞察力を持つ人物として描かれる。一方、メニッポスのモデルになった物乞いのペテン師マルティンは、歯に衣着せぬ大胆な物言いで辛らつに王室批判をする風刺家である。このように、ベラスケスの絵画同様、舞台上の二人の物乞いも身分が低く外見は貧相であっても、思慮深く、洞察力のある知者として描かれている。

前述したように、プラド美術館に並ぶ《イソップ》と《メニッポス》はどちらも鑑賞者を見つめており、視線の交差によってわれわれを絵の中に誘い込む。つまり、彼らの視線が絵から飛び出し、空を通ってこちら側に届くことにより、われわれ観客と関係を結ぶ。ブエロ・バリェホは舞台において物乞いマルティンを使って同様の効果を演出している。マルティンはナレーターとして観客席に語りかけ、観客と舞台とを結ぶ。通常、演劇は舞台正面に位置する想像上の透明な壁、いわゆる第四の壁によってフィクションである舞台上の世界と観客のいる現実世界とを分離するのだが、登場人物マルティンが第四の壁を突き抜けて観客に話しかけ、舞台との同化を強いるのである。

ところで、これまで視線に注目して論じてきたが、「比喩的にまなざしとよびうるすべての行為を包括する枠組み」（多木　二〇〇八、八）として視線をとらえるならば、ベラスケスとブエロ・バリェホに共通する人間に対するまなざしについて語ることも脱線とはならないであろう。イソップとメニッポスを浮浪者姿で表象したベラスケスは、多くの矮人や道化の肖像画を描いたことでも知られている。「文献学者モレーノ・ビーリャの資料

図13　ベラスケス《イソップ》
（プラド美術館、マドリード）

図14　ベラスケスを唯一理解するペドロが
舞台に初登場する場面
（『ラス・メニーナス』1960年公演）

調査によれば、一六世紀後半からの一五〇年間で一二三名の矮人《エナーノ》、阿呆《ローコ》、道化《ブフォン》、慰み者《プラセール》、馬鹿《シンプレ》、おどけ《トゥルアーン》、異人、混血児等が宮廷内で養われていた。ベラスケスが宮廷入りしてからの四〇年間でも、五〇名以上を数えることができる」（大高　一九九二、四六）と言う。当時、矮人や道化を描くことはさほど稀有なことではなかったのである。美術史家フェルナンド・チェカは、「スペインの宮廷画家が王族や貴族の身なりや美しさを際立たせるために、そういう人々［矮人等］の醜さや奇形を対比させたことはよく知られた習慣である」（Checa, 2008：35）と記し、その代表例としてロドリゴ・デ・ビリャンドランドの描いた《フェリペ四世と小人ソピリーリョ》の写真を掲載している。その絵の中の矮人は国王

図 16　物乞いのペテン師マルティンが初登場する場面
（『ラス・メニーナス』1960 年公演）

図 15　ベラスケス《メニッポス》
（プラド美術館、マドリード）

の単なる引き立て役かつ装飾品として描かれており、ベラスケスの描いた矮人の絵と大きく異なることは一目瞭然である。ベラスケスの絵がなければ、奴隷同様の立場で宮廷に住まわされていた者たちがこれほどまでにいきいきした姿で後世に伝えられ、われわれの心を揺さぶることはなかったであろう。神吉敬三は、プラド美術館のベラスケスの部屋がルーベンスの部屋と対照的であることを指摘し、「十七世紀スペインの王侯貴族や道化、さらには不具者や白痴などが、寡黙にしかも厳然たる一個の存在者——それ自体悲劇的でさえある存在者——としてわれわれの目前にいるという、悲劇的な雰囲気のただようベラスケスの部屋」（神吉　一九八六、一二三）と描写する。「一個の存在者」であることにおいて平等であるという認識で人間を捉えたベラスケスの姿勢が見て取れるが、ここにブエロ・バリェホと共通するまなざしを指摘しなければならない。ベラスケスが慈愛の情を持って矮人をキャンバスに描いたように、ブエロ・バリェホも戯曲『ラス・メニーナス』のなかで同様の感情を彼らに示している。舞台上の矮人ニコラシージョとマリア・バルボラはマリア・テレサ王女から全面の信頼を寄せられ、王女を助ける重要な役割を与えられている。また、この作品に限らず、ブエロ・バリェホが多くの作品で盲人や物乞い、癩病患者、痴呆症あるいは神経症を患った者たちに声を与えていることを想起する必要があるだろう。一七世紀の画家と二〇世紀の劇作家は類似するまなざしを持って作品を創作していたことがわかる。

三　《鏡を見るヴィーナス》に秘められた抵抗

次の絵画、舞台のベラスケスが部屋に鍵をかけて秘密にしている作品について考察していこう。裸婦ヴィーナスの絵（図17）は、ベラスケスがイタリア滞在中に描いたと推測される。ベラスケスは二度イタリアを訪問しているが（一六二九年から三一年までと、一六四九年から五一年まで）、「二回とも彼が繰り返し願い出て許可されたものであった」（神吉　一九八六、八七）らしい。一六五七年には三度目のイタリア旅行を願い出たが国王に却下されたと言われている。イタリアとはベラスケスにとっていかなる地であったのか。

まず、スペイン絵画における裸婦の扱いについて押さえておく必要があるだろう。神吉は、「プラド美術館が収蔵する約二千三百点におよぶ絵画——ただし、近年増設された別館の十九世紀美術は除く——のほぼ半分を占めるスペイン派の作品の中で、正真正銘の裸婦は、ゴヤの《裸のマハ》一点のみである」（神吉　一九八六、二

図 17　ベラスケス《鏡を見るヴィーナス》
（ナショナル・ギャラリー、ロンドン）

三―二四）ことを指摘し、ベラスケスの裸体画が特殊であることを強調する。ベラスケスはカトリックで厭忌されていた裸体をなぜキャンバスに収めたのだろうか。「スペインでは何かと問題の多い裸体研究を、ベラスケスがイタリアという異質な雰囲気のもとでのびのびと行っていることを示してくれる」（神吉　一九八六、四四）という指摘や、「約一年半のこの遊学で、ベラスケスは堅苦しい宮廷のみならず、スペイン絵画の因襲と呪縛から解かれ、均衡と節度ある画風を身につけて帰国する」（大高　二〇〇二a、三四）という記述がある。つまりこのヴィーナスの絵からは、創作活動そして日常生活において自由が謳歌できるイタリアを称え、抑圧的で窮屈なスペインに抗議の声をあげるベラスケスの姿が読みとれる。寡黙な画家として知られるベラスケスは一枚の絵によって自由への希求と因襲による抑圧への抵抗を表現したのである。二度目のイタリア旅行の際、八度にわたる王からの帰国要請を無視して滞在を約一年半も延長したという事実がベラスケスの抵抗を物語る。また、ベラスケスの舅であり師であったフランシスコ・パチェーコが「裸体表現を批判するあまり、幼児イエズスを裸で描くことさえ禁じた」（神吉　一九八六、三九）ことも、ベラスケスの秘めたる反抗を考えるうえで非常に興味深い。

では、この禁じられた絵はブエロ・バリェホの演劇のなかでどのような役割を担うのだろうか。その絵はベラスケスが部屋に鍵をかけ、許可した者にしか見せない謎の絵として人々の口にのぼる。先にも述べたが、絵画《鏡を見るヴィーナス》が舞台上に現れることはなく、具体的な言及もされずに物語が進む。観客は建物の二階にあるベラスケスの部屋の内部を窓越しに見ることができるが、絵の置かれた場所は死角になっているため、絵そのものを見ることはできない。絵を見る人物の驚く姿のみが観客に示される。しかしながら、登場人物たちの言動からその絵が《鏡を見るヴィーナス》であろうと推測するのは難しいことではない。

この絵は様々な波乱を巻き起こすことになる。まず、ベラスケスと妻フアナとの関係を悪化させる。フアナはその絵のモデルに嫉妬し、イタリア旅行が夫を変えてしまったと言って取り乱す。舞台上のベラスケスは、「イタリアの空気と太陽の光を浴びたらな、フアナ、おまえも自分がずっと囚われの身だったとわかるだろう」と、その絵に彼の自由が表現されていると語る。また、ベラスケスの自由と抵抗の形象化であるこの絵は、彼を反逆者という立場に追い込むことにもなる。カトリックの倫理に反したこの絵が原因でベラスケスは異端審問にかけられるのである。不敬な絵を描いたとして糾弾されるベラスケスは、告発者である従弟のニエトに次のように反論する。

ベラスケス　あなたは私の絵に好色なところがあると言うわけですね。では伺いたい。どこが好色だと言うのです？

ニエト　自分でおっしゃっているではないですか。絵に描かれたものがです。

ベラスケス　（近づいて）好色なのはあなたの心です、ニエト！　罪を犯しているのはあなたの眼であって私のヴィーナスではない！

ベラスケスの絵を思い出してみよう。鏡越しにわれわれを見つめるあのヴィーナスの視線が脳裏に浮かぶ。そう、鏡の中のヴィーナスはまるでわれわれ鑑賞者の心を見透かすかのように微笑んでいるのだ。この絵もやはり鑑賞者と視線を絡ませ対話する。そしてブエロ・バリェホがベラスケスに語らせているように、ヴィーナスの絵の解釈に鑑賞者の心が映し出されるのである。

ブエロ・バリェホの『ラス・メニーナス』第二幕で繰り広げられる異端審問はフィクションであり、実際にベラスケスが異端審問にかけられることはなかった。舅のパチェーコが異端審問所の絵画審査官を務めていたという事実が、ブエロ・バリェホに異端審問の場面のインスピレーションを与えたのかもしれない。異端審問の場面は当然のことながらフランコ政府の検閲を示唆する意図もあったであろう。オコナーは、フェリペ四世の時代とフランコの時代の検閲がどちらもカトリックの教義に根ざしたものであることを指摘し、二つの時代の類似性を論じている（O'Conner, 1996：89）。画家と劇作家、二人の芸術家には自由な創作を制限する多くの足枷が存在したことは確かである。

舞台上のベラスケスの異端審問について考察しよう。異端審問への呼び出しが決定したベラスケスは、ヴィーナスの絵の存在を口外したのが誰なのかを追及する。まずベラスケスが疑うのは、以前彼の奴隷であったが今は解放され、弟子として絵を学ぶパレハである(10)。長期間奴隷であったことの恨みで主人を告発したのではないかと詰問するベラスケスに対し、パレハは告発していないと断言する。ただ、彼はローマでベラスケスの絵のモデルになった女性に恋愛感情を抱き、師に嫉妬していたことを告白する。次にベラスケスは同じく画家である娘婿モソを厳しく追及し、もはやベラスケスに教えを乞う必要などないと豪語している事実を突き付け、自信過剰な態度を諌める。最後に問いつめられた妻のファナはヴィーナスの絵をベラスケスの従弟ニエトに見せたことを告白する。ファナは父パチェーコに裸婦は忌むべきものだと教えられたため、宗教的罪から夫を救うためにニエトに相談したのだと言う。しかし、実際にはファナが年老いた自分を卑下し、夫の愛情を疑い、絵のモデルに嫉妬していることが明らかになる。「少しばかり夫を痛めつけてやろうという気持ちがあったのだろう」というベラスケスの言葉にファナは泣くことでしか応えられない。このようにベラスケスは異端審問に出向く直前に、近しい人物三名の心の奥に潜む本音を暴き出したのである。

ベラスケスのアトリエで行われる異端審問の場においても、彼は審問される立場にありながら糾弾する態度を緩めない。ベラスケスの絵に関する証言者として呼ばれたのは、ベラスケスの先輩であり、皆から先生と呼ばれる画家のナルディである。彼はベラスケスが戦場での兵士の活躍を描いていないこと、宗教画の制作が少ないこと、道化や犬を王族と同様に描いていることなどを理由に、ベラスケスの宮廷画家としての資質を否定する。しかし、ベラスケスはそのナルディの証言が後輩画家の才能への嫉妬から来ていることを暴くのである。結局のところ、ベラスケスの従弟のニエトが王室配室長の役職をめぐってベラスケスに負けた怨嗟から、そしてベラスケス失脚後にその後任に収まることを目論んで彼を密告したことが明らかになる。ベラスケスが異端審問にかけられた背景には宗教的および倫理的な理由に隠蔽された個人的動機、悋気《りんき》や嫉妬、羨望、猜疑などがあることが描かれる。舞台上のベラスケスがパブロに言うように、「人間はほとんど皆、何かの奴隷になっている」のである。「裁判の重要性はベラスケスを告発した者の偽善の暴露にある」（Edwards, 1996：66）という指摘があるが、加えて、往々にして人間の煩悩が大義によって隠蔽されることが重要なポイントである。

史実においても物議を醸《かも》した《鏡を見るヴィーナス》は、ブエロ・バリェホの舞台では異端審問という場を提供した。そこでのベラスケスは雄弁に語り、彼を裁くために集まった者たちを次々に論破し、大胆不敵に真実を暴き出す。オコナーは、「裸体は偽善的な衣装を身につけない真実の象徴である」（O'Conner, 1996：94）と論じるが、ブエロ・バリェホの『ラス・メニーナス』において《鏡を見るヴィーナス》は、その絵を鑑賞する者の心、真実を映し出す鏡として機能していると言える。

四　絵画《ラス・メニーナス》が有する権力

《ラス・メニーナス》の複雑性

《ラス・メニーナス》は世界的に最も有名かつ重要な絵画であり、様々な議論がなされてきた作品のひとつであると言ってよい。とりわけベラスケスがどのようにして作品を描いたのか、あるいは国王夫妻はどこに立っていたのかなど、謎の多い作品でもある。「プラド美術館のラス・メニーナスの部屋――もしくは名作の演出」というハビエル・ポルトゥースの論文は、プラド美術館の歴史において《ラス・メニーナス》の配置が常に重要な課題であったことを明らかにしている。当館はその絵を個室に配置したり、照明を落として神秘的な雰囲気を演出したり、鏡を設置したり、あるいは絵と同様に右側から光が差し込むようにバルコニーの横に配置したりするなど、鑑賞するための最適な条件を模索し続けてきた。その歴史は、《ラス・メニーナス》がどの作品にもまして鑑賞者との関係を重要視した絵画であることを語っている。では、この謎の多い《ラス・メニーナス》がブエロ・バリェホ作品においてどのような役割を演じているのかを分析していこう。

図18　ベラスケス《ラス・メニーナス》（プラド美術館、マドリード）

先述したように、《イソップ》、《メニッポス》そして《鏡を見るヴィーナス》では、鑑賞者は描かれる人物と視線が合い、同じ空間を共有することになるのだが、《ラス・メニーナス》の場合は、画家が絵の中に入り込んでいること、画布が裏側を見せていること、鏡が描かれていることなどが理由でさらに複雑化する。絵の中の人物がこちらを見つめている絵の場合、その視線の先には創作中は画家が、そして展示された場合には鑑賞者が位置することになる。しかしながら、《ラス・メニーナス》の場合は画家が絵筆をもってこちらを凝視しているがために、その視線の行きつくところにモデルの存在が浮上する。フーコーは次のように分析する。

画家が眼をわれわれのほうに向けているのは、われわれが絵のモチーフの場所にいるからにほかならない。われわれ鑑賞者はおまけにすぎぬ。その視線に迎えいれられながら、われわれは画家によって追い払われ、われわれの以前からずっとそこにあったもの、すなわちモデルそのものによって置きかえられてしまう。けれども反対に、絵の外の眼のまえの虚空にこらされている画家の視線は、押しかけてくる鑑賞者とおなじ数のモデルを受けいれるわけだ。（フーコー　一九七四、一二八―一二九）

絵の中のベラスケスはいったい誰をモデルにして絵を描いているのか。奥の壁上の小さな鏡に映る人物、つまり国王夫妻がモデルであるという解釈が一般的である。しかしながら、誰も画布の表を見ることはできず、モデルの位置に立つ鑑賞者がベラスケスと視線を交差させる限りにおいて、画布の表側は永遠に決定不可能なのである。モデルは誰なのか、絵の中の画家ベラスケスは何を描いているのか、それは永遠の謎なのだ。

《ラス・メニーナス》の鏡の謎

この絵のモデルの最有力候補である国王夫妻について議論を進めて行こう。ノルベルト・ヴォルフはこの絵の解釈を次のように紹介する。

国王夫婦は画家のモデルになっていた。彼らはその間の話し相手にと、王女を呼び寄せた。やって来た王女と召使たちは、国王夫婦を眺めている。夫婦の姿は、王女と召使、ベラスケスには直接見えているが、われわれ鑑賞者には、鏡の中に移った彼らの半身像しか見えない。家令は部屋を出ようとして、主人の方を振り返っている。

（ヴォルフ　二〇〇〇、八一）

一七二四年に初めてベラスケスの伝記を発表したアントニオ・パロミーノによると、国王はこの絵の構想を支持していたらしい（ヴォルフ　二〇〇〇、八七）。他の人物よりも小さく、不鮮明に描かれている国王がなぜこの絵に納得したのかは理解に苦しむところである。ただ、次のような説が一般的であったのであれば納得がいく。

鏡は西洋美術史において叡智の象徴だとされてきた。この慣例的な見方にしたがって《ラス・メニーナス》を解釈すると、鏡は国王夫妻の叡智を暗示していることになる。そして《ラス・メニーナス》自体が、ある種の最高の徳の教えで、国王一家の姿を映した鏡ということになる。（中略）そして、鏡の中の神々しい光に包まれた国王夫妻の姿は、むしろ、王制によって神格化された最高の地位を示していると考えられる。

（ヴォルフ　二〇〇〇、八七）

ところがヴォルフは、上記の解釈の後、いくつかの疑問点を挙げ、次のように結論付ける。「視覚の法則に照らし合わせると、鏡に反射している人物が、実際に立っていた位置は、画面の真向いではなく、ずっと左にあることが判明した。こうなると鏡に映った国王夫妻像の謎は迷宮入りしてしまう」（ヴォルフ　二〇〇〇、八七）。ベラスケスがどのような意図をもって国王夫妻を鏡の中に描いたのかを明らかにすることはできないし、その必要もないであろう。重要なのは劇作家がどのように解釈していたかである。

ブエロ・バリェホは『民衆にとっての三人のマエストロ』のなかで、《ラス・メニーナス》の鏡を分析している。美術を専門的に学んだ彼は、遠近法などの計算術を用いて鏡に映るものを論理的に解明している。結局、モデルになっていた国王夫妻が絵のこちら側に立っていたとしても鏡に映ることはなく、映っているのはキャンバスに描かれたものであるという結論が導き出される。ブエロ・バリェホがこの結論に執心していたことは、一九七三年に雑誌『プエブロ』で、彼の解釈に異議を唱えるセベロ・サルドゥイに反論していることからも明らかである。ブエロ・バリェホは、『言葉と物』で《ラス・メニーナス》を論じたフーコーも、モデルが直接鏡に映っているという間違いを犯していると指摘している（Buero Vallejo, 1994：998-999）。一九九二年にも、雑誌『インスラ』で、《ラス・メニーナス》の鏡に関する別の解釈を否定し、自分の解釈がいかに正しいかを発表しており（Buero Vallejo, 1994：425-427）、この件に関しては絶対的な自信を持ち、決して譲らなかったことがうかがえる。そもそも鏡に映る国王夫妻が実体のない存在であるのに加えて、ブエロ・バリェホの導き出した結論のとおり、鏡に映っているのが絵だとなると、彼らの叡智や神格化もかなり希薄化するのではないか。次の引用にあるように、ブエロ・バリェホはベラスケスには国王夫婦に対する敬意が欠如していると考えている。

> 国王夫妻に追従する宮廷画家は、この夫婦を直接鏡に映して描くこともできるのにそのような構成など考えもしない。あるいはその構成について考えているとするなら、あえてそれを避けている。つまり絵画上の不敬である。（Buero Vallejo, 1973：77）

舞台上でも、「自分自身を大きく描いているのに、陛下ご夫妻を絵の中で最もどうでもよい場所に配置したのでございます」と侯爵に言わせている。注目すべきはブエロ・バリェホが《ラス・メニーナス》という絵に画家の反抗を看取しているということだ。彼はベラスケスの穏やかな眼に「無言の挑戦という内なる豊かさ」(Buero Vallejo, 1973 : 93) を読み取っている。このベラスケスの姿勢にはブエロ・バリェホと共通する部分があるように思う。ブエロ・バリェホは内戦後も共産党員であり続けたが、公に国家批判をすることはなく、演劇という芸術作品によって主義主張を明らかにした。その彼が、公に王室批判をすることのなかったベラスケスの絵に、作品を通して真実や抵抗を表現する画家の姿を読み取り、共感したであろうことは想像に難くない。

《ラス・メニーナス》の画布の謎

《ラス・メニーナス》に描かれた画布の表側は永遠に決定不可能であると先述した。この節では、われわれ鑑賞者に裏側しか見せない画布について考察していく。フーコーの分析を再び引用しよう。

そうして絵の左端で裏がえしにされている大きな画布は、第二の機能[11]をはたすこととなる。つまり執拗に画面を見せようとしないそれは、視線の関係が読みとられることも、決定的に確立されることも、ともに妨げるからである。画布が一方の側に君臨させている窺いしれぬこの確固不動さは、中央で鑑賞者とモデルとのあいだに打ちたてられる変態(メタモルフォーズ)の作用を、いつまでも不安定なものにしてしまう。

(フーコー　一九七四、二一九)

ここで重要なのは、「画布が一方の側に君臨させている窺いしれぬこの確固不動さ」である。つまり、この画布が、ひいては《ラス・メニーナス》が鑑賞者に対して絶対的な力を持ち得ることが示される。ジャン・パリスは『空間と視線――西欧絵画史の原理』のなかで視線について次のように述べている。

神であれ、人間であれ、動物であれ、支配権が視力に由来することは確かである。そして直ちに生きとし生けるものは二つの階級にわけられる。その権力を行使するものと行使されるものである。前者に見えるものは、言うまでもなく後者にはかくされていなければならない。

（パリス　一九七九、四八）

このパリスの論を援用するならば、権力を行使するのは《ラス・メニーナス》を描いた画家本人、あるいは画布の表側を見ることができる場所にいる絵の中の人物たちであり、権力を行使されるのはわれわれ鑑賞者である。もしくはベラスケスが《ラス・メニーナス》の絵の中にその画布の表を描かなかったという事実からすれば、権力の行使者は存在せず、われわれは不可視の権力者によって支配されているということになろう。ブエロ・バリェホはこの絵から、ベラスケスの国王への抗議、あるいは因習への抵抗を読み取った。そして支配される臣下ではなく、絵の領域において支配権を握る画家としてベラスケスを舞台上で表現する。実際にベラスケスが、ブエロ・バリェホの解釈どおりの意図を持って作品を創作していたのだとすれば、裏向きの画布を描くというベラスケスの戦略は真に巧妙であったと言わねばならない。

ブエロ・バリェホの『ラス・メニーナス』で謎の絵として扱われるのは、ベラスケスが《ラス・メニーナス》に裏向きに描いた画布ではなく、《ラス・メニーナス》の絵そのものである。《ラス・メニーナス》も《鏡を見るヴィーナス》同様に決して舞台に姿を見せることはない。「大きな絵」と呼ばれるその絵が具体的に言及されることもなく、宮廷内では謎の絵として話題にのぼるが、ベラスケスの先輩画家ナルディによれば、「その絵はひどい騒ぎを引き起こす」のであり、「ベラスケス自身のためにも、おそらく描かない方が良い」のである。「大きな絵」という言葉から観客はその絵が《ラス・メニーナス》であると推測するであろう。そして、下絵を見るニコラシージョが発する、「ドン・ディエゴはマルガリータ王女様の横に僕らを描いてくれるんだよ。僕らがとっても大切な人間だからさ。見てごらんよ、マリ・バルボラ。君、ものすごく不細工に描かれてる！　実物そっくりだ」という言葉で、観客は自分の推測はおそらく正しいと考えるであろう。しかしながら、絵そのものが提示されることも、絵の題名が言及されることもないため、その絵は決定不可能なものとしていつまでも観客の掌握から逃れるのだ。

パリスは、「視覚は権力の原理の基盤をなす。見ること、それはすでに征服することであり、対象物の魔術的所有権を確立することにほかならない」（パリス　一九七九、四九）と論じる。ベラスケスは画布の表側を描かないことによって、ブエロ・バリェホは絵画二点を観客に見せないことによって主導権を握っていると言えよう。この点においても芸術家二人の一見わかりにくい、しかし非常に巧妙な抵抗を見ることができる。

五　見るという行為

ここで再び視線、あるいは見るという行為について考えてみたい。ベラスケスの《ラス・メニーナス》で中央に立つのはマルガリータ王女だが、ブエロ・バリェホの作品に彼女は登場せず、代わりにマリア・テレサ王女が重要な役割を演じる。マルガリータではなくマリア・テレサを舞台にのせた理由については、ブエロ・バリェホが一九九五年に、「あまりに幼い女の子では大人たちの諍いに入っていくことはできない」と説明している（O'Connor, 1996 : 97）。一七歳という分別のつく年齢になったマリア・テレサは、嘘で固められた王室に嫌悪感を覚え、王室内の、そしてスペインの実情を知ろうとする。ベラスケスが王女に伝える言葉は意味深い。

マリア・テレサ　真実が知りたいのです。
ベラスケス　おそらくあなたは最悪のことを望んでおられるのです。たとえあなたが目を大きく見開いたとしても、真実を見つけることはあなたの家柄が許さないでしょう。あなたの目は再び閉じられてしまうでしょうな……しまいには探すことに疲れて再び眠りに落ちることになるのです。もしかするとその時になってあなたは私を恨むのかもしれません。私のことを覚えていれば、ですが。

ベラスケスの悟りとも言えるこの言葉にもかかわらず、マリア・テレサは女官を連れずに一人で王宮を歩き回り、使用人の雑談を盗み聞きするなどして真実を探り出す。明らかになるのは、国内の経済状況が悪化の一途をたどり、宮廷内でも給与不払いによるストが頻発、国民は増税と飢餓に苦しんでいるという現実である。嘆かわしいことに国王本人が取巻きの都合の良い言葉を信じ込み、落日のスペインの現状を把握していないという事実も彼女を苦しめる。そして王女は勇敢にも、「王宮の誰もが知っているのに誰も勇気を出して国王に伝えようとしない」数々のことを父親に報告する。しかし、あくまでも真実を知ることを拒否する国王は、今後も女官を連れずに歩き回るようであれば彼女を修道院に送ると脅すのである。

真実の隠蔽と追求は、ブエロ・バリェホが処女作『燃ゆる暗闇にて』以来、たびたび取り上げてきたテーマである。盲学校を舞台にしたこの処女作では、前章で論じたように、欺瞞に満ちた世界で真実を求める主人公の姿が描かれる。次章で扱う『サン・オビーディオの演奏会』にも目の不自由な者は登場する。六名の盲目の物乞いが社会で搾取されるなか、人間として生きる権利を獲得することの苦悩が示される。本作『ラス・メニーナス』のなかでも、全盲に近い年老いた物乞いが登場する。ペドロという名のその盲人は社会の腐敗を看破し、ベラスケスの絵の真髄を理解する唯一の者として描かれる。このようにブエロ・バリェホが数々の作品で視覚障害者を舞台にのせるのは、見える、見えない、見る、見ないという問題を舞台化しやすいからであろう。見ることに関して論じるパリスは、「大部分の言語において、この同じ動詞が《理解する》ことをも意味するのは、いかなる偶然によってなのであろうか? それは、この権力が知識として集約されるからである」(パリス 一九七九、四九)と記す。ブエロ・バリェホの多くの作品においても、見ること、そして理解することが権力と深く関わっていることが描出される。盲人であるがために真実を知る権利を奪われ、知りたいと願う意欲さえも奪われている者、視覚は正常であっても現実を見ない者、見ようとしない者、加えて、先に引用したベラスケスのマリア・テレサへの言葉にあるように、見ようとしても見ることを許されない者などが登場する。あるいは、パリスの論とは矛盾するが、見えない者のほうがより深く理解している場合があることもブエロ・バリェホは提示する。この劇作家は作品ごとに様相は異なるが、権力、それに伴う抑圧や自由を描写する際に、視覚、見るというモチーフを用いることが多い。

さて、再び画家ベラスケスの話に戻ろう。創作時のベラスケスは描く対象をどのような視線で見ていたのか。彼が長い筆を使い、輪郭を一切描かない技法を用いていたことはよく知られている。オロスコは、「現実をカンヴァスに移すときに彼が行うことは、大きさも輪郭もはっきりさせずに奔放な筆致で外見をぼんやりと示す、現実の非現実化である。だが、在りのままではなく見えるままの現実をわたし達に感じさせることこそ、まさしく彼の意図なのだ」(オロスコ 一九八三、七七)と論じる。舞台においても、ベラスケスのその画法が問題視される。異端審問の場、老画家ナルディは次の引用にあるようにベラスケスを非難する。

ナルディ 私が思いますに、陛下、ドン・ディエゴ・ベラスケスは自分が忠実な臣下であると信じ、そうあろうと努めております。しかし、彼がそうしているのは……単なる気まぐれにすぎないのでございます。彼の有名な大雑把な画法と同じでございますよ。（馬鹿にした様子で絵筆を面倒くさそうに動かすしぐさをする）画家たちはほとんど皆、彼が視力を失い、細かいものが見えなくなったのであろうと考えております。私自身は彼が単に気まぐれでそのように描いているのではないかと思っておりますが。

図 19　異端審問の場。フェリペ四世の前で斜陽のスペインを憂うベラスケスと、真実を知ろうと入ってきたマリア・テレサ王女（『ラス・メニーナス』1960 年公演）

そしてナルディは、「そのように描くことは、モデルが国王陛下であっても無意識にモデルを馬鹿にしていることになる」と言い、ベラスケスの国王に対する不敬を強調する。するとベラスケスは、「私は見るということを描いているのです」と反論する。この言葉に関しては様々な解釈が可能であろう。先ほどのオロスコの引用にあるように、「在りのままではなく見えるままの現実」（オロスコ　一九八三、七七）を描いていると理解することもできるし、絵の中の人物の視線、画家の視線、そして鑑賞者の視線といった視線の関係性を描いているとも考えられる。また、ベラスケスのセリフの“ver”を《見る》ではなく《理解する》と訳し、絵に描かれていることを理解すること、絵に隠された真実を理解することを描いていると解釈することも可能である。

ベラスケスの作品、とりわけ《ラス・メニーナス》は、鑑賞者に絵への関与を余儀なくし、見る者と見られる者の関係性、および権力を行使する者と行使される者の問題を突きつける作品であると言えるであろう。そのような作品を自らの演劇作品のタイトルにしたブエロ・バリェホは、絵画《ラス・メニーナス》が喚起する問題を効果的に舞台に上げたのである。

六　ベラスケスの幻想

ベラスケスの異端審問はどのように終わったのか。彼は糾弾されるどころか、逆に告発者や証言者に反駁し、宗教的あるいは政治的な大義に隠されている、それぞれの人物の真意を暴露する。結局、国王は判決を下さずにその場を去る。侯爵とナルディも退室し、ベラスケスを告発したニエトは《ラス・メニーナス》の絵と同じようにアトリエの奥の階段を上がる。王女マリア・テレサがベラスケスに絵を描き続けるように言い、パレットを手渡す。いよいよ舞台『ラス・メニーナス』の最終場面である。物乞いのマルティンが再び登場し、「物語ももう終わりだ。まるで本当に見たかのように、あちこちでこの物語を触れ回るつもりさ」と、観客にむけてとも独白ともわからない調子で話す。すると、ベラスケスのアトリエを隠すカーテンが閉まる。しばらくして再度カーテンが開くと、ベラスケスの絵《ラス・メニーナス》に描かれている人物たちが絵とまったく同じようにアトリエでポーズをとっている。彼らは微動だにせず、まさに絵のようである（図20）。

グワイン・エドワーズはこの場面の二通りの効果を論じている。ひとつは、観客は瞬時にベラスケスの絵を想起し、親しみを覚えるため、その場面は観客と舞台をつなぐ架け橋となるということ、もうひとつは、カーテンの使用と照明により距離感と客観性を生み出しているということである（Edwards, 1996：64）。先にも論じてい

図20　最後の場面、登場人物たちはベラスケスの絵《ラス・メニーナス》と同じポーズで立ち、物乞いのマルティンがナレーションを入れる
（『ラス・メニーナス』1960年公演）

るように、観客はすでに絵の中に、ひいては舞台に取り込まれているのであり、ここで改めて舞台との一体感を認識するとは考えにくい。おそらく、エドワーズの提示する二つ目の効果が強いのだと思う。幕開け、《イソップ》と《メニッポス》のモデルによって舞台空間に招待された観客は、そのまま《ラス・メニーナス》に入り込み、絵の中の人物と同じ時間を過ごす。そして、ベラスケスの絵に戻った彼らを見た観客は、ふと我に返るのだ。ああ、そうか、彼らは絵だったのだ、すべては幻想だったのだと。ブエロ・バリェホの『ラス・メニーナス』にとってベラスケスの絵はフィクションへの入口と出口の役割を担っているのである。そう考えると、本作品の副題「二部からなるベラスケスの幻想」にも納得がいくのである。

ブエロ・バリェホの『ラス・メニーナス』に対しては、ベラスケスの人物像や史実を歪曲した民衆扇動的な作品になっているという非難もあるようだ。しかし、ブエロ・バリェホは歴史劇について次のように語っている。「作者は時間、空間、人物像において実証された事実に全面的に忠実である必要などない。言うまでもないことだ。歴史劇とは創作作品であり、求められるのは細部に関するものではなく基本的な意義に関する解釈である」(Buero Vallejo, 1994：826)。そこで副題の議論に戻ろう。まず最初に《イソップ》と《メニッポス》によってベラスケスの絵の中に取り込まれた観客は、《ラス・メニーナス》の絵の中に舞台を移し、そこに描かれる人物たちと空間や時間を共有する。その間に観客は《鏡を見るヴィーナス》の中にも入り込み、舞台上でパレハやファナ、ニエト、ナルディらが試されたように、その絵をどう解釈するかを自らに問いかけることになるだろう。最後に、マルティンという第四の壁を破る人物の再登場と、絵画《ラス・メニーナス》のポーズをとる集団により、観客はフィクションから追い出され、観客席に戻されるのだ。観客の取り込みは強制的に行われる没入の効果である。観客はベラスケスの絵、彼の思考、つまり彼の幻想の世界へと誘われ、様々な思いを巡らすことになるのだ。

『ラス・メニーナス』においてベラスケスの絵は「没入の効果」のための道具であり、観客を取り込む手段、フィクションへの出入り口、解釈の場となる。それらの絵の起用は、独裁制に生きるブエロ・バリェホが、目を閉じて現実を見ない者、目を閉ざされている者、見ることができなくなっている者たちの目を強制的にでも開けるために用いた戦略的な舞台演出であると言えるだろう。

第四章　敗者の叫びと歴史叙述
――『サン・オビーディオの演奏会』における救済――

処女作『燃ゆる暗闇にて』で登場人物のほとんどを盲人にしたブエロ・バリェホは、一九六二年初演の『サン・オビーディオの演奏会』でも六人の盲人を物語の中心にすえる。本作品はブエロ・バリェホが史実に基づいて創作した作品であり、フランス革命を一八年後に控えた一七七一年にパリで開催された大市が舞台となる。その大市での出し物のひとつであった盲人のオーケストラは版画の形で残されており、ブエロ・バリェホはその版画（図21）の複製を見て本作品を着想したと言う（Doménech, 1993 : 247）。舞台に登場するバレンティン・アユイ[12]は実在し、盲人を笑い者にする大市での残酷な光景に驚愕し、一七八四年に慈善協会の仲介のもと、パリに世界最初の盲学校を設立した人物である。

盲人が登場するブエロ・バリェホの二作品のなかで象徴される盲目は異なっており、『燃ゆる暗闇にて』は個人の葛藤を、『サン・オビーディオの演奏会』は社会階級の対立を描いていると、ドメネク、ベルドゥ・デ・グレゴリオ、イグレシアス・フェイホーなどの研究者たちは論じている。確かに、『サン・オビーディオの演奏会』

図 21　1771 年パリで開かれた大市での盲人のオーケストラの版画

では、下層階級に属する盲目の物乞いダビドがブルジョア階級の成金ルイス・マリア・バリンディンに抵抗するという図式を見ることができる。しかしながら、本作品はそれほど単純な構成にはなっていない。

『サン・オビーディオの演奏会』を英訳したデイヴィッド・ジョンストンは、当作品の解釈に関しては、政治的な抑圧／自由、階級間の搾取／闘争という当時のスペインの状況に密接に関係した対立が描かれているとするドメネクの論が最も影響力を持ち、ほとんどの研究者がこの論に追従しているなか、家父長制の権力構造を批判する作品として当作品を捉えるバリー・ジョーダンの新しいアプローチを評価している（Johnston, 1990：38–39）。ジョーダンは「『サン・オビーディオの演奏会』における権力関係」という論文で、社会階級の戦いという従来の分析では本作品を充分に理解することはできないとし、作品内で明示的に描かれる社会的な階級差をより細分化して家父長制およびセクシュアリティという概念を用いて作品分析を試みている。ただ、家父長制やセクシュアリティの概念を用いた彼の論は、抑圧者と被抑圧者という二項対立の枠内で展開していることを指摘しなければならない。本作品で描かれる権力関係は単純な二項対立ではなく、時に変化する流動的なものなのである。

本章ではブルジョア階級と盲目の物乞いの関係が単純な優劣関係にはないことを考察する。ブルジョアたちが盲人の演奏会に惹きつけられるのは、盲人をグロテスクなものとして貶めることで優越感を得るからではないかと仮定し、ブルジョアたちは、弱者をグロテスクなものと化すことによって自身に潜む形のない不安や恐怖を具現化し、そのグロテスクな存在を侮蔑、あるいは拒絶することで不安や恐怖を取り除いていることを明らかにする。次に、眼差しの権力が盲人たちの暗闇の世界では力を失い、彼らの聴覚および嗅覚の力に逆転されることを考察し、抑圧される者たちが抑圧者たちにとっての脅威となり得ることを明らかにする。最後に、最終幕のバレンティン・アユイの登場について省察する。従来の研究では、周縁化されたダビドの抵抗は、それ自体は成功しなかったが、後を引き継ぐ者つまりバレンティン・アユイによって完結されており、アユイは『燃ゆる暗闇にて』のイグナシオの希求を受け継ぐカルロスと同じ役目を担うとされている。その一般的解釈について再考するとともに、ダビドの死が本作品においていかなる意味を持つのか、なぜ最後にアユイが現われてスピーチをするのか、という問いに対する答えを出し、本作品の意義を提示する。

一　盲人の社会的位置

六人の盲人が生活するキンセ・ベインテスは実在の救護院で、一三世紀のルイ九世の時代に建てられた。寝る場所とわずかながらの食事の提供は、当時ふつうの人間として生きることのできなかった盲人にとっては充分な施しであったろう。一六―一七世紀には盲人と偽って救護院に入る者が多く現われたことが伝えられており、本作品の六人の盲人が恵まれた状態にあることがわかる。ブエロ・バリェホは、一九六二年の四月から夏にかけて一八世紀のフランスについての調査を始め、とりわけディドロの『盲人に関する手紙』を徹底的に研究し、一八世紀に盲人であることがどういうことを意味するのかに関して深く理解していたと言う（Johnston, 1990：12）。ブエロ・バリェホはフランスの哲学者ミシェル・ヴィレの『盲人の世界』やモーリス・ド・ラ・シズランヌの翻訳本『盲人の目を通して見る盲目』も読んでいたらしい（Gagen, 1985：38）。『サン・オビーディオの演奏会』で描かれる物乞いの盲人は綿密な調査に裏づけされたものと考えてよいだろう。

一三一〇年、救護院の盲人たちには外出の際にゆりの花の紋章を胸につけることが義務付けられる（Teatro Español, 1986：217）。本作品の盲人も一様にこの紋章を身につけている。

> 一列に並んだ六名の盲人はじっと待つ。一見しただけでは彼らを区別することは難しい。生気のない目、動作の欠如、世俗的な身なり。たとえ彼らの間では衣服の粗末さや痛み具合に違いがあるとしても、めいめい持っている杖、全員の胸に縫い付けられたキンセ・ベインテスの紋章である濃黄色のゆりの花のついた青い長方形の布が彼らを均一に見せている。(13)

救護院の紋章は庇護の印であると同時に抑制力も持つ。彼らは決められた日課にしたがって毎日を送り、物乞いのために外出するという務めも果たさなければならない。

一八世紀の人々にとっては、盲人が自由のない生活を送ることは当然のことであり、盲人でありながら音楽家を夢見る主人公ダビドは狂人として映るであろうし、ダビドによる実業家殺害も許しがたい行為であるに違いない。しかしながら、舞台を見る二〇世紀の観客は、舞台上の盲人が非人間化され、周縁化される様子を悲痛な面

図22　修道院長に呼び出され、大市での演奏会の話を聞く盲人たち
（『サン・オビーディオの演奏会』1962年公演）

持ちで見るのである。過去を扱う歴史劇の場合、過去においては当然のことを現在の批判的な視点で再考することが可能となる。貧者に神の恩恵を与える救護院も、現代のわれわれにとっては庇護という名のもとに権力を行使する場所にさえ映るのである。舞台上の盲人たちが修道院長に呼ばれるとき、あるいはバリンディンの屋敷に出向くとき、そのおどおどした態度、あるいはト書きにあるような均一な身なりが、彼らを囚人もしくは奴隷のように見せるのである。

修道院長は、盲人たちが大市の見世物小屋に出演するというバリンディンの世俗的な申し出に難色を示す。しかし、それはあくまでも表向きのポーズである。彼女は救護院での貧しい食事を嘆き、大市への参加が盲人たちの食生活の向上を意味することを示唆し、結果的に、盲人たちがバリンディンの仕事を引き受けるように仕向ける。目的はバリンディンがお布施と称して支払う契約金である。バリンディンは「博愛主義」という言葉を頻繁に使用するが、教会も同様に「博愛主義」という名を借りた偽善の上に成り立っていることが描かれる。盲人は首に缶をぶら下げて物乞いに出かけ、集めたお布施はすべて修道院長に渡さなければならない。バイオリン演奏に熱中するために稼ぎが少ないダビドは修道院長にとって叱責の対象となる。バリンディンと教会との契約は、盲人たちを教会の庇護という名の搾取から解放するが、実業家による庇護という名の支配関係へと移すに過ぎない。盲人が搾取の対象であることに変わりはなく、彼らは抑圧され、周縁化され続ける。

二　グロテスクなものとしての盲人

周縁化される者と、彼らを抑圧する者とは、常に敗者と勝者の関係にあるのだろうか。一見わかりやすい優劣関係の背後に存在する心理について考察してみたい。

一九世紀以前、目が見えない者はただそれだけの理由で社会の周縁に排除されていた。当時の盲人のほとんどは下層階級に属し、盲目と貧困は対になっていたと言ってよいであろう。六人の盲人が実業家の命令どおりにするのは、食べていくため、つまり生きていくためである。バリンディンは六人の盲人に対して抑圧的な態度を取り、搾取する実業家と搾取される貧者という関係が誰の目にも明らかである。盲人以外の登場人物とバリンディンとの関係を見ても、本作品では社会階級の対立が大きな問題となっている。バリンディンの愛人アドリアーナは歌手であり娼婦であった。彼女はバリンディンを愛しているわけではなく、生きていくために彼についていくしかなかったとダビドに語る。盲人のオーケストラを指導するために呼ばれたレフランは、「病的で青白い顔をし、あいまいな笑みをたたえた痩せた男。ある程度めかしこんではいるが、着ている服はくたびれている」。彼も決して暮らし向きが良いとは言えず、バリンディンの高飛車な態度に腹を立てながらも生活のために我慢している。出稼ぎの鍋釜職人ベルニエの困窮はさらにひどい。田舎に残してきた家族は貧困を極め、妻は病気で寝込み、末息子は栄養失調で死んだ。バリンディンの女中カタリーナについて多くは語られないが、彼女も地方出身の貧しい家の出であることは間違いない。このように彼らは一様に貧しいがためにバリンディンの横暴な対応に堪えなければならない。愛人という被所有物であるアドリアーナ、被使用人であるレフラン、ベルニエ、そしてカタリーナとの関係において、貧しい者を圧迫する支配者としてのバリンディンの姿が強調される。そして彼は盲人たちを利用することを思いつく。バリンディンは、盲人たちは目が見えないがために一切の自由を放棄していると考え、それゆえに簡単に支配できると高をくくっている。

盲人たちを描写するト書きを注意深く見よう。一番若いドナートについては、「彼の視力を奪った疱瘡によって残酷にもつけられたあばたがなければ、彼の顔立ちは上品であろう」とあり、ナサリオは「顔が大きく、その顔にも疱瘡の痕がいくつかある」と記される。エリアスの場合は、「萎縮症にかかった両目の上の瞼は閉じており、ヒルベルトは「多少斜視であるその両目が時折見えているかのようである」と記される。演出家ミゲル・ナロスによる一九八六年上演の『サン・オビーディオの演奏会』では、ダビド役の俳優は両目に、ヒルベルト役の俳優は片目に特殊なコンタクト・レンズを着用し、白い幕がかかったような目にしたと記録されている（Espinosa, 1986：229）。ト書きをみてわかるように、彼らは盲目で貧しいうえに、見た目もグロテスクであるという演出がなされている。ドメネクは、「『サン・オビーディオの演奏会』はグロテスクなものという重要な次元へと進んでいる」（Doménech, 1993：249）と指摘するが、それ以上の論考はしていない。「グロテスクなもの」としての盲人について考察する必要があるだろう。

大市の準備をするバリンディンは小人の出し物の中止を知って欣喜雀躍する。アドリアーナはバリンディンが

図23　盲人の演奏会と称した見世物を嬉々として見るブルジョアたち
（『サン・オビーディオの演奏会』1986年公演）

競争相手として恐れていたのがオペラ・コミック座ではなく小人であったことに驚く。このことでわかるのは、彼が目指しているのは完成度の高い音楽隊などではなく、グロテスクな見世物としてのオーケストラであるということだ。したがって、演奏はできるかぎり下手でなければならず、聴くためではなく見るための演奏会でなければならない。演奏者である盲人は派手な衣装にボンボンのついたとんがり帽子をかぶり、ボール紙でできたメガネをかける。楽譜は逆さに置かれ、よく見えるようにろうそくの火で照らされるというアイロニカルな演出がなされている。そして、知的障害のあるヒルベルトはロバの耳のついた王冠を頭にのせ、手には杓を持ち、木製の孔雀に乗って指揮をする。グロテスクな存在としての盲人たちの過剰な演出は、ブルジョアの観客たちの嘲笑を買う。盲人たちはなぜこれほどまでに演出されなければならないのか。

バリンディンがこのような見世物を企画するのは、より多くの観客を集めて大金を稼ぐためである。つまり、グロテスクなものを見せれば、多くの人々、とりわけブルジョア階級が入場料を払って集まってくるというわけだ。修道院長に報告するバリンディンは、盲人の出し物は大市で一番の人気を博し、あまりに多くの人が押しかけたため、カフェの正面の壁が壊れそうになったと自慢する。盲人を嘲笑して喜んでいるブルジョアたちは、階級において明らかに下の者たち、そして社会から排除される者たちをさらに貶めて満足するのである。なぜなのだろうか。一八世紀後半にブルジョアジーは社会的に台頭してきたが、まだ安定した立場にはなく、貴族からは成り上がり者として蔑視されている。ブエロ・バリェホは舞台に上がるブルジョアたちを「めかしこんだ娘」あるいは「伊達男」などと記し、彼らがにわか成金であることを強調している。成り上がってきたブルジョアたちは、揺るぎのない安定した地位を獲得しているわけではない。それゆえに、自分たちがいかに優位にあるのかを確認し、不安を掻き消す必要がある。そのためには自分たちよりも劣っている者をより一層貶めて嘲笑する必要があるのである。この心理構造は、〈ヨーロッパの他者〉として排除されているエスキモーやインディアンがヨーロッパに連れてこられ、定期市の見せものになったこと（高橋　一九九〇、三一―三二）と同様であるように思う。もう一点指摘しておかなければならない。ブルジョアたちが抱える不安や恐怖は、形なき嫌悪すべきもの、つまり自分自身のなかにある見えない敵なのである。そのような不安や恐怖を払拭するのに一番有効な方法は、その得体の知れない敵を具現化することである。本作の場合、ブルジョアたちは姿なき敵をグロテスクな盲人に投影し、彼らを凌辱することによって自らの不安を排除するのである。その舞台上のブルジョアたちの様子は、劇場に来ている二〇世紀のブルジョアによって観察されている。このメタシアターの効果について、次の節で考察していこう。

三　普遍的世界の転覆

本作品の劇構造で注目すべき点は、盲人のオーケストラを見る舞台上のブルジョワジーと、その両方を見る実際の観客という二重構造が存在することである。盲人のオーケストラの小屋に偶然立ち寄った若者バレンティン・アユイは非人道的な出し物に憤慨し、次のようにダビドに言う。

アユイ　（大きな声で演奏席に向かって）私が何と言ったのか、お尋ねになりましたね？　もしあなたがたの目が見えていたら、観客たちの姿はあなたがたにとってのもうひとつの見世物になっていたでしょうと言ったのです！　そのことを忘れないで下さいね！

この言葉は舞台上のステージにいる盲人たちに向けられたものであるが、同時に実際の観客にも投げかけられている。ブエロ・バリェホが『サン・オビーディオの演奏会』を見る観客に見せたいのは、盲人のオーケストラではなく、その出し物を嬉々として見るブルジョアたちの姿なのである。二〇世紀あるいはそれ以降の観客と舞台上の一八世紀の観客の関係について考えてみよう。彼らは盲人のオーケストラを見る観客であるという点において同じ立場にある。したがって、現代の観客は、舞台上に自分自身の姿を見ていると解釈することが可能である。つまり彼らは見る主体であると同時に見られる客体となり、自分自身を審判する者となる。「もしあなたがたの目が見えていたら、観客たちの姿はあなたがたにとってのもうひとつの見世物になっていたでしょう」というアユイの言葉は重要である。目の見えない盲人たちに代わってブルジョアの観客を見ているのは現代の観客であり、彼らは周縁化された者と自分自身との関係を自問することになるのである。

本作品を観る観客は主体であると同時に客体になり、アンビバレントな立場に置かれるわけである。では、盲人たちが見られる客体という立場から脱却することはないのであろうか。見る主体としての晴眼者、見られる客体としての盲人という二項対立が成立するのは目の見える者の世界においてなのである。『サン・オビーディオの演奏会』では、目の見えない者の世界、すなわち暗闇が、晴眼者の世界に対する抵抗言説として示される。

反抗的な態度をとるダビドを暴力で押さえ込んだバリンディンは言う。「思い知ったか、愚か者。おまえはめくらなんだよ。そして弱いんだ！　目の見える男の陣地では、目の見える者に対して決して何かを企んだりするな」[14]。そしてダビトはその言葉を受け入れ、そのとおりに行動するのである。「今日の午後、あなたは私に言いました。目の見える男の陣地にいる時には、その男に対して何も企むなと。ためになる忠告でした」と彼は言い、目の見えない男の陣地で目の見える者に対して復讐をする。ダビドはベルニエによってその晩が新月で真っ暗闇であることを知り、その暗闇を利用してバリンディンを殺害する。「目の見える男の陣地」では視力を持つ晴眼者が権力を持つ。しかし、見えることが何の力も持たない暗闇においては晴眼者は無力となる。暗闇では聴覚や嗅覚の優れた視覚障害者が相手の存在を認識する主体となり、晴眼者は動きを察知される客体となる。この時ブエロ・バリェホは観客席の照明をすべて消し、観客にバリンディン同様の体験をさせる。『燃ゆる暗闇にて』でも使用された没入の効果である。逃げ回るバリンディンのあえぎ声だけが聞こえるなか、観客は何を思うのか。

ここでブエロ・バリェホが試みているのは普遍的とされる事柄の転換である。目の見えない者が劣者とされ、社会的抑圧を受けることが当然とされる光の世界において、彼らが抵抗することは不可能であると考えられている。それがゆえに、盲人は光の世界ではなく、転覆した世界で、すなわち光が作り出す闇の世界で抵抗を可能にすする。真っ暗闇の劇場内でバリンディンの恐怖を追体験する観客は、手も足も出ない無力の自分自身を認識し、一般的には弱者とされる盲人が優勢に立つ世界が存在することを知る。

四　剣と文字と権力

この節ではダビドの夢について考えてみよう。

『燃ゆる暗闇にて』の先天的な盲人イグナシオの、目が見えるようになりたいという夢は実現不可能なものであり、決して手に入れることのできないユートピアを希求するようなものだ。一方、素晴らしい音楽を奏でたい、文字を読み書きしたいというダビトの夢は実現可能である。しかし、一八世紀という時代を考えるならば、ダビドの夢の実現はほぼ不可能に近い。「ダビドは誰よりも多くのことを知っているし、誰も考えないようなことを考えるから頭がおかしいと言われる」というドナートの言葉が、当時の盲人に対する社会認識を明らかにしている。盲人にも読み書き能力を身につけ、素晴らしい音楽を演奏する可能性があると信じるダビドは、一八世紀の社会においては「狂人」として排除される。ダビドは盲目の女性メラニア・デ・サリニャック(15)を心の支えに生きている。彼はメラニアを「言語、科学、音楽に精通している……読むことができるし、しかも書くことだってできる！　自分ひとりでできるんだ」と賞賛する。しかし、アドリアーナが、メラニアは裕福であったからそのようなことができたという重要な指摘をする。物乞いの盲人ダビドが文字を学ぶ機会を得ることは不可能に近いのである。

ここでダビドの生い立ちについて考える必要があるだろう。彼は自分の父親を知らない。ダビドはアドリアーナに、「ある日、母さんに聞いたんだ、おいらの父さんは誰なの?って。そしたら母さんは黙ってしまった……わかるだろう。俺には自分の人生を語ることすらできない」と打ち明ける。母親は貴族の屋敷で洗濯係として働いていた。その屋敷のパーティでの花火の事故で、ダビドは両目に火傷を負い失明する。ダビドを憐れむ屋敷の主人は、彼にバイオリンを買い与えた。その後、母子は屋敷を出て、ダビドのバイオリン演奏に合わせて母親が歌いながら大市を渡り歩く。ところが、ある日突然母親がいなくなり、ダビドは孤児になる。おそらく、ジョーダンの指摘するとおり、母親は娼婦として働くために息子を捨てたのであろう（Jordan, 1994：118）。本作品では、ダビドのみならず他の貧しい登場人物たちの生い立ちや家族について語られる。このような貧しい者たちの物語が記録され、歴史に残されることはなかった。本作に登場する登場人物のなかでメラニア・デ・サリニャックとバレンティン・アユイだけが実在の人物であるが、彼らの名前や経歴が記録に残されているのは、彼らが裕福であったからにほかならない。ディドロによれば、サリニャックは「戦傷を全身に負い、数々の栄職を贈られて、九十一歳の高齢で死去した、王室軍隊の陸軍中尉ラファルグ氏の親戚の娘」（ディドロ　一九七六、一〇一）、つまり富裕層の娘である。それだからこそ何人もの家庭教師をつけ、才能を引き出す

図 24　盲人たちを笑いものにするために数々の演出をするバリンディンに食ってかかるダビド
（『サン・オビーディオの演奏会』1986 年公演）

ことができ、歴史に名を残すこともできたのである。バレンティン・アユイにしても外務省に勤務した後、盲学校を設立するのであるから、裕福であったに違いない。ダビド、アドリアーナ、そしてベルニエも、ブエロ・バリェホの創造である。おそらく、いやほぼ間違いなく、彼らのような人物は実在したはずだ。ただ、記録されてこなかったのである。アユイが著名であるため、彼が盲学校を設立する動機となった演奏会については広く知られている。しかし、そこに出演していた盲人たちについての記録は残されていない。歴史は富裕者、〈勝者〉とされる者の記録しか残さないのである。貧しい者はまず文字を学ぶ機会を持たない。したがって彼らには記録を残すことはもちろん不可能であるし、記録の対象となることさえない。文字の獲得は記録を可能にすること、つまり歴史記述へのアプローチの第一歩なのである。作者ブエロ・バリェホは、文字あるいは音楽の習得を望むダビドを通して、無名の者が歴史に関与することの可能性を示唆している。

サン・オビーディオの大市に出演することになったダビドは、バリンディンの目論見に反して素晴らしいバイオリン奏者であった。彼は同僚たちも練習しさえすれば和音を奏で、すばらしい演奏をすることができると信じている。盲人たちをグロテスクな怪物に見立てて客寄せをしようとするバリンディンにとって、ダビドの希望は事業妨害にほかならない。しかし、この興行主は、見世物小屋の成功のためだけにダビドを押さえつけたのだろうか。ダビドの夢は、目が見えなくても耳で音符を習得することである。また、音楽にとどまらず読み書きの学習も切望する。つまり彼は音符や文字という記号を操作する力を求めているのだ。本作品では記録された文字が大きな力を持つことが示される。盲人たちのバイオリンは大市開催中、見世物小屋に保管されることになっているが、ダビドだけには手元に置くことを許して欲しいと修道院長がバリンディンに頼む場面で、バリンディンは次のように言う。

それはできないとすでに言ってあります。自分の楽しみで弾きたいと言い張ってますが、私が知りたいのはどこで弾くのかということです。救護院には寝に帰るだけです。表の通り以外に弾く場所はありませんが、それは許されません……契約がございます、院長さま。あなたご自身が署名されました。

そして、契約書を広げながらこう続ける。

読ませていただきます、院長さま……こんな紙切れ一枚がそれほどまでの信仰心と、私のためのもったいないほどのお祈りを包み込むことができるなんて、考えただけで痛く感動いたします……

文字にされた契約書は絶対的な力を持つ。記された文字は、記録されたことの遵守の義務と、記録されていないことの排除の権利を有するのである。それは教会が相手であっても変らない。

鍋釜職人のベルニエがダビドに説明する封印状にも同様の力が備わっている。王の署名の入った紙切れに告発したい人物の名前を記せば、その人物を投獄することができる。ベルニエはダビドに、「裁判なしに誰かを監獄にぶちこむようにって王様が署名した紙切れだ。それが高値で売られているらしい。贈り物にする場合もある」と説明する。そして、「もしあんたがあの方をあんまり怒らせるようなら……封印状を使ってあんたを監獄にぶち込むらしい」と忠告する。このように、記録された文字は権力の道具となるのである。

本作品の舞台となる一八世紀、下層階級は疑いなく文盲である。ベルニエとアドリアーナとの会話にもそのことが示される。

アドリアーナ　手紙は来ないの？

ベルニエ　家族のために手紙を書いてくれる人が見つかったときだけです。みんな字が書けねぇですから。手紙を書く必要もねぇですがね……家族の言いたいことはもうわかってますから。

ベルニエ同様、貧しい家の出身で娼婦として生きるしかなかったアドリアーナも文盲であるに違いない。そして言うまでもなく盲人たちは読み書きができない。本作で抑圧される立場にある者は文字を持たないのである。ただ、文字という表現手段を持たない者たちは、文字に代わるもの、たとえば音楽によって自己表現をすることができる。

本作では、音楽が重要な自己表現手段として登場する。バリンディンはアドリアーナを愛人とするとき、歌と踊りを続けることを禁じた。つまり彼女の自己表現の場と自由を奪い、所有物としたのである。大市の演奏会でバリンディンが盲人たちに命じたことは、単調な演奏、動物の鳴き声を真似た単調なコーラス、そして全員揃って体を左右に揺らしてリズムを取る単調な動作である。彼らの演奏は制限された音と動きで構成されなくてはならず、自由な自己表現の場であってはならない。救護院において粗末な衣服と紋章が彼らを均質化していたように、演奏会でも彼らには没個性が求められる。そのなかで唯一音楽的に優れた才能を持つダビドが、その均一化から抜け出そうと反抗する。ダビドの演奏を聞いたレフランが、「別のバイオリニストを連れてこられたのですか？　そんな仕打ちをこの私になさらないですよね」と言うほどダビドの演奏は優れている。バリンディンは馬鹿にしていた盲人に音楽を奏でる能力があると知り驚愕する。そしてダビドがいつかは読み書きができるようになることを切望していると知ったとき、バリンディンはその盲人が自分にとって危険な存在であると察するのである。本作の舞台は一八世紀であるが、二〇世紀のスペインにおいても類似した状況があったことが想起される。内戦時の教会の役割について記述するフェリックス・モロウによれば、「教会の公認の教育管理が意味したものは、学生を急進主義から守り、農民を文盲の状態にしておくことであった——一九三〇年にはスペインの人口の半数が読み書きができなかった」（モロウ　一九六六、二七四）のである。知識の危険性はポストコロニアル社会においても中心的な論点となっている。「すべてのポストコロニアル社会において、言葉は知識につながり、知識は疑問を喚起し、疑問は変化を引き起こす」のであり、「ポストコロニアル文学のテクストにおいて、被支配者が知識を、ひいては権力そのものを手に入れることへの恐怖を表現した例は、じっさい枚挙にいとまがない」（アッシュクロフト　一九九八、一五四）。バリンディンとダビドの間に同様の関係性を認めることができる。つまり、バリンディンはダビドが知識、ひいては権力を手に入れることを恐れているのだ。

バリンディンはにわか成金である。彼は海軍を辞め、あてもなく辛い日々を過ごしているときに、トゥルネル男爵の計らいで、生まれる予定の王子の理容師としての職を得る。王子が死産だったため、バリンディンは実際には一度も王室の仕事をしていないが、宮廷勤めの印として王家の紋章入りの剣を手に入れた。剣の携帯によって貴族の仲間入りを果たしたバリンディンだが、それは見せかけの形式的な地位にすぎない。実体を伴わないアイデンティティであるだけに、彼は金の力で自らの地位の安定を図ろうとする。彼がアルコール依存症であることも彼の不安定な精神状態を表している。バリンディンが愛人アドリアーナをグレイハウンド、あるいは機嫌の悪いときにはメス犬と呼び、盲人たちをけだもの、あるいはオス犬どもと動物化して呼ぶのは、(16) 自分自身に自信がないからである。先ほど見世物小屋に集まるブルジョアの心理について論じたように、バリンディンにしても自身の劣等感を隠蔽するために相手を侮蔑する必要があるのだ。ダビドの語る生い立ちから、彼が貴族とその屋敷で働く洗濯係の女性との子供である可能性がある。そうであるとするなら、ダビドは貴族の血を引くことになる。つまり、バリンディンが短剣という象徴物でしか貴族とのつながりを持つことができないのに対し、ダビドは貴族の血を引いている可能性があるということだ。バリンディンがダビドに脅威を感じるのは、彼のなかの気高い血を察知しているからかもしれない。

バリンディンにとっては短剣が権力の道具である。ダビドが音符や文字という記号を習得することは権力の獲得を意味し、バリンディンには自らの剣を脅かすものに映るのである。文字どおり、ペンは剣よりも強しということである。しかし、ダビドの夢が実現されることはない。彼は杖を短剣のように用いて抑圧者バリンディンを殺害してしまう。ダビドは仲間のドナートの密告により逮捕され、絞首刑になる。ただ、ダビドの夢は後になって別の人物によって実現される。

五　バレンティン・アユイの役割

第三幕の最後、白髪になった五五歳のアユイが原稿を手に現われる。彼の語りにより、アユイの設立した盲学校で視覚障害者たちが読み書き術を習得していることを観客は知る。「盲人たちに字を読ませてやろう。盲人たちが自分で印刷した本をその手の上に置いてやろう。点字をなぞって自分自身の書いたものを読むようになるんだ」という熱い思いでアユイが盲学校を創立したことが語られる。文字から遠い存在であった盲人たちが、自らの記憶を書き記す能力を得ることが可能になったのである。ダビドの夢が実現することはなかったが、後を引き継ぐ者つまりバレンティン・アユイによって達成されたというのが研究者による一般的な解釈である。しかしながら、アユイが盲人たちに会ったのは大市の演奏会のとき一度だけであり、彼はダビドの抵抗、あるいは彼の死に心を動かされて盲学校を設立したわけではない。盲人の苦悩や抵抗が後になって実を結ぶと考えれば、物語はより感動的になるのだろう。しかし、ダビドによる実業家バリンディンの殺害やその後のダビドの処刑と、アユイの盲人教育との間に直接的な関係はないのである。

アユイが最後の独白で原稿を読むことに注目したい。観客は原稿を読むアユイを見て、彼が観客に向けてスピーチをしていると考えるだろう。しかし原稿から目を上げると、彼は独り言のように語りだす。そして、再び原稿を読むが、最後には「今のように誰も見ていないとき、時折こんなことを想像して楽しむ。ある種の質問に対する唯一可能な答えは……音楽……ではないかと……」と言い、彼の語りが観客に向けたものではなく独り言であることをほのめかす。独り言であるのなら、原稿を見ながら話すのはなぜなのか。舞台上のアユイが原稿を読み上げる部分は、実在するアユイ本人が残したテクスト、ブエロ・バリェホがモーリス・ド・ラ・シズランヌの『盲人の目を通して見る盲目』から引用したテクストである（Doménech, 1971：195）。つまり、舞台のアユイが原稿を読み上げる場面では、サン・オビーディオの非人道的な演奏会が文字によって記録され、歴史のテクストになっていることが提示される。一方、アユイが独白する部分はブエロ・バリェホの創作であり、アユイは具体的な名前は出さないがダビドやドナートと思われる人物に言及する。実際のアユイの原稿では盲人は集合的に扱われているが、ブエロ・バリェホ創作の独白では一個人として扱われている。つまり、最後のアユイ登場の場面でブエロ・バリェホは、公の歴史に欠如している個人の気持ちを挿入して歴史を補完しているのである。

研究者の間で、バレンティン・アユイという実在の人物が本作品に必要か否かという論議が活発に行なわれた。アユイ不要派はダビドとアドリアーナが引き裂かれる場面で終わる方が、より演劇的で印象的だと言う。アユイ賛成派は未来の希望を描くためにはアユイの成し遂げたことを最後に観客に伝える必要があると論じる。本論はアユイの登場に賛成の立場をとる。なぜなら、文字を使用する能力を獲得することで弱者の歴史記述が可能になることの提示こそが本作品においては重要だからである。

大市を訪問したときのアユイは外務省の通訳として働いていた。彼は一つの言語から別の言語へと翻訳する、いわば言葉の伝達者である。その彼が、当時文字を持たなかった盲人たちに代わって盲人の演奏会という出来事を文字にして書き記し、その後、盲人たちに読み書きを教え、彼らが自分たちの言葉を書き残すことを可能にしたのである。口承文化しか持たなかった盲人が文字を獲得することは、それまでの歴史記述に亀裂をいれることになる。

フレドリック・ジェイムソンは、「過去の文化にも、つかのま、生命と暖かみを吹き込むことはできる。それを沈黙から解放してやることもできる。このとき過去の文化はまったくかけはなれた時代環境のなかでも、久しく忘れられていたメッセージを発するだろう」（ジェイムソン　一九八九、二〇）と語る。実在のアユイとブエロ・バリェホ創作のアユイがひとつになって、沈黙していた過去の文化のメッセージを発するのである。アユイとブエロ・バリェホは舞台の上で共同作業をしていると言えるだろう。盲人の演奏会について叙述された歴史を読み上げるアユイと、ドナートのバイオリン演奏を聞きながらダビドの死とドナートの悔恨に想いを馳せるアユイ。この最後の場面では、記録として残された歴史に欠如する個々の人間に生命を吹き込み、彼らの声を響かせる劇作家ブエロ・バリェホの姿が浮上する。

第五章　オーラル・ヒストリーのための戦略

――国家のイデオロギーを可視化する『バルミー医師の二つの物語』――

『サン・オビーディオの演奏会』でバレンティン・アユイという実在の人物を舞台にのせたブエロ・バリェホは、歴史のなかに埋もれた弱い者たちの叫びに耳を傾け、正史を補完する作業を行った。その二年後の一九六四年に執筆した『バルミー医師の二つの物語』でも彼は引き続き敗者の声を拾いあげる作品を創造する。第一章ですでに述べたように、『バルミー医師の二つの物語』は執筆後、幾度となく上演申請がなされ、そのたびに命じられる部分的削除や表現の修正に応じるも、上演許可は下りなかった。当作品の初演は一九六八年、イギリスにおいてであり、一九七一年には米国のベルモントで上演される。しかし、スペイン本国ではフランコ独裁政権が終焉した翌年の一九七六年まで上演されることはなかった。

一九六三年、共産党役員であり内戦時には共和国政府軍の軍人であったフリアン・グリマウが、内戦中の軍事的謀反という二五年も前の罪で逮捕される。警察はグリマウに対する拷問を隠蔽するため、警察本部の窓から突き落とし、事故に見せかけ殺害しようとする。幸いグリマウは一命を取りとめ、傷も回復するが、最終的には銃殺執行隊によって死刑に処される（Jordan, 1995：17–18）。また、同年、アストゥリアス鉱山でのゼネストで、鉱夫やその家族が警察によって拷問され殺されたという訴えがあり、それに対する調査を求めてブエロ・バリェホを含む知識人一〇一名が署名するという事件も起きている（O'Connor, 1984：89）。このような状況下で、拷問をテーマとした本作品の上演が許可されなかったのは当然のことと言えよう。ブエロ・バリェホは検閲局からの部分的な修正要求には応じながらも、上演が承認される内容に書き直すことはしなかった。あくまでも、国家が隠蔽しようとする拷問の事実を作品のなかに書き残すことを望んだのである。

本章では、『バルミー医師の二つの物語』において、作者ブエロ・バリェホが多層的なナラティヴを演劇化し、拷問を隠蔽あるいは正当化しようとする独裁制国家のイデオロギーを可視化することを考察する。そして、正史ではないもうひとつの歴史であるオーラル・ヒストリーとして本作品を捉え直すことの可能性を呈示し、オーラル・ヒストリーを叙述するブエロ・バリェホの戦略について論考する。

一　多層的な劇構造

バルミーのナラティヴ

本作品の劇構造は多層的で複雑である。ジョーダンはその劇構造を以下のように分類する。第一レベルは秘書が口述筆記をするバルミーの診療室という空間で、時間は現在である。第二レベルは、バルミーが患者[17]の話を聞き、第一レベルで利用することになる情報や経験を収集する空間、すなわち場所は第一レベルと同じ診療室であるが時間は過去である。そして第三レベルは第二レベルの過去をさらに遡る過去で、患者たちの話がドラマ化され展開する場、すなわち彼らの家庭生活や職場でのシーンである（Jordan, 1995：27）。ジョーダンの分類には多少付け加えるべき点があるが、それは後述することにし、ここではこの分類に準じて論じることにする。第一レベルではバルミーのナラティヴが創作されていく過程がリアルタイムで観客に示される。第二レベルは、バルミーが口述したことの再現であり、彼のナラティヴに内包されたものである。第三レベルはバルミーの患者であるダニエル・バーネスと妻メアリーが語ったことのドラマ化であり、そのドラマの「作者」は一見ダニエルとメアリーのように思われる。しかし、セラピーの場面である第二レベルを創作しているのはバルミーであるため、第三レベルもバルミーの創作物ということになる。すなわち、バルミーが秘書に口述筆記をさせている第一レベル以外は、すべてバルミーが創作したものである。ジョーダンも「ドラマの流れをコントロールし、ドラマのアクションに関してコメントするバルミーの力」を主張する（Jordan, 1995：26）。バルミーの口述筆記の目的は本の執筆であり、まさしく彼は物語を自由にコントロールできる「作者」なのである。バルミーのナラティヴはすべてのナラティヴを内包し、支配的であると言える。バルミーを作者ブエロ・バリェホの「代弁者」、あるいは「アルター・エゴ」として論じる研究者も少なくない。

ところで、観客が舞台上で最初に目にするのはバルミーと秘書の口述筆記のシーンではなく、正装した一組のカップルである。しかも彼らは「作者」であるバルミーのナラティヴを全面的に否定するのである。それでは、本作品においてカップルが果たす役割を考察しながら、本論の核心へと迫っていこう。

カップルの前口上の役割

第一幕、幕が上がる前に、多くの宝石を身につけたイヴニング・ドレス姿の婦人とタキシード姿の紳士がそれぞれ両舞台袖から登場する。彼らはその外見から司会者あるいは口上人と見なされることであろう。二人はこれからバルミーによって語られる物語の信憑性を否定する。少し長いが重要な台詞なので引用しよう。

婦人　これからみなさんに紹介される物語については、私たち、もう存じております。
紳士　私たちは以前、その話を聞いたことがあるのです。
婦人　作り話です。
紳士　作り話か、あるいは少なくとも、かなり誇張されています。
婦人　そのお話を信じていただくために、ここにお集まり願ったわけではありません。楽しいひと時を過ごしていただくためです……
紳士　どうなさればよいのか、もうお分かりですね。今から語られることを真実だと思ったりせずに楽しみましょう。こうしてわざわざ念を押しますのは、まったく見当外れのことを本当だと思ってしまうおめでたい方がいつの時代にもいらっしゃるからです。
婦人　あるいは、メロドラマが大好きだというどうにも困った方々がいらっしゃるからです。
（中略）
紳士　ひょっとしてみなさんのなかにも、そんな方がいらっしゃるかもしれません。ですから、よくお分かりのこととは思いますが、繰り返し申し上げておきましょう。物語を語る人は皆、話を飾り立てるものです。
婦人　そして、その話を身近なものにします。いつだって私たちのすぐ近くで起きたことのように思わせるのです。
紳士　このこともはっきりさせておかなければなりませんね。似たようなことが起きたのだとしても、それは私たちの間で起こったことではありません。そういうことが起こるかもしれませんが、起こるとしたら、それはいまだ半ば未開の土地においてのこと……

婦人　どこか遠い国でのことです。

紳士　そういうわけですから、どうぞのんびりとご覧ください。物語はおそらくは作り話で、しかもよその国での話、私たちには関係のないことですから。

婦人　特にお願いしたいのは、笑顔のままでいていただきたいということです。世界では多くの不幸がありましたし、今でもありますが、そういう犠牲を払うことによって、私たちは笑うということを覚えました。

紳士　そして、笑顔は人類の最も美しい発見物です。どうか笑顔を忘れないでください！

婦人　絶対に笑顔を忘れないでくださいね。(18)

二人が退場すると、バルミーが秘書に口述筆記をさせている場面になる。医師は「二つ目の物語」を語り始めようとしており、その「二つ目の物語」こそが、紳士と婦人が作り話と呼んでいるものである。しかし、そのことは後になって初めて明らかにされるのであり、観客はカップルの口上とバルミーの言う「二つ目の物語」の関係を知らされないまま、舞台を見ていくことになる。その「二つ目の物語」とは警察の政治部における拷問の物語であり、その拷問にかかわったバーネス家の人々の悲劇的な物語である。前述したように、当作品が執筆された一九六四年当時のスペインでは、いまだ内戦後の粛清が行われていた。ソペーニャは『スペイン――フランコの四〇年』のなかで、「当時の社会では、スペインを〝濾過〟しなければならない。そのためには、更正せざるものを処刑するのは当然のことである、という一般的風潮が蔓延していた」（ソペーニャ　一九七七、七七）と記す。

スペインの観客にとってバルミーが語る拷問の物語は、決して遠い国のことではなく、身近なこととして理解されるはずなのである。フォーマルな衣裳に身を包んだカップルの口上は、拷問が現実に実行されていることを隠蔽し、国民にその事実を追及させないために、舞台上の物語と現実のスペイン社会とを結びつけて考えることを抑制する一種の抑圧である。カップルの言葉は二つの機能を持つであろう。ひとつには抑圧機能となり、国家が拷問を実行する事実を認めながらも自らの生命・立場・生活を守るために沈黙する者を作り出す。もうひとつはイデオロギー(19)として機能し、国家が行なう拷問という暴力そのものを否定する者を作り出す。いずれの場合もルイ・アルチュセールの言葉を用いるならば「国家のイデオロギー装置」として機能していることになる。

国家的なイデオロギーを語るカップルを冒頭に登場させる理由として第一に考えられるのは、検閲を欺くための戦略ということだ。ブエロ・バリェホはカップルを数々のナラティヴの「作者」であるバルミーの外側に置くことにより、バルミーのナラティヴ、ひいては作品そのもののフィクション性を強調する。また、彼らにバルミーのナラティヴの信頼性を全面的に否定させることで、作品が決して国家に反逆するものでないことを印象付ける。ところが、「国家のイデオロギー装置」としてのカップルの言葉の機能が解体される。ブルジョアのカップルが実は口上人などではなく、心療内科医バルミーの患者であることが第二部の後半になって明らかになる。彼らは、バルミーの「最初の物語」の主人公なのだ。注意深く見ていれば、幕が上がったときからそのことは暗示されている。カップルが退場し、幕が上がると、物思いにふける医師に秘書が「先生、ここで一旦お休みにいたしましょうか?」と尋ねる。医師は「いいや、ちょっと他のことを思い出していただけだ……もう一度読んでくれるかい?」と答える。秘書は速記で書き取ったノートを見ながら「最初の物語は終わった」と医師が口述した最後の部分を伝える。つまり医師は最初の物語のカップルのことを思い出していたことになる。第一部の後半で医師は言う。「最初の物語の患者に、この二つ目の物語を細部に及んで話したことはすでに述べた。話した結果がどうであったかは、すでに見たとおりである……」」。つまり、バーネス家の物語に対して、カップルは観客が冒頭で見たように反応したのである。ただ、冒頭のカップルがバルミーの患者であり最初の物語の主人公であると観客に知らされるのは、第二部の後半、つまり作品の終盤を待たなければならない。メアリーがダニエルに銃口を向けるクライマックス・シーンで再び紳士と婦人が登場する。「ありそうもない話で、私たちの神経をずたずたにしようというのですか?」と冒頭の場面と同様に彼らはバーネス家の物語が作り話であると言い、医師を非難し始める。看護師があわてて登場し、カップルを無理やり退場させる。バルミーが、「読者の方は覚えているだろうが、このようにして私の最初の物語が終わった」と口述する。そこで初めて観客はこの二人がバルミー医師の患者であり、最初の臨床例の主人公であることを確信する。「国家のイデオロギー装置」として機能すると思われていた言葉は、医師が語る物語内の精神病患者の言葉だったわけである。

「イデオロギーは決して《私はイデオロギー的だ》とは言わないもの」（アルチュセール　一九九九、八九）であり、「支配的権力（中略）を正当化するために、支配的権力になじむ信念や価値観を〈促進〉し、そのような信念なり価値観を自明のもの、不可避なものにみせかけるべく〈普遍化〉し〈自然化〉する」（イーグルトン一九九九、二九）のである。イデオロギーは明らかにイデオロギーであることを強調したりはしない。拷問の存在する社会を隠蔽するイデオロギーとして機能するはずのカップルの言葉は、声高に強調されるべきものではない。それをブエロ・バリェホは、豪華な衣裳に身をまとったブルジョアのカップルにまるで口上を述べるかのように言わせることで、国家のイデオロギーを戯画的なほどに可視化する。このように暴露されたイデオロギーはもはやイデオロギーとして機能しない。ブエロ・バリェホの試みは、カップルの言葉によって国家のイデオロギーを可視化し、観客をそのイデオロギー支配から解くことにある。また、バルミーの語る二つ目の物語を作り話と呼ぶカップルのナラティヴが実はバルミーのナラティヴ内のものであったという演出により、ブエロ・バリェホは作品のフィクション性を強調するカムフラージュを巧みに取り除き、拷問という罪を犯し続ける国家を告発するのである。

カップルの二度目の登場と同時に客席の照明が明るくなる。そして、彼らがバルミーの話が作り話であることを訴えた後、看護師によって退場させられると、客席の照明が再び消える。この照明効果の目的は何なのか。ハルセイ、イグレシアス・フェイフォー、ジョーダンなどの研究者は、この場面はブエロ・バリェホが好んで用いる「没入の効果」であり、観客はバルミーの診療所でのセラピー・セッションに参加している気持ちにさせられると解釈している。果たして、イヴニング・ドレスの女性とタキシードの男性に語りかけられる観客が、自らをセラピー・セッションの参加者とみなすかどうかは疑問である。観客を舞台に同化するというよりは、むしろ舞台に集中していた注意力を少しの間そらすことで、観客自身が生きている現実社会について考えさせる効果を生むのではないか。観客はカップルの言葉を国民を支配するために独裁制国家が用いるイデオロギーとして認識し、拷問が実行される社会で自分がどのような立場を取っているのか、カップル同様に真実を避けて生きてはいないかを自問することになるのではないか。これこそがまさに国家のイデオロギー装置を可視化するブエロ・バリェホの戦略である。バルミーのすべてのナラティヴを否定しようとするカップルの口上が、彼のナラティヴのなかに取り込まれることによって、口上が表象する国家のイデオロギーが可視化されるとともに、国家の事実隠蔽が明らかにされ、バルミーのナラティヴの信憑性の高さが強調される。

ここまで、カップルのナラティヴがバルミーのナラティヴの外側から内側へと移動し、国家のイデオロギーを可視化する役目を果たすことを考察してきた。次に、バルミーのナラティヴの内部にある多層的なナラティヴについて考えていく。

二　多層的ナラティヴと国家のイデオロギー

ジョーダンの分類でも明らかなように、バルミーのナラティヴが一番外側に存在し、その内側にはダニエルやメアリーのナラティヴがある。そして、メアリーのナラティヴには彼女の夢やダニエルの母親の「ダニエリートの物語」といったナラティヴが内包されている。本作品のナラティヴ構造は多層的であり、それゆえに複雑な解釈も可能となる。ナラティヴのいくつかを詳細に見ていき、そこに潜在する国家のイデオロギーを明らかにしよう。

「祖母」のナラティヴ

ダニエルの母親は名前を与えられてはおらず、役名も「祖母」となっている。彼女は「ダニエリートの物語」を孫のダニエリートに語る。ダニエリートとはダニエルという名に縮小辞をつけた愛称形であり、日本語でいえば「ダニエルちゃん」にでもなるだろう。「祖母」の息子ダニエルも幼少時にはダニエリートと呼ばれていたのであり、その物語は息子ダニエルが乳幼児だった頃に彼女が語り聞かせていたものである。その部分を引用しよう。

いいかい、昔々あるところに、ちっちゃな坊やがいました。坊やはお日様よりも輝いていて、名前は……ダニエリートと言いました。（笑って）おりこうさんだね、もう自分の名前がわかるのかい？　でも、おまえのことを言ってるんじゃないんだよ、おばかさん、おまえのパパに話してあげたお話なんだ。（ため息をつき、口調を変えて）ああ、なんてことだ。じゃ、いくよ。ダニエリートには坊やのことが可愛くて可愛くて仕方のないママがいました。そう、もうおばあちゃんだけどね。そのママがよく言ってました。ママの可愛いダニエリートは隊長さんのように強くて大きくなりますよって。すると、ダニエリートは笑いました。そして、とってもハンサムだから、女の子たちがみんな夢中になります。それにとってもいい子だから、みんながお友達になりたいと思います。（ため息をつく）ああ、まったく。それに、とても賢いから、お髭《ひげ》が生えたら、それは年を取ったママにとって嬉しいことなのです。そして、この美しい世界のすべての国を二人して旅行するのです。そうすると、二人は大歓迎されます。偉大なるダニエリート、万歳！って言って。ママがこう言うと、ダニエリートは笑いました……

この「祖母」のナラティヴは、息子と恋人同士のように旅する自分を思い描く近親相姦的な愛情を含んだフィクションである。ダニエルが性的に不能となったのは、政治犯の容疑者アニーバル・マーティの男性性器を責める拷問をしたことが原因であるが、母親との関係を考えると、フロイトが論ずる近親相姦の禁圧による去勢も暗示されているであろう。「祖母」が「ダニエリートの物語」を語るときに、ため息をつき、「ああ、なんてことだ」、「ああ、まったく」という言葉を漏らすのはなぜだろうか。それは嫁のメアリーが原因かもしれない。「祖母」はメアリーに競争心を持っており、息子夫婦が仲睦まじくしているのを見て不快に感じるのである。つまり、メアリーに対する嫉妬が「祖母」にため息をつかせていると考えることが可能である。しかし、この「ダニエリートの物語」がメアリーによって医師に語られるということ、メアリーのナラティヴのなかの「祖母」のナラティヴであるという構造を忘れてはならない。メアリー自身が「祖母」のダニエルに対する近親相姦的な愛情と自分に対する嫉妬を感じているということになる。

「ダニエリートの物語」の合間に挟まれるため息についてさらに考えてみよう。それは、自分の語る息子の成功物語と現実とのギャップに悩む母親の気持ちの表れであると解釈することもできる。「祖母」は息子が政治犯を拷問する仕事をしており、その仕事が彼を精神的に追い詰めていることに気づいている。しかし、彼女はそのことを決して口にはせず、その話になると耳が聞こえなくなる。経済的理由からダニエルを警察に勤めさせたのはほかならぬ「祖母」であり、彼女には良心の呵責がある。「祖母」は良心の呵責から逃れるために現実を直視することを避けようとする。「祖母」の現実逃避は、始終口ずさんでいる鎮痛剤「フィヌス」のコマーシャル・ソングによって表現される。

フィヌスを一錠飲めば、
痛みなんて飛んでっちゃう。
世界は幸せ、フィヌスが妖精みたいに
やってきて、幸福をくれたから。
フィヌス！

ジョーダンは、「祖母はコマーシャル・ソングを無意識に繰り返すが、まったく意識していないわけではない。それはむしろマントラであり、自らの精神や意識を苦しい記憶や責任、そして現実から乖離させる決意を象徴している」（Jordan, 1995：37）と考察する。容疑者マーティへの拷問以来、性的不能になったダニエルは、顔色もすぐれず、何かに思い悩んだ様子である。そのような息子に「祖母」は鎮痛剤「フィヌス」を飲ませる。ジョーダンは、「鎮痛剤は警察国家の『現実の』日々の仕事に直面することから意識をそらそうとするものであり、それゆえ、現実逃避的な態度、心を癒す幻想や『ハッピーエンド』への欲望を強化するものである」(Jordan, 1995 : 155) と分析する。鎮痛剤は一時的に痛みを和らげる働きはしても、痛みの原因を治すことはない。彼女は、息子が抱えている問題にも社会が抱えている問題にもかかわろうとはせず、「ダニエリートの物語」や「フィヌス」のコマーシャル・ソングを繰り返すことによって現実から逃避し、罪悪感を麻痺させている。

アルチュセールは「国家のイデオロギー諸装置」として「情報装置」を挙げる。「情報装置は新聞、ラジオ、テレビを通じてすべての《市民》に、民族主義、盲目的愛国主義、自由主義、道徳主義などを毎日一定量詰め込むことによって」、「資本主義的搾取諸関係の再生産に貢献する」(アルチュセール　一九九九、五二)。この「情報装置」が「祖母」に対して機能しているとは言えない。なぜなら、ダニエルが新聞の一面をにぎわす人工衛星の記事に興奮し、「僕たちの仕事もこういった成功に貢献しているんだ」と、警察での仕事を国家の繁栄に寄与するものとして正当化する一方で、「祖母」は新聞の三面記事かテレビ番組欄しか見ず、自室にこもってソープオペラを見ることを好んでいるからである。テレビを見るという行為に関して、イーグルトンは大変興味深い指摘をする。

テレビを見てくれることが支配階級にとって都合がいいのは、なにもテレビが支配階級のイデオロギーを国民に伝えて国民を従順にさせるための道具であるからではない。テレビについて政治的に重要なことは、テレビで放送される内容のイデオロギー的側面ではなくて、テレビを見る行為そのものにひそんでいるのだ。長時間にわたってテレビを見ることで、個人は受け身になり孤立し私的世界にひきこもってしまう。またテレビを見ることで、本来なら生産的政治的用途に使える時間の多くが犠牲にされてしまう。

（イーグルトン　一九九九、八六―八七、傍点原文）

そしてイーグルトンは、テレビはイデオロギー装置であるというよりも、「社会コントロールの一形式になる」と結論付けている（イーグルトン　一九九九、八七）。「祖母」は、国家のイデオロギーに支配されているというよりも、国家のイデオロギーに対して異議を唱えないことが得策であると考え、思考の停止を選択していると言える。

このように「祖母」が自らの意思によって現実から逃避するのに対して、ブルジョアのカップルは何の疑問も持たずに真実を否定する。カップルは実はバーネス家の隣人であり、「作り話」、「半ば未開の土地においてのこと」、「遠い国でのこと」と彼らが呼ぶのは、実際にはすぐ近くで起きた出来事なのである。彼らはバーネス家の夫婦が隣人であることを認めた上で、隣人にそのような悲劇が起こったという事実はないと言ってバルミーのナラティヴを否定する。彼らはおそらく最初は意識的に現実から目を背けていたのだろうが、時の経過とともに無意識に現実を否定するようになったのだろう。ブエロ・バリェホは現実をありのままに受け入れずに生きることを「狂気」と呼ぶ。カップルに対するバルミーの診断には、「狂気」を「狂気」だと言えない当時のスペイン社会に対する嘆息が感じられる。

翌日、私は彼らに退院の許可を出した。要するに、私が今語った出来事が現実のことだと認めないからといって、二人に精神異常という診断を下すことはできないのである。我々のこの上なく奇妙な世界では、そのような不信を狂気とみなすことはできない。そして彼らのような人間が何百万といるのだ。自分が住んでいる世界を黙殺することを決め込んだ人間が何百万と。だが、誰もそういう者たちを狂人と呼ばない。

「祖母」とカップルは、意識的と無意識、逃避と否定という違いはあるにしても、どちらも国家に抵抗しないことを選択している点では同じである。そして、拷問が実行される社会を可能にしているのはそのような人たちの共犯性なのである。「イデオロギーは、上から一方的に押しつけられた観念であるだけでなく、被支配階級や集団などを共犯関係に巻きこむもの」(イーグルトン 一九九九、七九)であり、ブルジョアのカップルと「祖母」はともに国家の共犯者になっているのである。

メアリーによる「国家のイデオロギー装置」の解体の試み

ダニエルの妻メアリーも、最初はブルジョアのカップルと同様に国家のイデオロギーに支配されていた。彼女は夫ダニエルが警察内でどのような仕事をしているのかを一切知らされていない。教師であったメアリーの教え子ルシーラの突然の訪問が状況を変える。ルシーラは夫マーティが警察で拷問を受けていると訴え、拷問をやめるようにメアリーからダニエルに頼んでほしいと言う。そのときに初めてメアリーは警察での拷問について知る。しかし、メアリーは夫が拷問者であることを認めようとはしない。

メアリー (振り向いて)あなたは嘘をついたりする人じゃないわ、ルシーラ。でも、自分がしていることがわかってないと思うの。(優しく)だって、いい! 私の家に来て、私の夫が拷問してるだなんて言っているのよ……

ルシーラ そうは言ってません……

メアリー そう言ったわ! でも許すわ。あなたはまだ子供だし、辛いことが起きているのだから……忠告を聞いてちょうだい、いい、そんな作り話は信じないで……ご主人は病気になって、それだから病院に入れられたのよ。

ルシーラ　（驚きの頂点に達して）あそこで何が起きているのか、ご存知ないのですか？

（中略）

メアリー　（少し間をおいてから）ルシーラ、お医者さんに診てもらったほうがいいわ。

ルシーラ　（立ち上がって）黙ってください！　このことは話したくなかったのですが、あなたが言わせるのです。実は私も拘留されたのです。わかりますか？（メアリーは立ち上がる。ルシーラはひどく動揺して二、三歩進む）そして、ひどく殴りつけられました！（泣きながら叫ぶ）そして、夫の前で暴行されました！（怒りに震えて泣く）

メアリー　（ゆっくりと）私に嘘をついているのね。

（中略）

メアリー　生徒に手を上げたことなどなかったのに。たとえあなたがうそつきでも、叩いたことは謝るわ。あなたが訪ねてきたことは忘れるわ。帰ってちょうだい。

メアリーは冒頭のカップルがバルミーの話の信憑性を否定したように、ルシーラの告白をでたらめな作り話であるとして、忘却しようとする。

メアリーにとって夫は誠実な人間であり、国家の安全のために重要な職務を遂行している愛国者である。反乱分子を取り締まるという行為に対して国家は、国民を守るため、平和な社会を維持するためという正当性を持つ。ルシーラの訪問後、メアリーがダニエルに初めて警察での仕事について質問したときの会話を見てみよう。

メアリー　（近づいてダニエルの腕を取り）本当のことを言ってちょうだい！　あの子、嘘をついているようには見えなかったわ……お願いに来たの……ご主人をこれ以上拷問しないでほしいって。

（中略）

ダニエル　（振り向いて）やつらは犯罪者だ。白状しなければならない……

メアリー　（ぞっとして）それじゃ、本当なのね？

ダニエル　（メアリーの方に一歩進んで）メアリー、世間で言うほどではないんだ。

メアリー　（近づいて）あなたはその人に何かしたの？

ダニエル　（顔を引きつらせて）あの女が何か知っているはずがない！　おまえが聞いたことはすべて嘘っぱちか、あるいは大げさに言っているだけだ！（メアリーを見ずに）メアリー……おまえが信じなければならないのは夫であるこの僕だ。

（中略）

メアリー　（泣きながらダニエルの腕に飛び込み）あなたを信じるわ！　信じる！

国家を正当化するイデオロギーは容易に取り除かれることはないのである。

アルチュセールの定義する「国家のイデオロギー諸装置」のなかに、「学校装置」と「家族装置」がある。アルチュセールは、中世において「教会（宗教的な国家のイデオロギー装置）が現在のいくつかのイデオロギー諸装置が担っている多くの機能、特に教育的、文化的機能を当時兼任し」、その「教会のかたわらに、国家の家族的イデオロギー装置が存在していた」ことを記した後、「資本主義的社会構成体において支配的地位にあるのは、学校のイデオロギー装置だ」というテーゼを提示する（アルチュセール　一九九九、四九、傍点原文）。また、「舞台の前面を占めていた国家の政治的イデオロギー装置の働きのうしろに、ブルジョアジーが第一の、したがって支配的な国家のイデオロギー装置として設定したのは、学校装置である」とし、「学校―家族という組み合わせが、教会―家族という組み合わせにとって代わったと付け加えることさえ可能だ」（アルチュセール　一九九九、五一）とする。長い間教師であったメアリーは、支配的な国家のイデオロギー装置である学校装置の一部として働いてきたと言ってよい。世間からオールドミスと呼ばれる年齢まで結婚できないことを悩み、神経症を患ったことからは、彼女が家父長制のイデオロギーに強く支配されていたことがわかる。支配的な国家のイデオロギー装置である学校という場でイデオロギーを子供たちに伝える役目を担わされてきたメアリーは、登場人物のなかで最も自然にイデオロギーを受け入れてきた人間なのだと言える。

そのようなメアリーがルシーラの訪問を契機として少しずつ変わっていく。彼女に決定的な打撃を与えたのは、おそらくルシーラが送ってきたと思われる拷問の歴史の本である。メアリーは拷問という暴力によって機能する国家装置を激しく非難する。

ダニエル　（弱々しく）僕たちは恐ろしい時代に生きているんだ。彼らは……執行人に過ぎない。彼らに責任があるというなら、社会全体にも責任があることになる。（身を離して肘掛け椅子に行く）

メアリー　（驚いて）その人たちを正当化するの？

（中略）

ダニエル　（少しの間をおいて）僕の同僚が考えているのは……あいつら政治犯は敵で、慈悲をかけるに値しないやつらだってことだ……その他のことはさして重要ではない。

メアリー　（肘掛け椅子の背もたれに寄りかかり）ダニエル、それを残忍さと言うのよ。どんな時代にも拷問が行われてきたけど、それは白状させるためだけではなかったって本に書いてあるわ。恐ろしい！　考えてみて？　何百万人という人たちが拷問されたのよ。両目を痛めつけられた人、舌を引っこ抜かれた人、串刺しにされた人、石を投げつけられ処刑された人、死ぬまで鞭で打たれた人、四つ裂きにされた人、十字架にはりつけにされた人、生き埋めにされた人……生きたまま焼かれたり……そして、それは白状させるためではなかったのよ！　それは制裁なの。神々への生贄だったの！

（中略）

メアリー　（前略）悪のための悪、血に酔いしれること、無防備な人間を迫害する卑怯で汚れた欲望だわ！

ダニエル　別の時代でも社会全体が悪かった！　全員に責任があったんだ！

メアリー　全員じゃないわ！　いつの時代にも非難する人たちはいたの！　そして、多くの人が、とっても多くの人たちが、そういったことを避けようと努力したんだわ。（優しく）あなたみたいに……むりやり共犯者にされるの。私が無知のために共犯者であったみたいに……

メアリーは人間のサディズムを指摘するとともに、社会を機能させるための生贄、すなわちスケープゴートの存在を明らかにする。メアリーは自らがそうであったように、国家のイデオロギーに無意識に支配される人間がいることを理解する。ただ、ダニエルのように社会全体に責任を転嫁することはせず、個人個人が支配的イデオロギーを非難する力を持ち、「国家のイデオロギー装置」を解体していくことの重要性を説く。

メアリーは学校装置においてイデオロギーを自然なものとして受け入れてきた。そのコントロールが徹底されていたがゆえに、拷問の歴史の本によって人間のサディズムを知り、夫から拷問の事実を告白されると、彼女はあらゆるものに対する信頼を失い、生命の価値さえ疑うようになる。

メアリー　恐ろしいことです！　時々……もう息子のことも愛していないと思えることがあります。

医師　何ですって？

メアリー　だめなんです、彼の子だから！　息子の顔に主人の顔がだぶって見えるのです。それは死刑執行人の顔なのです。

（中略）

メアリー　（前略）生命はすばらしいものだと思っていました。でも、それはいつだって私たちが陥る罠なのです。私たち、生命を受け継がせるべきじゃなかったんだわ！

医師　生命はすばらしいものにもなります。そうしようとがんばっている人たちを数えてみてください！思っているよりもずっと多いのです。あなたは私のところにいらっしゃったではありませんか！……今でも信頼し、期待する気持ちを持っていることの表われです。

メアリー　違います。溺れかけて、父親の方に振り返って叫んでいる子供のようなものです……でも父親は海岸から私に言うのです、泳げ、泳がな

図25　バルミー医師に悩みを話すメアリー
（『バルミー医師の二つの物語』1976年公演）

ければだめだって……でも私にはもうその力がない。

メアリーは彼女を支えてきた国家の支配的イデオロギーが崩壊すると拠り所を失ってしまう。そして、彼女は何かに突き動かされて、最後までイデオロギーの支配から抜け出ることのできないダニエルを殺すことになる。

ダニエルのナラティヴと支配的イデオロギーへの抵抗

ダニエルによる警察本部政治部（エス・ピー）に関するナラティヴは、暴力によって機能する「国家（の抑圧）装置」とイデオロギーによって機能する「国家のイデオロギー装置」を可視化する。ダニエルが所属するエス・ピーでは、政治犯の容疑者を白状させるための手段として拷問を行う。拷問とは「国家（の抑圧）装置」のひとつである警察が機能する際の暴力的な形である。彼らは容疑者に対して電流を流し、あるいは水槽に沈めて拷問を行うが、署長のパウルスは男性性器を攻撃する拷問、すなわち去勢が最も有効な手段であると考えている。去勢をすることは、相手を女性化し劣った立場に陥れることであり、男性が男性をより確実に支配、抑圧できる手段であると言える。しかし、身体的な去勢によって精神までをも操作することはできない。ダニエルに拷問され、去勢された容疑者マーティは、最後まで首謀者の名前を言わない。マーティは強い意志によって口を割らなかったのかもしれないし、本人が訴え続けたように単なる連絡係であり、実際に首謀者を知らなかったのかもしれない。後者であったにしても、彼は拷問から逃れるために嘘の自白をすることはなかった。暴力による身体の抑圧が精神までをも支配することはできないとマーティの死が語る。

暴力による抑圧行為すなわち拷問は人間の持つ残忍さを引き出し、それをエスカレートさせる。エス・ピーにとって拷問は首謀者の名前を白状させるための手段だったはずだ。しかし、白状させるという最初の目的が、容疑者にエス・ピーが要求する答えを言わせることに変わり、次第に、屈服させ、服従させることが重要になり、最後には容疑者を痛めつけることが唯一の目的になっていく。メアリーの言うように、「悪のための悪、血に酔いしれること、無防備な人間を迫害する卑怯で汚れた欲望」こそが拷問の本質なのだ。国家平和のために反乱分子を破壊するという大義によって拷問を正当化し、結果として、人間が持つサディスティックな欲望を満足させているにすぎない。

マーティを去勢したことで、ダニエルは無意識に自己制裁を加え、性的不能になる。男性機能が働かないという点で、ダニエルも去勢されたと言えるだろう。しかし、マーティが身体的に去勢されたのに対して、ダニエルは身体的には男性性器を有し、機能だけを奪われている。つまり彼の去勢は精神的原因によるもので、治癒するためにはその精神的理由を明らかにしなければならない。悩むダニエルはバルミー医師の診療所のドアを叩く。不能の原因が容疑者に対する拷問であることを突き止めたバルミーは、ダニエルの警察での経歴を尋ねる。

医師　（前略）最初に容疑者に手を下したのはいつ頃ですか？

ダニエル　（不機嫌に）もう何年もまえのことです。

医師　その容疑者のことは覚えていますか？

ダニエル　はい！　でも、後悔はしてません！　小さな男の子にいたずらをしたろくでなしでした。

医師　そうでしょう。最初は、軽蔑することを覚えるのは容易なことだと思います。堕落者、詐欺師、酔っ払いが相手では……その後、部署が異動になって政治犯を拷問しなくてはならなくなる。でも、それまでには、政治的に成長しているわけですね。

ダニエル　そういった破壊分子たちは、普通の犯罪者よりもよっぽど軽蔑に値します。

医師　（そっけなく）そうかもしれません。でも、反対の可能性も考えなければなりません。いつか政治部に配属されることを予見し、少なくとも安心感を与えてくれる正当な理由なしにはある行為をすることができないと思うから、あなたが言うように政治的に成長するのかもしれないという可能性を。

「政治的に成長する」とは、すなわち支配的イデオロギーが望むとおりに行動できるようになることを意味する。ダニエルは、エス・ピーが行うことは拷問も含めすべて国家秩序の維持のために必要であるというイデオロギーに基づいて行動しており、ここには「国家のイデオロギー装置」が機能している。ダニエルはそのイデオロギーに対して抵抗する意思などは持っていない。しかし、容疑者を拷問した後、身体が無意識にそのイデオロギーに抵抗するのである。すなわち、ダニエルの男性性器が機能しなくなったのは、意識することなく受け入れてきたイデオロギーに対する抵抗が、身体を通して表出したためである。『隠喩としての病』のなかでスーザン・ソンタグが言うように、「病気においては、意志が肉体を通して語る。病気は内面的なものを劇化するための言葉であり、自己表現のひとつであるとされる」（ソンタグ　一九八二、六六―六七）のである。エス・ピーの他のメンバーに関しても同じことが言える。彼らにおいても、自分たちの行為を正当化するイデオロギーに対する無意識の抵抗が、身体を通して、すなわち病という形になって表出している。ダールトンは四時間おきに注射をしなければならず、熱のために倒れることもある。ボルスキーは胃痛に苦しみ、ポズナーは毎晩叫び声をあげて目を覚ます。作者ブエロ・バリェホは、性的不能を含む病という隠喩により国家のイデオロギーに対する無意識の抵抗を可視化している。

三　ナラティヴの「作者」とオーラル・ヒストリー

これまで『バルミー医師の二つの物語』における多層的なナラティヴと国家のイデオロギーについて考察してきた。次に、ナラティヴの「作者」について考えていきたい。先に引用したように、ジョーダンは劇構造を三つのレベルに分類するが、実際にはそれよりもさらに複雑な構造になっている。ジョーダンは第三レベルを、「患者たちの話がドラマ化され展開する場、すなわち彼らの家庭生活や職場でのシーン」（Jordan, 1995 : 27）と定義するが、それ以外に、バルミー自身が思い出すメアリーとの出会いのシーンや、エス・ピーの専属医であるクレメンス医師から聞いた話の再現、あるいはバルミーが想像したことのドラマ化も加えなくてはならない。患者の話の再現以外にもバルミーの創作するナラティヴが入り込むレベルなのである。先述したように、バルミーがあらゆるナラティヴの「作者」であることに間違いない。しかしながら、演劇の場合、観客は舞台上で演じられることを具体化された出来事として認識するため、バルミーによる記述であると認識しながら舞台を見ることはほぼないだろう。特に、ダニエルあるいはメアリーが診療所でバルミーと話をした後、そのまま階段を上がって自分のナラティヴの主人公となって演技をし、階段を下りて再びバルミーの診療所へ戻るという演出は、ナラティヴの「作者」がダニエルあるいはメアリーであることを印象付けるものである。ナラティヴの「作者」がバルミーからダニエル、バルミーからメアリーへと移動する演出をするのはなぜなのか。その問いに答えるためには、一番大きなナラティヴの「作者」バルミーが心療内科医である理由を考えてみる必要があるだろう。

まず、心療内科医がセラピーを行うという設定により、患者である登場人物たちが抑圧された感情を押さえ込んでいる状況を容易に表わすことができる。セラピストと患者について論じるマイケル・カーンは、「フロイトは、患者の問題を生じさせるのは過度の抑圧であるとみなし」、「患者の生活は、患者自身が気づいていない、それゆえコントロールできない内的力によって支配されている、ととらえた」(カーン　二〇〇〇、六)と記す。「患者自身が気づいていない、それゆえコントロールできない内的力」とは、イデオロギーの力と酷似する。コントロール不可能の内的力によって過度に抑圧される患者と、その内的力をセラピーによって明らかにする心療内科医という設定は、国家のイデオロギーに操作される者とそのイデオロギーを可視化する者との関係を示唆するのである。

また、心療内科医と患者という設定によって浮上するのは、精神分析とオーラル・ヒストリーの関係である。ポール・トンプソンによれば、オーラル・ヒストリーは、「歴史を書く過程において、歴史を作り歴史を経験した人々に、彼ら自身の言葉を通じて、中心的な場所を与えるもの」(トンプソン　二〇〇二、二〇)であり、「貧困層、非特権層、打ち負かされた人々の証言を得ることによって、より公平な歴史的判断を可能にする」(トンプソン　二〇〇二、二四)。トンプソンは、「精神科医は、歴史家とは異なる方法で過去を扱うオールタナティヴな専門家として、歴史家に挑戦している」とし、「精神分析が暗示するものについて考えることは、疑いもなく史料としての口述の記憶への理解を促進する主要な原動力となってきた」(トンプソン　二〇〇二、三〇六)と、オーラル・ヒストリーと精神分析の関連を明らかにする。バルミーが患者の言葉に基づいて創作したナラティヴはオーラル・ヒストリーに類似し、『バルミー医師の二つの物語』を抑圧された者の歴史的な記録物語として捉えることが可能である。

オーラル・ヒストリーにおいては、歴史を語る人々、ここではメアリーとダニエルが、「彼ら自身の言葉を通じて、中心的な場所を与え」られなければならない。したがって、メアリーとダニエルがナラティヴの「作者」

として機能する必要がある。歴史叙述、とりわけオーラル・ヒストリーにおいては、主役はあくまでも自らの歴史を語る個々の人間であり、それを歴史として記述する著者ではないからだ。そのことを裏付けるように、劇の最後に「作者」バルミーは物語を締めくくることなく姿を消す。第一幕と第二幕の終わり方を比べてみよう。第一幕の最後はバーネス家の居間でメアリーが悲鳴を上げて失神する場面であるが、幕が下りる前のト書きは、「秘書は書き続けている。医師は動かないままである」とあり、バルミー医師と秘書は舞台上手前景に残っている。最終幕である第二幕終盤、メアリーがダニエルに銃口を向けたところで医師は二人の動きを止め、悲劇的な結果についてコメントする。そこへブルジョアのカップルが登場し、先に述べたように、バルミーのナラティヴを否定し始めると、看護師が登場して彼らを強制的に退場させる。その後、医師はこの世にはカップルのように現実を否定する人間が大勢いることを嘆き、「話を元に戻さなければ。物語は終わりに近づいており、完結させなければならない」と言って秘書とともに退場してしまう。「作者」不在の舞台では、逮捕され、エス・ピーの事務所に連行されたメアリーにスポットライトが当たり、孫を抱いた「祖母」が「ダニエリートの物語」を語る声だけが響くなか、幕が下りる。ナラティヴの「作者」であったバルミーは歴史の記述者として舞台裏に姿を隠し、オーラル・ヒストリーの語り手とも言うべきメアリーと、メアリーのナラティヴ内の「祖母」の語りが強調される。

オーラル・ヒストリーとは、「歴史が書かれ、学ばれる方法、歴史の問いと判断、インタヴューからの引用と議論を組み合わせて書くという歴史叙述の方法の根本的な変化である」（トンプソン　二〇〇二、一四六）と言う。「インタヴューからの引用と議論を組み合わせて書く」とは、まさにバルミーが行っていることであり、彼の行為を歴史叙述として理解することが可能なのだ。ただ、ここで問題にしたいのは、バルミーが自らのナラティヴを秘書に口述筆記させている点である。バルミー自身が筆を握りながら語るというモノローグの形式を取ることもできたはずだ。それを口述筆記という形にしたのはなぜなのか。

四　口述筆記の効果

佐々木健一は『せりふの構造』で、「モノローグは内世界に定位しつつも、発せられた言葉の受信者が内世界にはなく、実際上は、観客が唯一の受信者である」（佐々木　一九八五、六一、傍点原文）と論じる。したがって、モノローグである場合、「作者」バルミーと観客の関係は直接的なものとなり、多層的なナラティヴの複雑性が軽減される。また、モノローグの場合、佐々木が「より直接的な形で、作家が自らの思想を人物に語らせることの多い技法である」と定義する長台詞と同じ効果を持つ可能性がある。すなわち、「思想がそのまま言語化されているために、そこでは言語の主体として作者が表面にでてくる」（佐々木　一九八五、一〇四）のである。ブエロ・バリェホは冒頭のカップルの口上によって自らの思想を隠し、劇の最終幕ではブエロ・バリェホ自身の代弁者と見なされるバルミーを舞台から下ろすことによって、「言語の主体として［の］作者」、すなわち劇作家アントニオ・ブエロ・バリェホが表出することを極力抑えようとしている。ブエロ・バリェホは、観客との直接的な意思伝達の手段であるモノローグではなく、口述筆記という間接的な形式を用いて自らの思想を内在化したのである。

口述筆記という演出により可能になる効果がもう一つある。バルミーが秘書に口述筆記させることで、メアリーおよびダニエルの口述するオーラル・ヒストリーを書き記すバルミー、そしてバルミーの口述するオーラル・ヒストリーを書き取る秘書という二重（doble）構造が作られるのである。本作品に叙述されているのは、メアリーやダニエルのヒストリー（歴史／物語）のみならず、心療内科医として、ひとりの人間として、拷問を実行する社会にあって苦悩し、模索するバルミーのヒストリー（歴史／物語）でもあるのだ。本作品のタイトル内の言葉「二つの物語（doble historia）」は、ブルジョアカップルが主人公の最初の物語、そしてバルミー家の人々が主人公となる二つ目の物語を指すという解釈が一般的である。加えて、バルミーが語るバーネス家に関するナラティヴと、バルミー自身に関するナラティヴという意味での二つの物語と捉えることができるだろう。バルミーが執筆中の著書のなかで語っていることに、作者ブエロ・バリェホの考えが色濃く反映されていることは、あえて議論する必要もないであろう。ブエロ・バリェホのアルター・エゴと解釈できる人物についてのナラティヴが口述筆記されるとき、それはブエロ・バリェホのナラティヴが語られ、記録されるということにもなり、本作品を劇作家ブエロ・バリェホ自身のオーラル・ヒストリーとして捉えることも可能なのである。

五　ブエロ・バリェホの苦悩とオーラル・ヒストリー

いかなる国家においても歴史は自国の都合の良いように解釈され、記録されてきた。とりわけ独裁制国家においては、歴史が一部破棄され、一部捏造されて正史が作られてきたと言ってよいだろう。「権力構造そのものが、そのイメージに沿って歴史を形作る偉大な記録装置として機能してきた」（トンプソン　二〇〇二、二一）のである。したがって、国家的な歴史叙述はイデオロギー的であり、正史には「国家のイデオロギー装置」が機能していると言えるのである。

バルミーは「われわれ医師という医師は誰しも、臨床例を本にしようと決めたとき、できれば三文小説家のようにハッピーエンドの臨床例ばかりを語りたいと思うのだ。しかし、専門家としての自信をずたずたにしてしまった臨床例のほうが手本となる場合もあるのだ」と語る。ブエロ・バリェホはバルミーの以下の台詞によって専門家による公式の言説を非難する。

同僚がこの本を読んだら笑うだろうと思う。彼らは劣等感や感情転移について話しながら人生を送っているが、本書はそういったことについてはほとんど触れていない。なぜなら、一般の人向きに書いた本だからだ。社会学者が本書を読んだら物足りなく思うだろう。すべてを説明してくれると彼らが考えている普遍的な原因が書かれていないのだから……私は一介の町医者に過ぎない。精神科医や社会学者は私よりも難しい知識を持っているが、それは暖かみのない知識でもある。彼らの完璧な分析の前では、痛みそのものがぼやけてしまうだろう……私はそのことが頭から離れない。私にとって最も重要なのは、目に涙をため、心をかき乱して診療所にやってくる生身の人間なのだ。

バルミーの台詞は、歴史哲学者ラカプラの言葉と類似してはいないだろうか。ラカプラは、「歴史学者や社会学者のなかには、出来事をロマンス化しようとする伝統的な物語の傾向（この傾向は、限られた史料に基づいて「生きられた経験」を想像的に再構築しようとする時に生ずる、不可避的な結果と言えよう）を抑制しようとして、物語をできるかぎり客観的な、記録ふうなものにしようとする人もいる。この種の歴史が極端なかたちをとると、三人称過去時制の無味乾燥で当たり障りのない平叙文の、月並みで退屈な羅列となる」（ラカプラ　一九八九、一五八）と論じる。バルミーの言葉は精神分析に関する書に限定されたことではなく、歴史叙述や文学作品なども含めた言説についても述べていると考えるべきである。そして、ここにはオーラル・ヒストリーが目指す

「貧困層、非特権層、打ち負かされた人々の証言を得ることによって、より公平な歴史的判断を可能にする」ための姿勢が読み取れる。ハッピーエンドの話のみを選択した編集された記録ではなく、編集されていない記録、それまで歴史として書き残す価値を見出されなかった人間の記録の重要性が説かれている。ガルシア・パボンの記述がブエロ・バリェホの劇作の意義を明らかにする。

ブエロ・バリェホは一九四九年来、スペインにおける新しい社会劇の創作者であり、内戦後のスペイン社会に蔓延する責任回避する者、順応主義者、栄光の過去を回顧する者たちを完全に動揺させた。繊細な戦略を用いて、同氏は周縁に追いやられていた者や沈黙させられていた者たち、すなわち現実のきわめて深刻な問題を抱えた国民を再び舞台に上げた。そして、公式のスポークスマンが発表する「幸福なスペイン」に待ったをかけたのである。（García Pavón, 1976：19）

ブエロ・バリェホは『バルミー医師の二つの物語』においてナラティヴを多層的にすることで、国家のイデオロギーを可視化することに成功する。また、多層的なナラティヴは抑圧された様々な人々に声を与えた。バルミーは拷問という犯罪を続ける国家、そのような国家が助長する人間のサディズムを嘆きはするが、国家に抵抗することはできず、国家の犠牲となって苦しむダニエルやメアリーを救うこともできなかった。このバルミーの苦悩は、独裁制国家を直接的に告発して犠牲者を救うことができないブエロ・バリェホの苦悩と重なる。バルミーに唯一できることは苦しむ患者たちの姿を生々しく記録した臨床例をまとめて、書物として出版することであり、ブエロ・バリェホにできることは検閲とうまく折り合いをつけながら現実社会で声を上げることのできない人々を描いた作品を上演することである。抑圧された人々に声を与える多層ナラティヴの演劇化は、正史ではない、隠蔽され排除されたもうひとつの歴史、オーラルヒストリーを書き残す劇作家アントニオ・ブエロ・バリェホの戦略であったと言えるのである。

第六章　権力と抵抗の関係

――『バルミー医師の二つの物語』における内部からの抵抗――

第五章では多層的な物語構造に注目し、抑圧された者のオーラル・ヒストリーとして『バルミー医師の二つの物語』を捉え直すことを試みた。その際に各登場人物の分析を行ったが、彼ら全員を国家権力によって抑圧される者という大きな枠組みで捉えた。しかしながら、本作品では登場人物それぞれが緊張関係にあり、作品をより深く理解するためには個々の関係を詳細に見ていくことが求められる。本章では、登場人物の人間関係に焦点を当て、個々の権力関係が変化することに注目しながら、第五章とは別の角度から『バルミー医師の二つの物語』を考察する。

まず、本作品に登場する人物間の権力関係を、それぞれの関係を成立させる社会的要因、とりわけ家父長制の強制するジェンダー／セクシュアリティ規範との関係から分析する。また、権力関係が常に変化することを確認し、逆転をもたらす要因は何であるのかを考察する。さらに本作に描かれる暴力について詳察し、主人公の女性がなぜ夫を殺さなければならなかったのかを問いながら、暴力を行使する国家権力とそれに対する抵抗の関係を明らかにする。

一　家父長制社会が基調となる権力関係

主人公のメアリーがどのような女性なのかを考えることから始めよう。心療内科医バルミーとの会話から、彼女が妻そして母になることを女性の幸福であると考えていることがわかる。つまり、彼女は妻そして母であることのみを女性のアイデンティティとする家父長制的イデオロギーに支配された女性なのである。メアリーは婚約者が戦死したため、妻そしていずれは母になるという夢を奪われ、再び父親との同居生活を始める。一度は結婚をあきらめ、教師として生きること、自分の子供を育てる代わりに生徒たちの教育に全力を注ぐことを決心する。上野千鶴子は『家父長制と資本制』のなかで、「ロマンチック・ラブは『父の権力』から娘を解き放つかもしれないが、その代わり『夫の権力』のもとへと、女をすすんで従属させる」（上野　二〇〇二、五八）と論ずる。メアリーの場合はその逆で、婚約者が提供すると思われた「夫の権力」への従属が不可能となったため、父と同居することで「父の権力」のもとへと戻るのだ。しかし、彼女はオールドミスと呼ばれる年齢まで独身であるということ、すなわち家父長制社会において逸脱した存在であることに苦悩する。そして、父の死によって「父の権力」が終わると、彼女は帰属する場所を失い神経症を患うことになる。ジーン・クロス・ニューマンは、メアリーは婚約者に与えられた将来の希望、つまり妻・母としての安定した役割への期待を彼の戦死によって奪われて生きる意味を失うが、念願の安定したアイデンティティ（妻と母）をもたらすダニエルとの結婚に救われると指摘する（Newman, 1992 : 63）。医師バルミーも夫のダニエル・バーネスも、メアリーの神経症は治療によってだけではなく、結婚によって治癒したのだと言う。彼女の病気は、家父長制が規定する「夫の権力」と従属関係を結ばなければ逸脱者になるという強迫観念によって引き起こされていたため、結婚して夫と従属関係を結ぶことで治癒したとされる。

では、メアリーは結婚と出産によって彼女が求める女性の幸福を手に入れたのだろうか。彼女は同居する姑が原因となり、女性としての幸福に不安を感じているのではないかと思われるのである。幕が上がると観客は、「祖母」が孫のダニエリートに物語を語り聞かせている場面を見る。それは、「祖母」が息子ダニエルの幼少時によく語り聞かせた「ダニエリートの物語」であり、隊長さんのように強くて大きく、ハンサムで、性格もすごく良く、とても賢い息子を溺愛する母の物語である。彼女はその物語を孫のダニエリートの物語に書き換えることなく、あくまでも息子ダニエルの物語のまま語り続けている。すでに成長したダニエルには妻も子もいるが、「祖母」は息子と恋人同士のように世界中を旅するという実現不可能な夢を語り続ける。息子夫婦が仲睦まじいことに嫉妬する「祖母」は、メアリーに先んじて甲斐甲斐しく息子の身の回りの世話をする。あたかもメアリーの妻としてのジェンダーロール（性別役割）を奪おうとしているかのようである。さらに、孫ダニエリートのオムツを替え、ミルクを作り、まるで母親であるかのように世話をする。つまり、メアリーは「祖母」によって妻のみならず母としての仕事も奪われ、ようやく獲得したアイデンティティが脅かされているのである。「祖母」とメアリーはダニエルとダニエリートをめぐる権力関係にあり、メアリーの妻、母としてのアイデンティティを揺さぶる「祖母」が優勢に立っていると言えるであろう。「祖母」はメアリーがすでに教職を辞し、専業主婦になっているにもかかわらず、いつ育児休暇が終わって学校に復帰するのかと尋ねる。「祖母」が嫁を排除し、息子と孫と三人で暮らしたいと望んでいることをメアリーは察知している。彼女は家庭という安住の場所をようやく手に入れたにもかかわらず、排除という権力行使に脅かされているのである。

メアリーはジェンダーロールの剥奪や家庭からの排除だけではなく、セクシュアリティ（性的欲望）の抑圧も受けている。夫ダニエルは政治犯の容疑者に男性性器去勢の拷問を行った結果、性的不能になる。それによってメアリーとダニエルの性生活は抑制されることになる。メアリーがバルミーに語った夢が再現される場面で、彼女はハサミを手にしたダニエルに自分を刺すように言うのであるが、それは夫の不能が原因の性的欲求不満の表示であるとパジェラス・グラウは分析している（Payeras Grau, 1987：62）。しかしながら、ダニエルが勃起不全になる前からすでに彼らの性生活は抑圧されている。その原因のひとつは「祖母」の存在にある。ほとんど家から出ない「祖母」は常に息子夫婦を監視している。彼女は耳が遠いとされているが、実際に聞こえていないかどうかは疑わしい。また、補聴器を着用したり外したりするため、いつ聞いているのか、わからないのである。聴覚障害を隠れ蓑にして息子夫婦の会話を盗み聞きしている可能性もある。一方、ダニエルも息子を溺愛する母親に対して異常なほどの愛情をもっている。彼は母親には心配をかけたくないと言い、警察での仕事が精神的・身体的な支障を来していることをひた隠しにする。また、母親とぴったりと寄り添い、メアリーを無視して奥の部屋に入っていくこともある。そのような状況でメアリーは性的欲望を自由に表現することができない。加えて、時間的な制約もメアリーの性行為を抑制する要因となっている。拷問は夜中に行なわれるため、ダニエルの身体は警察によって長時間拘束され、夫婦二人だけの時間はほとんどない。このように姑の存在と夫の不在が、夫が性的不能に陥る前からメアリーの女性性を抑圧していたのである。

家父長制においては女性のセクシュアリティが常に男性の劣位にあるとされるが、バーネス夫妻において、そのことは顕著である。性的不能となったダニエルは妻のために治癒することを目的として別の女性と寝る。それでも男性機能が正常に戻らないダニエルは、妻に彼の妹として生きてほしいと頼むのである。性行為のできない夫を持った妻はなぜ妹として生きなければならないのか。『ジェンダーと権力　セクシュアリティの社会学』の著者ロバート・W・コンネルは、「男性には相手を選ばない性行為《セクシュアリティ》を許すが女性にはそれを禁じるという『二重基準』は、（中略）権力をもつ側にすべてがあることを物語っている」（コンネル　一九九三、一八〇）と記す。メアリーが被っている性的欲望および性行為の抑圧は、夫婦の権力関係において夫が優位にあることを示すものである。

ダニエルが不能になった原因を解明しようとするバルミーは、ホモセクシャルな誘惑を感じた経験、あるいは女性と普通の終わり方をせずに快楽を得た経験の有無を尋ねる。ここで明らかになる価値観は、ホモセクシャルや快楽を得るための性行為は異常であり、正常な性行為は再生産、すなわち子供を作るための行為でなくてはならないというものである。性交渉が成立しない夫と妻のあいだに、もはや夫と妻という再生産をめぐる関係は成立しないため、ダニエルは二人の関係を兄と妹の関係に置換しようとする。いずれにしても、ダニエルが主導権を握る関係であることに変わりはない。

メアリーのジェンダーアイデンティティおよび女性性が抑圧されていることを見てきたが、家父長制を基調とする権力関係においては、女性が常に劣位に置かれることがわかる。しかし、権力関係は徐々に変化する。ミシェル・フーコーは権力の不断の変化という規則を説いているが、本作品に描かれる権力関係も様々な要因によって変化するのである。まず、メアリーを中心に「祖母」、そしてダニエルとの権力関係の変化を見ていこう。

二　真実の認識による権力関係の逆転——家父長制的規範の崩壊

性別役割の明確な家父長制において妻は夫の仕事に関して無知であって当然である。メアリーは夫の仕事に関して、警察署の政治部所属ということ以外は何も知らされていない。昔の教え子ルシーラの訪問で初めて、政治部で非人道的な拷問が行われている事実を知る。それでも、夫が自ら拷問に手を下しているとは信じず、無理やり共犯者にされていると考える。

ここで重要なのは、メアリーと、彼女に大きな影響を与えるルシーラとの関係である。ルシーラが卒業したのはもう何年も前のことであり、メアリーもすでに教職を離れているが、教師と生徒という二人の関係は変わらない。学校において教師は生徒の行動を指導、監視する支配的な立場にいる。メアリーは彼女を先生と呼び続けるルシーラに、「私たち、もう生徒と先生なんかじゃないわ。今は幸せな友達同士よ」と言い、同等であろうとする。しかし、その後ルシーラが警察の拷問についての事実を伝えると、その件に関して全く無知であったメアリーはルシーラとの関係において劣位に置かれる。逮捕された夫が病院に運び込まれたと涙目で語りながら助けを求めるルシーラと、それを慰めるメアリーという関係が、ルシーラが警察での拷問の実態を生々しく語ることで大きく揺れる。動揺したメアリーは「座りなさい！」と教師の口調でルシーラに命令し、彼女の肩を乱暴に押して座らせる。メアリーは二人の関係を教師と生徒の関係に戻して優位に立ち、身体的抑圧も加えて権力の逆転を阻止しようとする。また、「ルシーラ、お医者さんに診てもらったほうがいいわ」と、相手を精神異常者として扱うことでも優位に立とうとする。ルシーラは拷問の実態を信じようとしないメアリーに、彼女自身も警察に呼ばれ、夫の前で強姦された事実を打ち明ける。するとメアリーはルシーラを平手打ちという身体的暴力によって黙らせようとする。突然泣き出すメアリーにルシーラは、「先生！　何が悲しくて泣いているのですか？　無知だったことがですか？（中略）いったいどちらが大人でどちらが子供なのか、わからないじゃないですか？」と軽蔑的な眼差しを向ける。二人の権力関係において、最終的には真実を知るルシーラが優位に立つ。

その後、ルシーラが送ってきたと思われる拷問の歴史の本と、ダニエル自身の拷問への関与の告白により、メアリーは精神に異常をきたす。第一幕の最後、「祖母」がダニエリートのオムツを替えながら、「いっぱいおしっこするから、おちんちんがひりひりするんだ」と言うと、メアリーはおそらく去勢という拷問の犠牲者と息子を同一化したのであろう、身の毛のよだつような悲鳴をあげ、ひきつけを起こす。そして、「強制収容所で小さな足をもぎ取られた男の子はどんなに叫んだことでしょう！」と言い、さらに悲鳴を上げて失神する。男の子の小さな足は男性性器を象徴すると解釈することもでき、ここでも去勢への恐怖が示される。メアリーが何度も見る夢のなかでは、息子ダニエリートがすでに去勢されて女児ダニエラになっていたり、夫ダニエルがダニエリートの性器をはさみで切り取ろうとするのをメアリーが必死に止めたりする。メアリーは息子だけではなく、自分自身も拷問の犠牲者と同一化するようになり、その恐怖は悲鳴となって表れる。犠牲者と同一化したメアリーにとってダニエルはもはや夫ではなく拷問の執行者にすぎない。メアリーは夫に対する感情を、「他人のように感じるときもあるし……恨みでいっぱいになるときもあります。奇妙なことですが、時々（中略）あの人のことを笑い者にしたくなるのです」とバルミーに語る。従属すべき家父長ダニエルが今では他者となり、軽蔑する存在にまでなっている。メアリーは夫婦の営みを回復する努力もやめ、もはやダニエルの妻であり続けることを望んでいない。

夫に対する恐怖心と嫌悪感は彼女の母性にまで影響を与える。「もう一人お子さんが欲しいですか？」と尋ねるバルミーに対してメアリーは、「子供をもう一人この世に送り出すような勇気はありません」と答える。拷問の犠牲者になり得る息子を生んだことを後悔しているメアリーは、新たな生命を生み出さない決心をする。その決心は彼女の夢のなかで象徴的に描写される。夢のなかのメアリーは電気スタンドをつけようと紐を引っ張る。すると体中に電流が流れ、紐を放すことができない。助けを求めるメアリーの指をダニエルがハサミで切り落とす。恐れおののく彼女は出血しない指を見て驚くという夢である[20]。女性の身体から流れる血を経血と結びつけて考えることはそれほど不自然なことではないだろう。出血しないメアリーの指は、もはや月経がない、すなわち子供を産むことができないことを象徴する。経血がないことでメアリーは生理的に子供が生めないことになり、産む性としての責任放棄を自らの意志によるものではなく、不可抗力として夢のなかで正当化するのである。メアリーが新しい命をこの世に送り出すことを拒む背景には、人々を否応なく拷問する側とされる側に分類する社会の構造がある。新しい命をこの世に送り出すことは、犠牲者を作るのみならず、拷問者を生み出すことにもなる。彼女は「息子の顔に主人の顔がだぶって見えるのです。それは死刑執行人の顔なのです」と言い、息子ダニエリートが拷問の実行者になる恐怖を訴える。子供を産むことを放棄したメアリーは将来の犠牲者も拷問者も生み出さないという点で、無意識にではあるが拷問を実行する国家に抵抗するのである。

メアリーは拷問についての真実を知ることで、妻としてのジェンダーロール、および新たに母となる役割を放棄することになり、結果的に家父長制のイデオロギー支配から解放される。ただ、ダニエルはバーネス家の家父長ではあるが、実際にはそれほど支配的とは言えない。しかも、彼の家父長としての立場は性的不能に陥ることで危うくなっている。「僕の辛抱強い、献身的な妻」、「お前は僕をものすごく理解してきてくれたし、とっても寛容だった。これからもそうしてほしい」と従順な妻を賞賛し、彼女に従属的立場を維持してもらうことにより、かろうじて家父長の座にとどまっているにすぎない。バーネス家において家父長支配を成立させていたのはメアリー自身だったのである。そのメアリーが家父長制の規範から逸脱し、その維持を放棄するとき、ダニエルは象徴的に置かれていた家父長の座からおろされることになる。

夫の権力に従属するのをやめたとき、メアリーに残った母としてのアイデンティティはバランスを欠いた歪んだものとなる。メアリーは、息子ダニエリートは自分だけのものであると繰り返し、息子に近づくなとダニエルに命じる。夫ダニエルが「これは僕の息子だ！　そしてお前は僕の妻だ！」と叫ぶとき、彼らは所有権をめぐる権力関係にあるのだと言える。息子に対するメアリーの異常なほどの愛情、所有願望は、「祖母」のダニエルに対する愛情と類似する。家父長なき家庭において、母と子の関係は特別なものになるのであろうか。

三　「祖母」の権力と拷問の共犯者

ダニエルの幼少時に夫を亡くした「祖母」にとって家父長である夫は存在しない。「あらゆる犠牲を払った母子家庭の母は、子供に対する支配を強めようとする」ことが多い（上野　二〇〇二、一〇五）という指摘があるが、家父長を失った母親は自らに家父長としての役目を課すのかもしれない。女手ひとつでダニエルを育てた「祖母」は、経済的な理由から息子を警察に勤めさせる。上野が指摘する家父長制下での母子家庭の母のタイプと同様に、「祖母」は息子ダニエルに対して支配的であり、家庭や職場での彼の行動を左右する力を有する。彼女は息子に、「おまえはまだ若いんだから、いつだって好きなようにしていいんだよ。大切なのはおまえが幸せになることだ」と言うが、実際には息子が警察を辞めることを望んでいない。息子が拷問に関与し、精神的に衰弱していることに気づいているが、見て見ぬ振りをしている。拷問という非人道的な行為が息子の身体に与えているダメージを単なる頭痛とし、鎮痛剤「フィヌス」を飲ませて治そうとする。ダニエルの病は警察での仕事の重圧に耐えかねてのことであるとメアリーが「祖母」に伝えると、彼女の耳はたちまち聞こえなくなってしまう。「祖母」は先にみたようにメアリーとの権力関係において優位にあったが、普段隠している良心の呵責を刺激されたため、劣位に追い込まれる。そして、真実を知ることによって優勢になったメアリーに対して「祖母」は、聴覚障害を武器に無知を装うことで権力の逆転を阻止しようとする。

バルミーは、「祖母」や冒頭に登場するブルジョアのカップルのように「自分が住んでいる世界を黙殺することを決め込んだ人間が何百万といる」と嘆く。イグレシアス・フェイフォーは、「無責任と咎められるべき無知という狂気こそが本作品が最も直接的に非難しているものであり、現実には拷問の存在はそれを許す社会の意志によって説明される」(Iglesias Feijoo, 1982：335) と論じる。ブエロ・バリェホは拷問が存在する社会を作るのは拷問者だけでなく、現実から目を背ける者、現実を否定する者が共犯者となることを訴える。人はなぜ目を逸らし、沈黙するのか。拷問者／犠牲者という対立によって体系化された独裁制社会において、そのどちらかになることから逃れるためには「祖母」のように現実から目を逸らすか、あるいはカップルのように現実を否定し幻想のなかに生きるしかないのかもしれない。無知を装うこと、沈黙を守ること、現実を否定することがひとつの自己防衛手段となる。

しかしながら、今まで見てきた権力関係で明らかになったように、無知が真実の認識に勝ることはない。本作品の劇構造に大きくかかわるカップルは真実を隠蔽し、バルミーの物語を全面否定する。無知を装うことに麻痺し、もはや真実を否定することしかできなくなった彼らが、権力関係においていかなる抵抗力も持ち得ないことが、バルミーとの関係において証明される。

四　国家権力への抵抗——カップルとバルミーの権力関係の逆転

ブルジョアのカップルの役割および劇構造との関係についてはすでに第五章で論じているが、再度確認しておこう。第一幕、幕が上がる前に、正装した男女が舞台両袖から登場する。その外見から司会者あるいは口上人とみなされる二人は、これからバルミー医師が語る拷問の物語は作り話であるから、決して深刻になってはいけないと観客に訴える。カップルの言葉は、現実に行われているスペイン社会での拷問を隠蔽し、国民がその事実を追及することを阻むものである。バルミーが秘書に口述筆記させる物語を全面的に否定するカップルの口上は、拷問を隠蔽する国家的なイデオロギーと捉えられる。ところが、ブルジョアのカップルが実は口上人などではなく、バルミー医師の患者であり、バルミーが臨床例として記録する「最初の物語」の主人公であることが第二幕の後半になって明らかになる。国家のイデオロギーを象徴すると思われた言葉は、医師が語る物語内の精神病患者の言葉だったわけである。バルミーの物語を全面否定するカップルが、バルミーの物語のなかに取り込まれ、しかも第二幕で再登場した時には、バルミーの合図で強制的に退場させられる。カップルとバルミーの権力関係の優劣は逆転し、バルミーが圧倒的優位になる。

しかしながら、カップルとバルミーの逆転が権力と抵抗の関係において生じたものではないことを確認する必要がある。この逆転劇は作者ブエロ・バリェホの演劇戦略にほかならない。最初に観客が思うのは、バルミーのナラティヴの外側に位置し、そのナラティヴの信憑性を否定するカップルのほうがバルミーよりも優位にあるということである。そして、カップルがバルミーのナラティヴの内部に取り込まれることによって両者の権力関係は逆転したように見える。しかしながら、医師／患者、書く主体／書かれる客体という関係にあるバルミーとカップルは権力関係において最初からバルミーが優位にあると言えないか。ポール・トゥルニエが『暴力と人間』のなかで医師について論じた部分を見てみよう。「苦しむ人を助けるということは、美しい役割を演ずることであり、力関係では優位に立つことになる」とし、「人を助けるということは、一見力への欲求と逆のもののように見えるが、実はそれによって力をカムフラージュすることもできるのである」と論じる。さらに彼は、「私にとって自分の権力欲を医者という職業の中で、次に物書きという職業の中である程度満足さすことができた」と語っている（トゥルニエ　一九八〇、二三一、二四〇）。医師であり物書きであるバルミーは、患者であるカップルとの関係において元より優位に立っていると言えるであろう。ブエロ・バリェホは本作品で様々な権力関係とその優劣の逆転を描き、国家権力への抵抗の可能性を提示するが、バルミーとカップルの関係に限っては逆転不可能である。つまり、カップルを優位に見せる劇構造は国家権力を可視化するための作者の戦略にほかならず、劇作において全権力を有するのは劇作家であることが示される。バルミーとカップルの権力関係と、その見せかけの逆転は、検閲局ひいては国家に対するブエロ・バリェホの勝利宣言でさえある。

ところで、優雅な衣装で登場するカップルは国家のイデオロギーを象徴するだけなのか。彼らは独裁制が推進する資本主義の波に乗り、裕福な生活を送る。しかし、過去あるいは現在において何らかのトラウマを抱えるからこそ、彼らは心療内科に通院するのであり、トラウマを忘却すべく幸福な社会を強調するのである。カップルの口上は自分自身の声を失い、国家のイデオロギーを代弁する声しか持てなくなった者の姿を顕在化する。そしてバルミーとカップルの権力関係の見せかけの逆転は、声を奪われた者の姿を衝撃的に観客に提示するための演出でもあるのだ。

五　拷問者のジレンマ——脱出不可能なシステム

次にダニエルについて考察していこう。ダニエルの身体は国家権力機構のひとつである警察によって昼夜を問わず長時間拘束されている。ほとんど外出しない「祖母」は現実逃避の手段として一日中テレビドラマを見て過ごすが、対照的にダニエルにはテレビを見る時間さえない。彼は誰もが知っている鎮痛剤「フィヌス」のコマーシャル・ソングも知らず、テレビというメディアからの情報が絶たれていると言える。また、長時間の拘束により、警察からの限られた情報しか得られず、イデオロギー操作をされやすくなっている。

ダニエルが所属する政治部では、政治犯の検挙に多忙を極めている。国家の敵である政治犯とはいったい誰を指すのか。植民地支配などにおいては異なった人種・民族が、階級闘争においては異なった階級の者が敵となり、戦う相手を見分けることはそれほど困難ではない。しかし、同じ国民で異なる思想を持つ者は、可視的な印がないだけに見分けることが容易でない。「ある日自分が容疑者のなかにいるかもしれないということから誰も免れない」という署長パウルスの言葉が示すように、敵味方の境界線はあいまいである。

警察の政治部では、自白させるために政治犯の容疑者を拷問する。しかし、拷問という権力行使が警察の上層部あるいは国家から命じられているわけではない。警察の専属医であるクレメンスは署長のパウルスに容疑者を慎重に扱うように忠告しているし、容疑者マーティが拷問の末に死亡したことは上層部の機嫌を損ねたとパウルスが語っている。上層部が要求しているのは首謀者を検挙することであり、拷問ではない。政治部のメンバーも最初は自白させることを目的に拷問を始めたはずである。しかし、拷問者と容疑者との間に権力関係が生まれ、相手を屈服させ従属させるという欲求を満足させるための手段として暴力が行使されるようになる。容疑者マーティの場合、どれほどひどい拷問を受けようと首謀者の名前を白状せず、あるいは拷問から逃れるために嘘の供述をすることもない。彼は警察が行使する暴力によって身体的に征服されてはいるが、権力には屈していないのである。暴力が必ずしも権力関係における優位をもたらすわけではないことが示される。

警察での拷問が法で罰せられないという事実は、国家秩序を守るという大義のための暴力が容認されていることを示す。しかし、その大義も倫理的な正当性が与えられるものではない。倫理的に拷問を正当化するためには、被拷問者を侮辱するに足る他者として差別化する必要がある。そのため警察は政治犯の容疑者を非人間化す

図26　手前はバルミー医師の診療室。後方では、警察の一室で政治犯への尋問が始まろうとしている（『バルミー医師の二つの物語』1976年公演）

る。パウルスは「同情なんかしなくていい。容赦なく打ちのめさなければならない害獣なんだから」と、相手を非人間化することで暴力による権力行使を正当化する。彼は、「肝心なことは俺たちの側に正当性があるってことだ。正当性さえあれば、どんな手段を使ったって関係ない」と公言する。彼らの正当性は相手に「害獣」という烙印を押すことによって後から構築されたものである。ダニエルは自分が政治部に異動になったのは政治的に成熟したのを署長に認められたからだと語るが、「政治的に成熟する」とは容疑者を人間として見なくなったことを意味するのである。

拷問の対象者となることを恐れるダニエルは上司パウルスの命令に背くことができない。彼らは「おやじ」、「息子」と呼びあう仲であり、擬似的な父子関係にある。ダニエルはパウルスを尊敬し、絶対の信頼を置いている。ダニエルにとって職務の遂行は父であり上司であるパウルスへの忠誠である。しかし、ルシーラからメアリーへ、メアリーからダニエルへと伝えられた拷問の本質、人間のサディズムについての真実がダニエルとパウルスの関係を変えていく。

ダニエルは警察において長い間イデオロギー操作をされてきたが、メアリーの影響で警察内での不当な暴力およびサディズムを強く意識するようになる。夫婦はまず警察という空間から抜け出すことを考える。メアリーはダニエルに辞職するよう嘆願するが、勇気のないダニエルは長期の休暇願いを申し入れるにとどまる。しかし、願い出るたびにダニエルは説得され、結局は職場に戻ることになる。彼は病気を理由に休暇を願い出るが、病気であることは自分の首を絞めることであるとパウルスに忠告される。抑圧する側（警察）は健康で、抑圧される側（政治犯）は病気であるという合意が存在する。抑圧する側にいる者でも自分が病気であることを認めれば反逆者として拷問される危険がある。実際には、健康であるべきはずの抑圧する側の警察において、ダニエルの同僚全員が身体の不調に悩まされており、拷問者と犠牲者の境界線上で不安に怯えている。拷問を実行したことが原因で病気になった者が、病気の治癒のために休暇や退職を望んでも、反逆者にされないためには病気を申告することはできない。病気でないことを証明するために拷問の継続を余儀なくされ、その結果病気であり続けるというメビウスの帯のようなシムテムが存在する。

真実を受け入れたダニエルは、拷問を犯罪と呼び、パウルスを歪んだ偽善者かつ最も病んだ人間であると非難する。パウルスとダニエルとの権力関係の逆転に際し、パウルスはダニエルに脅迫という暴力を用いる。彼は拷問される側に回る可能性の恐怖を示唆することで部下の力を抑えようとする。二人の権力関係はシーソーゲームのように一進一退の白熱戦となる。すると、このままでは警察から抜け出すことができないと考えたダニエルが海外勤務を嘆願する。パウルスはダニエルの海外への異動を承諾し、その異動日までの勤務という名目で職場に戻らせる。つまり、上司は部下に理解を示し、相手の要求を受け入れるポーズを見せることにより、再び優位に立って相手を支配するのである。ダニエルは国外に出さえすれば警察権力および国家権力から逃れられると考える。しかし、メアリーの言うように、「どこに行こうと別のパウルスが待っている」のである。「この仕事から抜け出すためにはどうしても署に戻らなければならない」と言うダニエルは、永遠に抜け出すことのできないシステムのなかに取り込まれている。このダニエルの悪の循環を終わらせるのはメアリーによる射殺という暴力である。彼女の暴力は国家権力にとっていかなる意味を持つのか。

六　国家権力への抵抗手段としての暴力――作者のジレンマ

ダニエルは上司に海外勤務の要求を受け入れさせたことで、自分が優位に立ったと誤信する。そして彼は、パウルスの欺瞞やサディズムを暴き、長年受けてきた抑圧への抵抗を試みたことで自信を取り戻す。男性機能の回復を予感するダニエルは、メアリーを求めるが、彼女のほうは夫を他人だと言って拒絶する。抑圧構造である家父長制的イデオロギーから離脱したメアリーにとって、ダニエルはすでに家父長でも彼女の夫でもなく、単なる抑圧構造の歯車なのである。ダニエルはパウルスに海外勤務を約束させるが、それは国家権力からの逃避であっても抵抗ではなく、彼が警察という権力機構から抜け出すことは永遠にないであろう。そして、そのようなダニエルをメアリーは射殺するのである。

作者ブエロ・バリェホは、警察での暴力あるいはメアリーのルシーラに対する暴力を批判的に描いている。権力行使の手段としての暴力に批判的な態度を示す作者が、メアリーの抵抗の手段に暴力を選択したのはなぜか。メアリーが夫を殺すとき、彼女は彼が職場で権力行使のために用いている武器である拳銃を使用する。つまり、被抑圧者が抑圧者に抵抗するために抑圧者の支配手段を用いるのである。被支配者が支配者の手段を用いて権力行使することは、果して権力に対する抵抗となり得るのか。ブエロ・バリェホは暴力による抵抗について次のように語る。

私の演劇ができるだけ平和的で、できるだけ暴力的ではない歴史的発展を間接的に擁護していることは疑いのないことだ。しかし、歴史的暴力は時として必要なものであり、それを作品内で完全に拒否することはできない。（Buero Vallejo, 1994：484）

暴力以外に方法がない場合、社会構造改善の手段として暴力行使もやむを得ないという見解である。ブエロ・バリェホは、「私の演劇における暴力について」というエッセイのなかで、フランス革命でみられたような体制転覆の力を持った被抑圧者たちの暴力を歴史的暴力と呼んでいる。ベンヤミンは、「自然法は、正しい目的のために暴力的手段を用いることを、自明のこととみなす」とし、自然法が「フランス革命のテロリズムの、イデオロギー上の基礎となった」（ベンヤミン　一九六九、九）と記す。フランス革命における暴力を肯定するブエロ・バリェホには自然法的な見方があったと考えられる。ただ、彼は「直接的あるいは間接的であっても、不可避の連帯責任によって我々皆が犯罪に関与していることを認めなければならない」（Buero Vallejo, 1994：485）と主張する。ブエロ・バリェホは「拷問について」や「決して二度と拷問をしてはならない」といったエッセイを書いており、国家が行使する拷問を徹底して批判している。そのような彼が、舞台上で国家権力と同様の暴力を抵抗手段として使わざるを得ないことにジレンマを感じていたことは想像に難くない。しかし、独裁国家において逃避や傍観が何も生み出さない以上、暴力の犯罪性を認めた上で、暴力を用いてでも抵抗すべきであるとするブエロ・バリェホの眼差しが浮上する。したがって、マンチェスター大学出版の『バルミー医師の二つの物語』の序文でのジョーダンの指摘、つまり、メアリーの殺人は精神のバランスを崩した人間の非合理的な精神異常の行為とも捉えられるが、一方でそれはダニエルと、彼が取り込まれたシステムが彼女に与える脅威に対する理にかなった反応であり、圧制的な社会に抵抗する政治的な行為でもあるとの指摘（Jordan, 1995：33）は正鵠を得ている。

ただ、メアリーの殺人が意図されたものではないことを確認しておかなければならない。彼女は以前患っていた神経症がかなり悪化しており、夫がはさみで息子を去勢しようとする夢と現実との区別がつかなくなるほど朦朧とした意識のなかで夫を射殺するのである。つまり、夫殺しは家父長制のイデオロギーに支配されていた女性が自分の意に反して家父長制というシステムから逸脱したために精神のバランスを欠いたことに端を発している。そして、国家の権力行使の一方法である拷問の存在を知ることによって引き起こされた狂気が、国家権力の歯車である一人の人間を殺すに至ったのである。ここに見られるのは国家権力が自ら生産する抵抗である。

ダニエルが政治犯の容疑者マーティを去勢する拷問をしたとき、その権力に対してマーティは物理的な抵抗は何もなし得なかったはずである。最後まで自白しなかったことが唯一の抵抗であった。マーティを去勢し、優位に立ったはずのダニエルは、自らが性的不能になることで、被害者と同様の苦しみを味わうことになる。彼が行使した暴力はそのまま彼の身体に跳ね返るのである。暴力を行使した者は自らの行為によって精神的苦痛を被り、その結果相手に同化する。

メアリーの場合は、拷問の真実を語るルシーラを嘘つきと呼び、平手打ちを与えたことが直接自分に返ってくることはない。ただ、彼女は息子や自分自身が拷問される妄想に怯えることになる。彼女は妄想のなかで、ルシーラの苦しみや恐怖を追体験していると言えるであろう。ある日、喪服のルシーラと出会ったメアリーは、ルシーラから無視あるいは軽蔑という抵抗を受ける。

メアリー　そんなふうに行ってしまわないで！　私には何も、何もできないけど……夫があなたのご主人にしたことに対して、私を許してほしいの。
ルシーラ　（憤慨して）ご主人を許してほしいとおっしゃるのですか？
メアリー　いいえ、私だって夫を許すことはできないわ。私のほうも、夫とはもう終わりよ。ルシーラ、私たち一緒に苦しむのね。
ルシーラ　一緒にですって。いいえ！　私の苦しみは私のものです。あなたにはそれを共有する権利なんてありません。あなたは私のように警察本部に行くこともなかったし、これからだって行くことはないでしょう。（中略）（喪服を見せて）この喪服がどんなものなのか、決して理解することもないでしょう。

しかし、最終的にメアリーは夫を亡くし、警察本部にも連行される。まさしくルシーラと同じ苦しみに耐えることになる。

ダニエルはマーティを、メアリーはルシーラを暴力によって抑圧したが、マーティそしてルシーラの抵抗は決して暴力そのものではない。暴力を伴わない抵抗が権力関係における優劣を逆転し得ることはすでに考察してきた。では、なぜブエロ・バリェホは国家権力に亀裂を入れる抵抗にあえて暴力を選択したのか。しかも、それは警察権力、あるいは男性権力を象徴する拳銃を用いた暴力なのである。国家体制に亀裂を入れるためには、ブエロ・バリェホがフランス革命を引き合いに出す「歴史的暴力」が必要であることを提示するためかもしれない。しかし、彼は民衆の自由のためなら暴力もやむを得ないとしながら、「もちろん人を殺すべきではない」（Buero Vallejo, 1994：486）と説く。彼のダブル・スタンダードは作品のなかでいかにして解消されるのか。作者はメアリーによるダニエルの射殺場面で、国家による拷問という暴力と、国家権力への抵抗のための暴力とが同質でないことを強調する。ジョン・リオンも指摘するように、「不正な抑圧に対するブエロの答えは、（中略）必要な暴力と根拠のない残虐行為とを区別することにある」（Lyon, 1996：137）のだ。そして、そのことが舞台上で巧みに表現される。まずひとつは、メアリーが夫ダニエルを殺すとき、彼女の精神状態が正常ではないという演出により、メアリーによる夫殺しは意図的なものではなく、国家権力によって誘発された抵抗であることが強調される。もうひとつは、ピストルを構えるメアリーに近寄っていくのはダニエルの方であり、彼がメアリーに感謝しながら死んでいくという演出により、メアリーの暴力が、一方的で強制的な国家権力の暴力とは異質であることが示されるのである。

ベンヤミンは、「互いに依拠しあっている法と暴力を、つまり究極的には国家暴力を廃止するときにこそ、新しい歴史的時代が創出される」（ベンヤミン　一九六九、三六）と論じる。メアリーの暴力は、法と密接に絡み合い決して罰せられることのない国家暴力の廃止に向けた、つまりは新しい歴史的時代を創出する抵抗の可能性を示している。

七　権力と抵抗

『バルミー医師の二つの物語』において作者ブエロ・バリェホは、母子、嫁姑、夫婦、教師と生徒、上司と部下という日常的な次元で機能する権力関係を描いた。フーコーは、「政治権力は、なにも国家の大がかりな制度の諸形態、われわれが国家装置と呼んでいるものの中にばかり存在するものではない。（中略）権力とは、どこかただ一ヶ所で機能しているのではなく、実にさまざまな場所で機能している。家庭、性生活、精神異常者の扱い、同性愛者の排除、男女関係、等々、これらの関係は全て政治的な関係」（フーコー　二〇〇〇、五七―五八）であると説く。登場人物の個々の権力関係の演劇化は、国家権力とそれに対する抵抗を描くのみならず、人間同士が政治的な関係にあることを提示する。

真に正当な理由を持たずして行う拷問の存在は、被拷問者にならないために拷問者となる者を作り、拷問者にも犠牲者にもならずにすむよう沈黙する者を作り出す。このような社会を変えるためには、国家権力に対する抵抗が必要となる。しかし、その抵抗は抑圧された者の力を集結して戦うというものではない。フーコーが論じるように「権力のある所には抵抗がある」のであり、「抵抗は権力に対して外側に位するものでは決してない」（フーコー　一九八六、一二三）のである。つまり、権力が行使されると同時に抵抗が生み出されるということになる。『バルミー医師の二つの物語』という題名について考察しよう。前章でも述べたように、「二つの物語」（直訳すれば、ダブルの物語）とは、現実を否定し、常に笑顔でいようとする自己欺瞞のカップルを主人公とする最初の物語と、警察で拷問を行うダニエルとその妻メアリーをめぐる悲劇的な二つ目の物語を指す。バーネス一家の悲劇を生み出すのは、拷問の実行者のみならず、最初の物語のカップルのような拷問の存在を否定する者、つまり拷問の共犯者でもある。したがって、最初の物語がなければ二つ目の物語は存在しない。また、拷問をやめない限り、自己防衛のために現実逃避、あるいは現実否定する者が生み出される。拷問を正当化する警察システムから抜け出す勇気のないダニエルのような人間が、最初の物語のカップルのような人間を作り出す。すなわち、二つの物語は別々に存在するのではなく「ダブル」であり、独裁国家の陥る悪の循環を象徴している。この悪の循環に亀裂を入れるのは、国家権力が自ら生産する抵抗にほかならない。すなわち、家父長制的イデオロギーの抑圧および警察での拷問の事実によって引き起こされた精神病を患う女性が、警察権力を象徴する銃で国家権力の歯車であり続ける夫を殺すのである。

権力関係の優劣の逆転、抑圧する側が生み出す抵抗について論じてきたが、最後に作者ブエロ・バリェホが行使する作者としての権力に立ち戻る必要があるだろう。本作品においてブエロ・バリェホは、ダニエルやメアリーなどすべての登場人物のナラティヴを書きとめる人物、言うなれば信頼すべき作者としてバルミーという人物を置く。ところが、ブエロ・バリェホはそのバルミーの言説を真っ向から否定するブルジョアのカップルをバルミーの外側に置き、国家のイデオロギーで作品を囲む。その後、カップルをバルミーの言説のなかに取り込み、国家のイデオロギーが隠蔽する事実を暴き出す。このように作者ブエロ・バリェホが複雑な劇構造を駆使し、国家権力を象徴するカップルの役割を自由に操作したのは、検閲という国家権力が存在したからにほかならない。つまり、本作品による抵抗は独裁制国家が自ら生産したものということになる。

第七章　無名の人々の救済

――『明り取り』における記憶と歴史――

一九六七年初演の『明り取り』は、副題に「二部にわたる実験」とあり、三〇世紀頃の未来に生きる人間が実験を行うという設定になっている。冒頭、未来社会の実験者である「彼」と「彼女」が観客に実験参加に対する感謝の言葉を述べる。つまり、観客は三〇世紀に生きる人間として作品のなかに入り込むことを余儀なくされる。ドメネクやネル・ディアゴは本作品をサイエンス・フィクションと呼び、作品自体が実験的であることを指摘する。[21]

実験に用いられるプロジェクターが映し出すのは一九六七年のスペインに生きる、ある家族の物語である。三〇世紀に生きる人間が約一〇世紀前の社会を知ろうとするならば、書き記された歴史、すなわち公の歴史＝正史を拠り所にするしかない。しかし、多くの場合、公の歴史はその時代に生きた者たち、とりわけ一般の人々の記憶を語りはしない。ベンヤミン的に歴史叙述を見るなら、勝利者が勝利者のために歴史を構築することが常であるからだ。本作品では、舞台となる三〇世紀においても従来の歴史叙述の方法が継続し、普通の人たちの物語に容易にアクセスできないことが示される。実験者である「彼」と「彼女」はプロジェクターが映し出すものを「過去から救い出すことのできたヒストリー（物語／歴史）」と呼ぶ。[22]

『岩波講座文学9　フィクションか歴史か』に収録された「歴史記述としての『平家物語』と『太平記』――怨霊の表象／表象の怨霊」に興味深い記述がある。「勝利者の、勝利者による、勝利者のための〈歴史〉の一面性、抑圧性をさかなでることは、死者の、敗北者の、少数者の、声なき者たちの〈歴史〉を回復することである」（高木　二〇〇二、一四一―一四二）というものだ。『バルミー医師の二つの物語』では多層ナラティヴを用いて普通の人たちの声をオーラル・ヒストリーとして提示したブエロ・バリェホは、本作品においても勝利者による正史が決して語ることのない一家族の物語に光を当て、「死者の、敗北者の、少数者の、声なき者たちの〈歴史〉を回復する」のである。

本章では、舞台を三〇世紀にすることの効果を考察し、父親による長男殺しの意味を問いながら、ブエロ・バリェホが行う歴史の書き換え作業を論証する。また、重要な小道具である絵葉書や明り取りの分析を通して、記憶の隠蔽と回復、フィクションと歴史の関係を論考し、『明り取り』を歴史叙述の実験作品として読む可能性を提示する。

一　歴史劇としての『明り取り』

幕が上がる前に舞台に現れる「彼」と「彼女」は自らが未来の人間であることを強調し、これからプロジェクターが映し出す一九六七年に生きる人間を幻影と呼ぶ。実験者によれば、実験参加者となる観客は、はるか一〇世紀前の出来事を高性能プロジェクターによって、まるで生きた人間がそこに存在しているかのように見ることができる。イグレシアス・フェイフォーは、「これらの歴史劇［『民衆のために夢見る者』、『ラス・メニーナス』、『サン・オビーディオの演奏会』］が現在に光を当てるために過去について語る寓話であるなら、『明り取り』はある意味で『逆の』あるいはア・ポステリオリな歴史劇と見なすことができる。架空の未来から現在に光が当てられるのだ」（Iglesias Feijoo, 2004：17）と述べる。

三〇世紀の未来を舞台上の現在に設定したのは、観客に客観的な目で一九六七年を観察させるためであると論ずる研究者が多い。観客は「彼」と「彼女」によって自分たちが三〇世紀の人間であることを何度も確認させられ、一九六七年から距離を置くことを求められる。さらに、幻影と呼ばれる登場人物たちがゆっくりと動き始め、機械操作されていることが強調されるとき、観客は舞台上の一九六七年をフィクションとして観察するであろう。しかし、忘れてはならないのは、観客は実際には一九六七年を生きており、舞台上の人物への感情移入は免れないということである。そうであるからこそ、「彼」と「彼女」は第一部の最後に、「みなさんの世紀に戻ってきてください」と観客に呼びかけるのだ。彼らは三〇世紀の実験参加者、つまり実験を見る主体でありながら、同時に実験対象である一九六七年の市民、すなわち見られる客体なのである。主体であると同時に客体である観客は、裁く者でありながら裁かれる者でもあるという両義的な立場に立たされる。

従来の歴史劇においては、観客は常に見る主体となり、過去の出来事を客観的に見て裁く者となることが多いように思う。舞台設定が現在と同時代である場合、観客と舞台上の人物は見る主体と見られる客体の関係にあっても観客がそのことを強く意識することはないだろう。観客が登場人物と同化した場合でも、自らを見られる客体であると意識することはほとんどないだろう。本作品でブエロ・バリェホが用いた設定では、観客は実験の観察者という立場に置かれ、見る側・裁く側であることを強く意識させられる。しかも、見る対象が一〇世紀ほど遡る過去の物語であることが強調され、観客は客観性を持つことを要求される。しかし、「彼」と「彼女」が舞台から姿を消し、「幻影」が自然な動きをするとき、観客は自らを登場人物に同化することに抗えないであろう。そして観客は、見られ、裁かれる側に身を置くことになる。つまり、本作品で用いられる時間軸のずれは観客の両義的な立場を可能とするのである。

二　個人の前景化とテクストへの書き込み

三〇世紀の実験者が実験対象として選択するのは正史として叙述されることのない名もなき一般家庭である。「彼女」が一九六七年の社会について語る言葉は示唆的である。

これらの幻影が生きていた時代には、人は木ばかりを見ていると森全体を見ることができないと言ったものです。そして、森を見る目が非人間的にならないためには木々の一本一本を見ることも必要なのだということを、時間の経過とともに忘れてしまいました。

そして、「これは広大な森の中の、もう死んでしまった数本の木のヒストリーです」という言葉を残して、退場する。

広大な森とは社会であり、木が一人一人の人間であることは言うまでもない。実験者は劇の冒頭で個人としての人間の重要性を観客に訴えている。歴史として記録されるのは、ある特定の社会、あるいは特定の出来事・人物であるが、本作品は正史として記録・叙述されることのない普通の人々を描くことが強調される。約一〇世紀前の一家族の映像を用いた実験は、広大な森の中で決して注目されることのなかった個々の木の物語を前景化する。その結果、過去に封じ込まれた個人の記憶、すなわち個人の歴史を回復し、ひいては正史の見直しを可能にする。本作品における名もなき者の前景化は、プロジェクター映像によって行われるわけだが、映像内の認知症の父親の切り取り作業、および明り取りのなぞなぞ遊びにおいても行われる。

プロジェクターが映し出すのは、父、母、長男ビセンテ、次男マリオの四人家族である。長男は出版社に勤め、家族のなかでただひとり経済的に成功し、一人暮らしをしている。彼は内戦直後に移り住んだ半地下の家に住み続けている両親と弟を経済的に援助している。七五歳になる認知症の父親の趣味は、ビセンテが持ってくる古い雑誌や絵葉書に写った人物を切り取り、自分専用の引き出しに入れることである。では、父親の切り取り作業の分析から始めることにしよう。

父親が切り取るのは、有名人でもなければ、ポーズをとったモデルでもない。風景の一部として写真に撮られた通りすがりの人間である。写真に閉じ込められた無名の人物は、絵葉書を見る者にとって存在しないに等しい。しかし、父親は広大な森の中で一本一本の木を確認するかのように、小さく写っている人間にこだわる。時にはルーペを持ち出して点ほどの小さな人物を眺めては、「それは誰なのか？」と繰り返す。ビセンテが「ごみ」と呼ぶ古い絵葉書や雑誌から、父親は一個人の物語を創り出そうとする。「個物への問いは、そのまま歴史への問いになる」というベンヤミンの思想に従えば、父親の質問は歴史への問いにほかならない。父親は無名の人々を切り取るのは彼らを絵葉書から救うためだと言う。彼は、切り取って救出した人物を「待合室」と呼ぶ引き出しに入れ、列車に乗せる機会をうかがっている。この切り取り作業は何を意味するのか。背景すなわちコンテクストから無名の人物を切り離し、それが誰なのかを問うことにより、父親はコンテクストに埋もれた個人、すな

図27　明り取り越しに見える人影を見ながら話をする父親と二人の息子
（『明り取り』1977年公演）

わち歴史の表舞台には決して姿を見せることのない個人に光を当てる。彼は切り取りながら、「ロセンダは素晴らしい。ビセンタは豊満だ」と鼻歌を歌い、たまたま写真に写っただけの無名の人物に固有名を与える。ベンヤミンが固有名に注目したことを論じる今村は、「何よりも名前、とりわけ固有名が凝縮した歴史的経験を語りだす。（略）名前は記号ではない。名前は歴史そのものである。名前の考察が歴史の考察である」（今村　一九九五、九一）と記す。父親の作業は、背景（コンテクスト）中心の絵葉書において人物を前景化し、その人物に対して新たなコンテクストを構築すること、つまり、無名の人物についての記憶を書き込み、物語を再構築する試みである。

無名の個人の前景化は、半地下の家の明り取りによっても行われる。ここで、扉と窓の違いを論ずるゲオルグ・ジンメルの窓についての記述を見てみよう。「窓は内から外を見やるためのものであり、外から内を覗きこむためのものではない。

窓はたしかに、その透明性ゆえに、いわば持続的、連続的に内部と外部のあいだを結んではいる。しかし、この結合がつねに一方向にしか向かわないこと、しかも窓を通過するのが視線に限定されていること」（ジンメル二〇〇四、九七）を指摘する。しかしながら、明り取りの場合は少し事情が違う。半地下にある住居にとって明り取りの機能は光を取り入れることである。通常の窓における内部と外部の関係とは逆になり、明り取りは外から内へと光が通過する場所なのである。では、本来、内から外を見るためのものではない明り取りから外を見るとき、そこに何が生まれるのか。内部と外部の結合が通常とは異なる方向で行われるとき、そこには意識的な視線が存在する。その意識的な視線によって、ビセンテとマリオは幼少時になぞなぞ遊びをしていたのである。彼らは明り取りから通行人を見て、それがどんな人物であるのかを想像して遊んでいた。通行人の身体の一部分しか見えないからこそ、すぐに通過してしまうからこそ、即座に彼らは想像力を大きく膨らませて物語創りをしていたのである。しかし家を出て久しいビセンテは明り取りを使って遊んだことさえ忘れており、通行人について考えるなど何の意味もないことだと言う。そのビセンテが、次第に明り取りから見える無名の人々に注意を向けるようになっていく。

明り取りは「誰でもない者」に注意を向けるための道具となる。イグレシアス・フェイフォーも指摘するように、普通に道を歩いていれば、我々は道行く人の誰にも注意を向けずに通り過ぎてしまうだろう（Iglesias Feijoo, 1982：360–361）。ところが、明り取りという狭い枠によって限定された空間に下半身だけが見えるからこそ、その人物について想いを巡らすことになる。枠を設けることで見えない部分が作られ、それによって物語創りが可能となる。マリオは、「その物語創りは、観察されている本人さえ気づかない真実を教えてくれるのではないか」と言い、「真実の啓示」でさえあると兄のビセンテに告げる。

明り取り同様、「彼」と「彼女」が行う実験も枠によって制約された空間であると言える。プロジェクター映

図 28　明り取りを通じて見えてくる真実があると兄のビセンテに力説するマリオ。テーブルには彼らの両親とビセンテの秘書であり愛人のエンカルナ
（『明り取り』1997 年公演）

像は限定された場所の長い歴史のほんの一瞬を映し出す断片である。マイケル・トンプソンは「不完全な視線――『明り取り』のメタシアター」と題する論文で、プロジェクター映像や明り取りから見える光景が部分的であるからこそ、洞察、想像、創造の余地が生まれる（Thompson, 1995：183）と論じている。つまり、枠を設け、制限することは見る側の解釈の介入を可能にする。見えない部分、空白にされた部分が新たな書き込みによるフィクションの創作を可能にするのである。では、本作品では具体的にどのように書き込みが行われるのだろうか。

観客は、スペイン内戦直後の出来事をトラウマとして抱える家族の物語をプロジェクター映像として舞台上に見るのだが、そのプロジェクター映像とはどのようなものなのか。

彼　音は回復不能であるため、会話は唇の動きによって再現され、人工的に付け加えられました。人物が背中を向けていたり、あるいは彼らの映像が鮮明でない場合は、コンピュータ（中略）が観察不可能な言葉を推測しました。生活音も同様に後から追加されました。

実験者である「彼」によれば、プロジェクターが映し出す映像は当時のままであるが、音声は加工されたものであり、それがオリジナルに近いかどうかは疑わしい。すなわち舞台上で演じられる過去の再現は、最新のコンピュータが復元した過去に後から手が加えられたものであり、舞台上での現在、すなわち三〇世紀に生きる人間の想像や創造が書き込まれたものである。とりわけ列車の音は、実験者の判断で加えられた効果音なのである。彼らは、「隠蔽された不安を表現するために列車の音を利用しました。なぜならその不安を際立たせる必要があると判断したからです」と言い、その音は「思い（pensamiento）」を表すと説明する。

同様に、明り取りの遊びも見る者の心のなかを映し出す。その遊びの目的は部分的に見える下半身から、その通行人がどのような人間でどのような状況にあるのかを想像することであり、事実を知ることではない。明り取りから見える光景の解釈は、見る者の思いを映し出す鏡となる。とりわけ、「ビセンテにとって明り取りは彼自身の強迫観念を映し出す鏡となる」（Iglesias Feijoo, 1982：360）のである。ビセンテは作家ベルトランが明り取りの前を通ったように思い、動揺する。ベルトランはビセンテの勤める出版社が契約を結んでいる人気作家であるが、新組織の命令により彼の契約解除が決定した。ビセンテはベルトランにその旨を言い渡すという重い任を背負っていたのだ。通行人の身体の一部を見て創造する物語には、見る主体の思いが書き込まれている。

このように、プロジェクター映像も明り取りも、枠で囲った断片を提示することで、見る者の想像力および創造力を掻き立てる。そこに映し出される像には、見る者自身の不安・恐怖・願望などが投影され、それゆえに見る者の気持ち次第でその像の持つイメージは変化する。

正史が提示する歴史の断片に人々の「思い」は含まれない。歴史に欠如した「思い」を想像あるいは創造し、テクストに書き込むことが歴史を読み直し、かつ書き直す作業となるであろう。実験者は、「思い」すなわち「隠蔽された不安」を表すのが列車の音であると述べた。列車にまつわる記憶は、この家族のなかで長年隠蔽され、捏造されてきた。そのような記憶は回復されるのだろうか。

三　隠蔽された記憶

内戦後の混乱のなか、ビセンテだけが列車に乗り込んだ出来事に関して、家族は事実を歪曲して記憶してきた。家族が捏造した記憶は次のとおりである。ビセンテは父親に列車に乗れと言われ、なんとかしてトイレの窓から乗り込む。しかし、列車は戦地から帰還した兵士で溢れ、敏捷なビセンテを除く家族は誰も乗り口に近づくことさえできない。家族が乗り込めないのを見たビセンテは降りようとするが、他の乗客たちに押されて身動きがとれず、降りられないままに列車が発車してしまう。その時、彼は一家全員の食糧が入った袋を首にくりつけていたため、残された家族に食べるものはなく、二歳の妹が餓死してしまう。この物語が家族の公の記憶として三〇年近く共有されてきた。これは、岡真理が『記憶／物語』で論じていることが起きたためだと言える。つまり、「〈出来事〉に偽りのプロットを与えること．それは、私たちが、その〈出来事〉を物語として完成させ、別の物語を生きるため、〈出来事〉の暴力を忘却するため」（岡　二〇〇〇、九二）ということだ。実際にはビセンテが故意に列車から降りなかった事実が、初めて弟のマリオによって掘り起こされる。

何年もの間、自分が間違って記憶しているんだと思い込もうとした。家族みんなが受け入れているバージョンを信じようとしてきたんだ。でもできなかった。だって、子供だった僕のあっけに取られた目に見えていたのは、窓から見える兄さんの姿、列車から降りる振りをしてたけど、兵隊たちが笑いながら兄さんをぐいぐい押してくれるのに必死に抵抗する姿だったんだから。どうして降りられなかったんだい？

偽りの記憶を捏造したのは、長男を溺愛する母親だったのではないか。彼女はビセンテに異常ともいえる愛情を示し、息子の訪問に狂喜する。母親は長男の幼い頃からの好物である渦巻形のパイ菓子エンサイマーダと牛乳で彼をもてなし、いつまでも小さな子供のように扱う反面、彼の経済力に頼って生きている。毎月の手当てや電化製品の購入のためには、長男の現在の成功が維持されなければならない。彼女は列車の出来事を話題にすることを避け、その時の記憶を隠蔽し続ける。マリオが列車での出来事について執拗に聞いても、母親は捏造した記憶を語るだけである。そして、「父さんには列車の話をしてはだめよ。話をややこしくする必要はないの。生きていかなければならないのだから」とマリオに言うのだ。母親とビセンテは共犯関係を結び、末娘の死や父親の認知症、そして兄弟の確執など、そのすべての原因となっているビセンテの罪を隠蔽する。

一方、父親は家族が共有する捏造された記憶のバージョンを受け入れていない。父親のなかで家族、すなわち父、母、長男、次男という関係は崩壊している。彼にとって妻は時として自分の母、時として同居しているどこかの女性であり、息子たちはどこかよその若旦那なのである。父親のなかで家族という共同体はすでに解体しているため、共同体の記憶を持つ必要もない。彼は自分には妻とマリオという息子がいることを認識することもあるが、マリオの年齢は内戦直後の一〇歳で止まっている。父親の記憶は列車の出発直前で止まったままなのである。彼にとって列車はまだ出発していないため、長男のエゴイスト的な勝手な行動は起きておらず、列車出発後のいかなるバージョンの記憶も存在しない。娘エルビリータを死から守らなければならないという義務感に支配される父親は、明り取りから見える近所の子供たちを自分の子供だと錯覚し、末娘の面倒をしっかりみるようにと話しかける。母親が記憶の隠蔽・捏造によって過去に囚われているのだとすると、父親は忘却すること、すなわち列車の出来事以後の記憶を空白化することで過去に生きる。しかし、父親は列車の出来事を完全に忘却しているのだろうか。

父親が明り取りを列車の窓と勘違いするようになったと聞いたビセンテは、頻繁に実家を訪問するようになる。すると、それに並行して父親の凶暴な態度が悪化する。ビセンテの姿が父親の抑制された記憶を刺激するためか。ニューマンが指摘するように、父親は沈黙すること、あるいは気が狂うことで息子に対する過剰な暴力を抑制している（Newman, 1992 : 71）とするならば、両親のためにビセンテが購入したテレビを叩き壊すという父親の暴力は、彼の記憶の回復を意味するのではないか。果たして父親は記憶の回復によってビセンテに対する怒りを再燃させたのか。

四　父親による息子殺し

内戦直後のあの日、マドリードに向う列車にひとり乗り込んだビセンテは、今では編集長として成功し、経済的・社会的に安定した生活を送る。家族五人の食糧を独り占めし、残された四人を犠牲にして生き延びたように、彼のその後の成功も他人の犠牲の上に成立している。マリオはビセンテが生きている世界を非難する。

真っ正直な人間は僕らの時代には生きていけない。みんな、いんちき、ペテン、裏取引をして生きている。他人を踏みつけて生きているんだ。

ビセンテは、家族のなかで唯一半地下のアパートから脱出し、文字通り地下にいる家族を踏みつけ、また他人を犠牲にして生活している。ビセンテが勤務する出版社を別の企業が買収し、経営陣が変ると、それまで友好的に仕事をしてきた作家ベルトランとの契約を破棄するように命じられる。ビセンテはベルトランの契約済みの二作品の出版を即座に取りやめ、すでに出版された著作については冷評ばかりを雑誌に掲載する。一九六七年という時代を考えると、ビセンテに対する上からの命令はフランコ政府の圧力を示唆していると言える。ビセンテのしていることは出版物を操作する検閲行為にほかならない。ここで注目したいのは、父親とは目的が異なるにしてもビセンテも切り取り作業をしているということである。ビセンテはベルトランの著作を検閲行為によって切り取り、批評を操作することで彼の作家生命を断つのだ。

秘書のエンカルナもビセンテの犠牲者である。彼女は貧しい家の出身で、両親に先立たれ、生きていくために職を転々としてきた。そして、ようやく得た安定した今の仕事を失えないという事情を利用し、ビセンテは彼女を愛人にする。しかし、彼には結婚する気など全くなく、彼女の妊娠を知ると、彼女をいとも簡単に切り捨てようとする。ビセンテにとって、社会で生き残るためには一本や二本の木を切り落とすことなど重要でない。数本の木が倒されたからといって森全体には何の影響もないというのが彼の考え方なのだ。

ビセンテが自ら犠牲にしてきた者たちを「誰でもない者」と呼び、切り捨てるのとは対照的に、父親は、無名の、存在したことすら忘れられている人物が誰だったのか、何をしていたのかと問い続ける。それは公の歴史ではない普通の人たちの歴史に注目することであり、正史が行う個人の無名化への抵抗である。しかし、父親は無名の人々に対する記憶の回復を試みる一方で、長男ビセンテを自らの記憶から抹消する。「僕が誰だかわかる?」と聞くビセンテに、「先ほども言いましたが、あなたは私のファイルにありませんよ」と父親は息子を無名化する。父が切り捨てるのはビセンテだけではない。彼はマリオに「おまえは誰なんだ?」と聞いたり、妻に対して「どちらさまですか?」と聞いたりもする。父親は時としてマリオと妻をも切り捨てるのである。彼ら一家の家族写真があるとするならば、父親は妻、長男、次男を背景から切り取り、救って引き出しに入れるのではなくゴミ箱に捨てるということになる。写真には自分自身と幼い末娘エルビリータ以外写っておらず、三人の人物がいたところが空白になっている、ということになろう。人物を残し、コンテクストを破棄した場合、コンテクストの再構築が可能であるが、コンテクストを残し、人物を破棄することは正史の歴史叙述が行っていることと同じである。本作品が提示する歴史叙述のあり方については後で論じることにして、まずは、父の子殺しについて考察していこう。

ビセンテは告解して気持ちを楽にするかのように、父親に自らの罪を打ち明ける。しかし彼は自分の過ちを認めながらも、あくまでも自己を正当化する。

僕だって子供だったし、その頃人間の命なんて何の価値もなかったじゃないか……戦争では何十万という人が死んだ……そしてたくさんの子供たちも……空腹や爆撃が原因で……妹が死んだって知ったとき、僕は思った、子供の犠牲者がもう一人って。まだ生きることを始めたともいえない女の子……父さんが僕にくれたこの紙の人形とたいして変りはしない……

そしてビセンテは、「卑劣な社会では、誰も卑劣な行為に歯止めをかけられない」と言い、社会に責任転嫁する。

図 29　はさみで息子ビセンテを刺し殺す父親（『明り取り』1997 年公演）

卑劣な社会とは内戦の勝者たちが動かす社会を示唆する。スペインでは一九六〇年代から経済発展計画が始まる。経済発展はテクノクラートによって「イデオロギー化され、国家目的と彼ら自身の存在、言いかえれば、フランコ政権そのものを含む存在を正当化する手段として」促進された（ソペーニャ　一九七七、一五五―一五六）。経済発展が可能にする消費社会は独裁体制が操作していたのである。ビセンテの贅沢な身なりや自家用車の購入は、彼が経済発展する社会での成功者であることを示す。そういった社会に対する父親の嫌悪がテレビに関するエピソードによって明らかになる。ビセンテが両親のために購入したテレビを見ていた父親は、冷蔵庫や洗剤のコマーシャルが始まると、狂ったように椅子でテレビを叩き壊したと言うのである。コマーシャルが象徴するのは消費社会であり、電化製品や車を自由に購入できるビセンテはまさに経済発展がもたらす消費社会を体現する。父親によるテレビの破壊は消費社会の瓦解を示唆し、そのような社会を体現するビセンテ殺しの伏線となる。

父親はなぜ息子を殺したのか。ドメネクは、「父さんは自分を神様だとでも思っているんだ」というビセンテの台詞を引用し、本作品では父親が神を象徴すると論じている（Doménech, 1971：37）。敷衍《ふえん》すれば、父親の記憶において家族はすでに崩壊し、彼が父親（padre）の役目を果たしていないにもかかわらずpadreと呼ばれるとき、その呼び名に父親ではなく神（Padre）という意味が付与されるという解釈も可能である。しかし、神が自らの手で人間に罰を与え殺すとは考え難く、ビセンテの死が彼の罪に対する天罰であるという解釈が適当とは思えない。ただ、「殺すこと――人間が自分が創ったのではない生命を滅ぼすこと――は、『神をまねるわざ《インターティオ・ディ》』に他ならず、無神論者が殺人を犯した場合でも、このことに変りはない」（エイベル　一九八〇、六三）というライオネル・エイベルの言葉に従うなら、『明り取り』の父親も、殺すという行為において神をまねていることになるのであろう。

罪を認めながらもあくまでも自分の行為を正当化するビセンテは、おそらく今後も犠牲者を増やしていくのである。ビセンテの死は父による処罰であると同時に救済であると考えることもできる。殺人に使用されるはさみは、それまで父親が多くの無名の人物を切り取り、救ってきた道具である。犠牲者を踏みつけるために再び地上に戻ろうとするビセンテを殺すことは、彼が罪を重ねることからの救出であり、将来の犠牲者を救うことでもある。そのはさみで息子を殺すとき、父親は国家システムに取り込まれた息子を、永遠に脱出不可能なそのシステムから救っていると言えるのである。ビセンテの死に対して自分にも責任があるというマリオの「彼を救いたかった……そして殺したかったんだ」という言葉も、兄の死が同時に救出でもあることを示唆する。

あるいは、ビセンテ本人が望んだ死を父親が与えたと考えることもできる。本作品では、列車に乗ることはフランコ独裁下のスペインにおいて独裁制が敷いたレールの上を走り続けることを意味する。ビセンテは列車で走り続ける生活に疲れてはいるが、一度乗ったら最後、途中下車できないことを知っている。

実を言うと人間であることに疲れているんだ。恐怖と悪意に満ちたこの生活にもう耐えられないほど疲れてしまった。でも、もう子供時代には戻れない。

ビセンテは列車から降りるためには死ぬしかないことを知っている。彼が頻繁に実家に戻り、以前は決して見せないようにしていた列車の絵葉書を父親に見せるとき、そこには罰せられ、浄化されたいというビセンテの望みが読みとれる。ここで思い出されるのは『バルミー医師の二つの物語』のダニエルの死である。彼も拷問という暴力を行使する警察システムから抜け出せずに、最後には妻メアリーが差し向ける銃口に自ら近づいていく。ビセンテとダニエルに共通することは、システムの歯車として永遠に抜け出すことができないと判断したとき、自ら死を受け入れるということだ。その場合に、死を決定するのが個人あるいは社会の価値判断ではなく、判断力を持たない狂人であることが重要である。なぜなら、メアリーのダニエル殺しと同じように、父親のビセンテ殺しは意図的なものではなく、国家権力が自ら生産した抵抗だからである。父親はエルビリータに死をもたらした息子だと認識してビセンテを刺したのか、あるいは息子とわからずに刺したのか、彼に制裁を加えるつもりで刺したのか、一時の激情にまかせて刺したのか、一義的な意味の付与は永遠に不可能である。権力が自ら生み出した抵抗は、その暴力に意味づけがされてはならず、判断力をもち得ない狂人の行為においてこそ可能となる。

五　フィクションと歴史叙述

これまで、絵葉書・雑誌の切り取りや明り取りが作る枠が、想像や創造の介入を可能にし、フィクションを形成すると論じてきた。このフィクションあるいは物語創りは歴史叙述の問題と大きくかかわる。歴史とフィクションの関係については多くの批評家が論じている。たとえば、『岩波講座文学9　フィクションか歴史か』のまえがきで兵藤裕己は、「歴史とは、事実として与えられるものではなく、過去のできごとをいかに物語るかという語り方の問題だ」(兵藤　二〇〇二、一)と記している。

約一〇世紀前の現実をほぼそのまま復元しているという最新のプロジェクター映像は、客観的事実を伝える史料であると言える。そして、この実験によって証明されるのは、ヒストリーとして表象するためには客観的事実だけでは十分でなく、人々の想像や「思い」を加えなければならないということである。「彼」と「彼女」の言葉がプロジェクター映像の特徴を明確にする。

彼女　事物と心の境界線はどこにあるのでしょうか?

彼　あなたたちが今見ているのは完全な現実における経験で、完全な現実とは出来事と人々の思いが離れがたく混じり合ったものなのです。

事実と「思い」の融合はポストモダンの歴史家たちが提唱することであり、本作品には歴史あるいは歴史叙述への新しい取り組み姿勢を見ることができる。一九六七年の映像を三〇世紀という舞台設定で見るとき、観客は語られる過去、すなわち歴史を意識せざるを得ない。また、父親が人物を切り取る絵葉書や雑誌はどれも古いものであるため、切り取る背景は過去なのである。つまり父親の「それは誰なのか」の質問によるコンテクストの再構築は歴史の再構築でもあるわけだ。マリオは、「物事や人間を普通とは違う角度から見る」と言い、「行動する者たちはめったに注意して見るということができない。あんたたちは前から信じている決まりごとしか見ないんだ。僕は決まりごとを避けたいと思っている」とビセンテを非難する。ここでは、物事に対する新たなアプローチが奨励され、慣例化した定型的なアプローチからの脱却が示唆されている。

父親の息子殺しと歴史叙述に立ち戻って考察しよう。ビセンテを殺すことは彼を救済することでもあると先述した。父親と二人だけになったビセンテは、過去の出来事の捏造された記憶を振り捨てて、真正バージョンの記憶を語ろうとする。だが、父親は真実を語り始めたビセンテをはさみで殺害してしまう。父親のこの行為は記憶の隠蔽にならないだろうか。父親は列車に乗るなと言いながらビセンテを何度も刺すが、殺すことでビセンテが列車に乗り込んだ事実、あるいはその結果として末娘が餓死した事実が消えるわけではない。息子が捏造されたコンテクストを語り直し、新しい歴史を構築しようとするのを、父親が妨害したのである。それはまさに正史のための歴史叙述において従来から行われてきたことにほかならない。

『明り取り』においては二通りの歴史叙述方法が提示されているように思う。つまり、個人の記憶を無視する正史における歴史叙述の方法と、それに抵抗する別の歴史叙述、すなわち無名の人々の記憶を回復して歴史を構築する方法である。その拮抗する二方法は父親というひとりの人物によって表象されており、まさしく本作品は歴史叙述の実験の場になっていると言えるであろう。

六　新たな歴史叙述

観客が見る主体であると同時に見られる客体であり、両義的な立場にあることは先に論じた。実験も終わりに近づいたときに、実験者は観客のその両義的な立場を強調する。

彼　もしあなたたちが、未来の良心というべきものによって観察され裁かれる二〇世紀の人間であるように感じる瞬間がなかったとしたら、あるいは、過去に生きた人々、おそらくはあなたたちとあまり変らない人々を、厳しくかつ哀れみをもって裁く未来の人間であると感じる瞬間がなかったとしたら、この実験は失敗です。

観客が三〇世紀の人間つまり主体であると同時に、二〇世紀の人間つまり客体であると感じることこそがこの実験の目的なのである。

ドミニク・ラカプラは、歴史記述とレトリックの関連について論じるなかで、「歴史記述に関しては、断わるまでもなく、過去を共感的に描写すること（これはある程度の同一化を必要とする）と、過去に対して批判的距離をおくこと（科学的客観性と批判的判断のために）との関係が、ひとつの問題としてある」（ラカプラ　一九八九、四七）と記述する。つまり、『明り取り』における実験によって観客に課せられた役割は、歴史記述が問題としているレトリックと共鳴するのである。

本作品は、観客、半地下に住む家族、とりわけ父親を両義的な立場に置き、主体／客体、善／悪、裁く者／裁かれる者などの二項対立の想定に基づく感情移入を拒む。この二項対立の解体は事実／フィクションの対立をも脱構築する。プロジェクター映像、明り取り、絵葉書の切り取り作業は、枠の設定により「洞察」「想像」「創造」を可能とし、実験者「彼」が言うように「出来事と人々の思いが離れがたく混じり合った」「完全な現実」を作り出す。ブエロ・バリェホが提示する「過去から救い出すことのできたヒストリー」は無名の人たちの現実であり、その現実を舞台にのせることは正史が排除した別の歴史を構築することになるのである。

第八章　グロテスクなものの舞台化
――『理性の眠り』に描かれるゴヤの幻想と黒い絵――

ブエロ・バリェホは一九六九年六月に『理性の眠り』の執筆を終え、上演許可の申請を提出するも、検閲局の「行政の沈黙」の行使により、上演許可を得ることはなかった。しかし、同年一〇月に情報観光省の大臣がマヌエル・フラガ・イリバルネからアルフレド・サンチェス・ベリャに交代するやいなや、削除も修正もなしに本作品の上演許可が下りる。後任者が好印象を得るために、前任者の抱えていた難題を即座に解決するということが当時少なからずあったらしい。検閲の基準が恣意的であいまいだったということを裏付ける出来事である。一九七〇年二月六日、マドリードのレイナ・ビクトリア劇場で初演された本作品は「観客と批評家賞」を受賞した。

本作品のタイトル『理性の眠り』は、一八世紀後半から一九世紀のスペインを代表する画家フランシスコ・デ・ゴヤの銅版画《理性の眠りは怪物を生む》（図30）から来ている。それは、机に突っ伏して眠る男性、背後に横たわる猫とその周りを飛び交うフクロウやコウモリを描いた、ゴヤの銅版画のなかでもよく知られた作品である。画家ゴヤが主人公の舞台には、国王フェルナンド七世、腹心のカロマルデ、ゴヤの愛人レオカディア、ゴヤの友人であり医師であるアリエタ、ゴヤの息子の配偶者グメルシンダ、司祭ドン・ドゥアソなど実在の人物が登場する。時は一八二三年一二月、ゴヤ七六歳、レオカディアとともに住む「聾の家」で黒い絵シリーズを制作中の頃である。ブエロ・バリェホは他の歴史劇を執筆したときと同じように、ゴヤとその時代について入念な下調べをしており、本作品においても人間関係や出来事などは史実に忠実な部分が多い。ブエロ・バリェホはすでに二人の国王、『民衆のために夢見る者』ではカルロス三世、『ラス・メニーナス』ではフェリペ四世を舞台にのせており、本作品のフェルナンド七世が三人目の国王となる。「その三人はいずれも専制君主であったが、三人目は最悪だった」（Buero Vallejo, 1994：451）と作家本人が述べている。フェルナンド七世の絶対王制がフランコの独裁制を暗示すると論じる研究者は少なくない。戦後の飢餓、犯罪の多発、検閲や弾圧など、共通点が多いことは明らかである。そのような点に加えて、『ブエロ・バリェホの演劇における距離と没入』の作者メアリー・ライスは、自由主義の試みが失敗し、軍事力によって全体主義政府が復活したという点でも共通すると指摘する（Rice, 1992：28）。しかしながら、本論では二つの時代の類似点を挙げて論じるという作業はせずに、『理性の眠り』における演出法に焦点を当て、ゴヤという人物が、そしてゴヤの創作した作品が、いかに演劇的に用いられているのかを分析する。

『理性の眠り』は、イグレシアス・フェイフォーによれば、「音（沈黙）、光、映像、動作、パントマイムを統合した作品であり、批評家はテクストを読むだけではなく、観劇することが不可欠な作品である」（Iglesias Feijoo, 1982：397）。観劇する機会がない場合であっても、舞台上がどのような状態にあるのかを想像力豊かにイメージしてテクストを読む必要があるだろう。本作品は演出技法においてブエロ・バリェホ作品のなかで頂点を極めたと言われる。ジョン・W・クローニックは、前衛的な実験演劇とは距離を置き、伝統的な演劇の範囲内にとどまってはいるが、オリジナリティがあり、大胆な試みを追求していると本作品を評価している（Kronik, 1984：259）。

図 30　ゴヤ《理性の眠りは怪物を生む》
（プラド美術館、マドリード）

また、英語訳の『理性の眠り』に上演の覚書を書いているクリストファー・デ・ハーンは、「本作品の技術的な要求を満たすことは、多くの劇場にとって挑戦となるであろうが、本作品が果たす舞台芸術への特別な、かつ多大な貢献がアメリカ中のステージ上で見られるのだ」(De Haan, 1998 : viii) と述べている。

本作品がこれまでの作品と大きく異なるのは音の使い方である。すでに全聾となったゴヤが舞台上にいるとき、観客は他の人物の声や物音を聞くことはない。つまり、観客はゴヤと同じように聴覚障害を持った状態にさせられて舞台を見なくてはならない。また、現実の音ではないがゴヤには聞こえる音、たとえば、その場にはいない人物の声や動物の鳴き声などが観客には聞こえる。言わば、観客はゴヤの幻聴を共有するのである。先に分析した『燃ゆる暗闇にて』と『サン・オビーディオの演奏会』のなかでブエロ・バリェホは、劇場内全体の照明を消すことによって観客に登場人物と同じ盲目状態を体験させている。観客を舞台上に取り込むこと、そして観客に登場人物と同じ体験をさせることは、ブエロ・バリェホが好んだ「没入の効果」と呼ばれる手法である。その「没入の効果」が『理性の眠り』においても演出されていると言えるであろう。ただ、一時的に観客の視覚を制限するという前述した二作品の演出よりも、より複雑な効果が本作品にはあるのである。

特筆すべきもう一点は、舞台正面奥の壁に、ゴヤの黒い絵が入れ代わり立ち代わり大きく映し出されることである。作品一点が大きく映し出されることもあれば、二点あるいは三点が同時に現れることもある。ゴヤが約四年間暮らした「聾の家」では、一階の食堂と二階のサロンの壁に一四点の大きなグロテスクな絵が描かれていた。したがって黒い絵を壁に大きく映す演出は、ゴヤが晩年を過ごした「聾の家」が舞台であることを明らかにする。

本章では、『理性の眠り』において黒い絵の映像、ゴヤの聴覚障害と幻聴、そしてゴヤの夢と幻覚がどのように演出されているかを分析し、その演出によって可能になる効果を考察する。

一　黒い絵の効果

まず、『理性の眠り』の舞台正面の壁に映写される一四枚の黒い絵を確認しておこう。登場順に、《魔女の夜宴》、《わが子を喰らうサトゥルヌス》、《ユーディト》、《アスモデア》、《自慰する男を嘲る二人の女》、《レオカディア》、《異端審問所の行進》、《二人の修道僧》、《サン・イシードロの巡礼》、《読書》、《決闘》、《犬》、《運命の女神たち》、そして《スープを飲む老人》である。これらの絵は、「黒い絵シリーズ」と呼ばれることからもわかるように、どれも黒を基調とした暗いトーンで、しかも描かれている人物のほとんどは人間なのか怪物なのか、死者なのか、あるいは悪魔なのか、判断に困るほどにグロテスクである。そのような絵が舞台正面の壁いっぱいに映し出されるとき、舞台には不吉で不気味な雰囲気が漂う。

ゴヤとともにこの薄暗い「聾の家」に暮らすレオカディアは、ゴヤよりも四四歳年下の内縁の妻である。実際のレオカディアは進歩主義的な思想の持ち主で、「不貞を働き、その乱行で別居中の夫から訴えられる」（大高一九八九、一八九）ほど自由奔放な女性であったようだが、ブエロ・バリェホの描く彼女にはそのような部分は強調されていない。舞台上では、進歩主義者として描かれているのはゴヤであり、彼は自由主義者やフリーメーソンに対して徹底的に制裁を加えるフェルナンド七世にあくまでも反抗する。ゴヤは宮廷画家でありながら、宮廷に出向くことを拒否し、家に閉じこもって黒い絵の制作に専念している。窓から石が投げ込まれたり、玄関のドアに十字架、あるいは異端者という文字が書かれたりという不穏な出来事が頻発しているため、レオカディアは身の危険を感じている。彼女は外出もままならぬ状態から脱出するためにフランスに亡命したいのであるが、

図31　神経質になっているゴヤの背後には黒い絵《アスモデア》
（『理性の眠り』1994年公演）

ゴヤは決して首を縦に振らない。ゴヤは自主的に引きこもっているのだが、レオカディアは「聾の家」に幽閉されていると言ってよいだろう。そして、黒い絵の薄暗さと気味の悪さが住人の閉塞感を演出しているのである。

先述したように、壁に映し出される黒い絵は入れ替わる。それぞれの絵が舞台上の人物やその場面の雰囲気と密接に関係していると指摘する研究者は多い。しかしながら、ゴヤの黒い絵のそれぞれをどのように解釈するかは非常に難しい問題であるため、何をもって密接に関係していると言えるのかを確認しておくべきであろう。ホセ・オルテガ・イ・ガセーはゴヤ論のなかで、「あらゆる作品は、『表現』という性格を持ったものすべてが普通そうであるように、曖昧なものである。したがって、記号を見るだけでは、作品を眺めるだけでは不十分なので」あり、「それを解釈しなければならない」と述べている。「画家がその作品に与えた意味」を理解するためには、「画家の意図は何であったのかを決定する必要があり」、「その画家の人間としての生の体系に注目せざるをえない」としている。そして、彼は、「画家の生こそ、われわれが彼の作品の意味を――その作品を知っている限り――まちがいなく読みとることを可能とする文法であり辞書なのである」（オルテガ　一九七〇、二七九―二八〇）と論じる。しかしながら、画家の生を捉えることは壮大な作業であり、作品の意味をまちがいなく読みとることなどは不可能であろう。絵の解釈はその絵を観る者によって異なると言わざるを得ない。本作品で提示されるゴヤの絵の解釈はあくまでも作者ブエロ・バリェホのものであることに留意しておくべきである。そして上演時には、作者の解釈に観客一人一人の解釈が加わることになるのである。では、舞台上でどのように絵の解釈が行われるのかを見ていこう。

舞台上では時折、登場人物たちが絵の解説をする。たとえば、レオカディアが医師のアリエタにゴヤの愚痴を言う場面では、《魔女の夜宴》が《アスモデア》にとって代わり、彼女は、怯える男性を魔女の夜宴に連れて行く絵の中の女性は自分なのだと説明する。アスモデウスが旧約聖書外典『トビト書』に登場する悪魔であり、「〈姦淫の悪魔〉と見なされ、結婚生活に嫉妬と不幸をもたらす悪魔と考えられた」（小山田　二〇〇二、一三四）ことを知っているのであれば、壁の絵とレオカディアの言葉の関係は一層深いものとなる。また、《異端審問所の行進》の前に立つゴヤは、《裸のマハ》を描いたかどで異端審問にかけられたときに、この絵のなかの人物のような目で見られたとアリエタに語る。そして、虫けらを見るような蔑みの目を向ける人間は、実は自分たちこそ醜い虫けらのような目をしていることに気づいていないのだと批判する。《二人の修道僧》の絵に関しては、ゴヤが、「この修道院においては、われわれみんなが修道僧なのだ(23)」と語る。フェルナンド七世の弾圧が横行する一九世紀のスペインを、あるいは、自分たちが生きる二〇世紀の独裁制下のスペインを「修道院」のようだと理解する観客もいるだろう。このように黒い絵に対する登場人物たちの解釈は、彼らの人物像および思考をわかりやすく表現するものとして使用されている。

黒い絵の映像は、観客がゴヤの対話相手の声を聞くことができないのを補うかのように、会話の内容をよりわかりやすく説明している場面もある。レオカディアが、娘マリキータは黒い絵に囲まれて暮らすことに恐怖を感じているとゴヤに手話で告げるとき、壁に映る《わが子を喰らうサトゥルヌス》が徐々に大きくなる。娘の父親

図 32　子供たちを知人に預けたと伝えるレオカディアに高圧的な態度をとるゴヤ（『理性の眠り』2013 年公演）

に対する恐怖は、レオカディアの発話が聞こえないため、彼女の言葉では十分に表現されないが、この絵によって十二分に表されるのである。また、司祭ドン・ドゥアソが筆談でゴヤと会話する[24]場面では、ゴヤがフェルナンド七世の治世への怒りを司祭にぶつけると、《決闘》が《異端審問所の行進》に取って代わる。フェルナンド七世の専制的絶対王制における自由主義者と保守主義者、立憲王制派と絶対王政派の対立の泥沼化を、《決闘》に描かれる殴り合いが顕在化するのである。

一方、声のみが舞台上に響くとき、つまりゴヤの幻聴を観客が共有するとき、映像はその声の示唆することを補強する役目を担う。たとえば、ゴヤの幻聴である娘のマリキータや女性たちの声が、若いレオカディアの不貞を示唆する言葉を発するときがそうである。聞こえてくる声は、老いたゴヤが若い愛人を満足させるだけの精力や魅力をもはや持ち得ていないという彼の強迫観念を表面化する。そして、そのとき、《自慰する男を嘲る二人の女》が壁に映し出され、ゴヤはその絵に目をやるのである。

　以上見てきたように、ゴヤの黒い絵を使用することにより、ブエロ・バリェホは舞台に様々な劇的効果を与えている。一つには、黒い絵の色調や人物のグロテスクな表情が、フェルナンド七世の圧政、密告や暗殺が横行する暗黒の時代、そしてその時代に生きる者たちの恐怖を演出するのに適した舞台装置となっている。二つ目は、登場人物が黒い絵に対して行う解釈が、その人物の考え方を観客が理解する際の助けとなっている。三つ目は、全聾のゴヤの立場で舞台を見る観客が、彼らには聞こえないゴヤの対話者の言葉を理解するため、またゴヤの幻聴が意味することを理解するための補助材料として、壁に映る絵が役立っているのである。

二　音の効果

　ゴヤが舞台上にいるとき、われわれ観客はゴヤ以外の登場人物の声、あるいは物音を一切聞くことがない。先述したように、これはブエロ・バリェホが好んで使用する「没入の効果」であり、観客は音の聞こえないゴヤの世界を彼と共有するのである。通常の会話のように音声を介して即座に理解することが難しい状況が作り出されるため、舞台上にはもどかしい不自由さが充満する。不自由なのはゴヤだけではなく、ゴヤと対話する人物にとっても意思の疎通が容易でない。この不自由な状況は、抑圧され自由を奪われた人間の身体的および精神的な不自由さを演出していると言えるだろう。

　ここで今一度よく考えてみたいのは、もっとも不自由を強いられているのは観客ではないかということだ。ゴヤは手話が読めるし、読話ができる。しかし、われわれ観客のなかでレオカディアの手話を理解できる者はそう多くはないであろう。加えて、観客が発話者の唇を読むことは距離的にも難しい。観客は、ゴヤが繰り返す相手の言葉を待たなければならず、あるいはゴヤの返答によって、相手が発した言葉を推測しなければならない。つまり、観客はゴヤを通してしか理解する術を持たないのである。観客はゴヤに同化すると同時に、ゴヤにすべてを委ねて舞台を見なければならない。メアリー・ライスは、「ゴヤの退場は、それまで状況を理解しようと大きな努力をしてきた観客にとっての息抜きとなる」（Rice, 1992：32）という興味深い指摘をしている。観客はゴヤと対話者のやりとりを理解するためにかなりの集中力を要求されるのである。したがって、ゴヤの身体的な不自由さを強制的に体験させられる観客は、自分の力ではどうすることもできず、誰かに、この場合にはゴヤに頼るしかないという精神的な不自由さを感じることになるだろう。

先ほどから述べているように、ゴヤが舞台上にいるときには、ゴヤの声は聞こえるが相手の声は聞こえない。観客は聴力を半分奪われるものの、代わりに、他の登場人物には聞こえない声を聞き、見えないものを見る権利が与えられる。イグレシアス・フェイフォーは、「ゴヤを取り巻く現実が直接的にではなく、彼の脳というフィルターを通して描かれ」、「観客は彼の強迫観念や虫の知らせなどを共有することも余儀なくされる」（Iglesias Feijoo, 1982：409）と論じており、権利というよりは義務として捉えているようである。しかしながら、他の登場人物には知り得ないゴヤの内面を、観客だけが理解できるのは一種の特権なのではないか。ゴヤの内面を理解することは、オルテガ流に言えば、ゴヤの作品をよりよく理解することであり、ひいてはゴヤの作品、とりわけゴヤが晩年に手がけた黒い絵と銅版画が重要な役割を担う本作品を深く理解することにもなる。

加えて、おそらくは観客にだけ聞こえている音、ゴヤにも聞こえているのかもしれないが彼が意識していないであろう音があることにも言及しなければならない。それは心臓の音である。舞台上にゴヤがいるとき、観客はしばしば心臓の音を聞く。それはゴヤの精神状態と連動し、時に強くなり、時に和らぐ。ゴヤは「恐れていない」

という言葉を何度も口にする。フランスへの亡命を促すレオカディアに対しては、「ここ、スペインで絵を描かねばならない」と言い張る。ゴヤにとって脅威となる二つの法令、つまり殺人以外であれば自由主義者に対するいかなる犯罪行為も罪には問わないという法令、そしてフリーメーソンや反乱の参加者は、出頭して他のメンバーを密告するのでない限り全員死刑という法令が発布されたときにも、ゴヤが亡命に同意することはない。しかしながら、ドクドクと脈打つ心臓の音が大きくなるとき、観客はゴヤがひた隠しにする恐怖を感じずにはいられない。医師のアリエタが司祭ドン・ドゥアソに言うように、「大きな沈黙の下、ゴヤは我が身を消耗し、この墓の奥から、誰にも聞こえないように叫んでいる」のである。なぜなら、「沈黙を破ろうとする者は高い代償を払わなければならない」からである。ゴヤは恐怖を感じ、沈黙するが、彼の芸術作品に雄弁に語らせる。壁の黒い絵やグロテスクな版画は、ゴヤの恐怖を、あるいはゴヤの目に映る暗い社会を表現するペシミスティックな作品である。しかし、希望が読みとれる作品もある。ブエロ・バリェホは、ゴヤの銅版画《飛翔法》をゴヤの希望が託された作品であると解釈している。版画そのものが登場することはないが、ゴヤは鳥の形をしたグライダーをつけて空を飛ぶ人間を見たと語り、「いつの日か、鳥人間が地上に降りて来てくれますように。フェルナンド七世と、世界のすべての残忍さを終わりにしてくれますように！」と友人アリエタに語るのである。

沈黙する画家と雄弁に語る絵画については、『ラス・メニーナス』を扱った第三章ですでに分析した。『ラス・メニーナス』の主人公ベラスケスとゴヤを比較してみると面白いことがわかる。ドメネクが指摘しているように、ベラスケスと国王フェリペ四世は直接対決をするが、ゴヤとフェルナンド七世の間には常に距離がある（Doménech, 1993：202）のである。補足をしよう。ベラスケスは異端審問の場で、国王を目の前にして彼の治世を非難し、思いの丈をぶつけるのだが、『理性の眠り』ではゴヤと国王が同時に舞台上に現れることはない。彼らは互いに望遠鏡で眺めては、相手の様子を探り合う。とりわけ国王は臣下や医師のアリエタ、司祭ドン・ドゥアソからゴヤの様子を聞きだし、ゴヤが怯えているかどうかを知ろうとする。二人が接触する場面は一度もないのである。ここで、フェルナンド七世が本作品でどのように演出されているかを見ておこう。

『理性の眠り』の幕が上がり、観客が初めに目にするのは、フェルナンド七世が刺繍に専念する姿である。彼は流刑されたときに不安を紛らわすために刺繍を覚えたのだと言い、心に心配事のある者はみな刺繍をするとよいのだと語る。彼は美しい花を刺繍しており、その微妙な色合いや繊細な針の動きにこだわる姿は、悪名高き君主に似つかわしくない。流刑が終わり、再びスペイン国王の座についたフェルナンドが今でも刺繍に安らぎを求めているという事実は、彼がいまだに心配事を抱えていることの証である。国王は、隣にいるカロマルデには聞こえないくらいのかすかな物音に怯え、手元に常に置いている銃を咄嗟《とっさ》に構える。そして、警備の人数を二倍に増やすよう命じるのである。その姿は、自由主義的な思想に基づいて一八一二年に制定されたカディス憲法を破棄し、絶対王政を復活させたスペイン史上最も悪名高き国王のイメージとはいささか相容れない。ただ、ドメネクが指摘するように、すべての独裁者に関して言えることは、恐怖心が大きければ大きいほど、残虐さも増し、その逆も然りで、残虐さの度合いが高ければ高いほど、その人物の恐怖は大きいということである（Doménech 1993：203）。そのことを証明するかのように、舞台上のフェルナンドは気の小さい臆病な男として描かれる。そして、その場面でも聞こえてくるのが心臓の音である。弾圧される側のみならず、弾圧する側も恐怖を感じていることが示される。観客は決して対面することのない国王とゴヤが互いを意識しつつ、同じように何かに怯えていることを感じ取る。

以上、『理性の眠り』における音の効果について考察した。メアリー・ライスは、『理性の眠り』においては小説で使用される二種類の語り、つまり、ゴヤが舞台上にいるときは一人称の語り、ゴヤが舞台上にいないときは三人称の語りで物語が展開すると論じている（Rice, 1992：33）。本作品において観客は、時に主観的に、時に客観的に舞台を見ることになる。そのことによって観客は、一九世紀のフェルナンド七世の圧政と二〇世紀のフランコの独裁制を行ったり来たりしながら、自分たちの置かれた状況に思いを馳せずにはいられない。

三　エスペルペント的な演出

黒い絵やその絵が生み出す雰囲気について「グロテスク」という言葉を使用してきた。言い換えれば、それは「エスペルペント」であるということになる。エスペルペントとは、スペイン王立言語アカデミーの辞書 *DRAE* によれば、「グロテスクな事柄、ばかげた事柄」、「醜さ、だらしなさ、風体の悪さで際立っている人物や事物」という意味である。加えて、「スペインの九八年世代の作家ラモン・デル・バリェ゠インクランが作った演劇ジャンルの呼称であり、グロテスクなものを満載し、俗語や破廉恥な言葉を用いて現実をデフォルメする」演劇を言う。そのバリェ゠インクランが、エスペルペントはゴヤが始めたと言っており、ゴヤが主人公である『理性の眠り』にエスペルペントの要素が多く含まれていることは至極当然のことであろう。

まず、バリェ゠インクランのエスペルペントの特徴を押さえておかねばならない。堀内研二は論文「エスペルペントとは何か?」のなかで、研究者三名による定義を紹介している。本論では、バリェ゠インクランのエスペルペントの特徴を最初に分析したエマ・スサーナ・スペラッティ゠ピニェーロの定義を参考にする。

（一）　現実を戯画化し写し返してくるゆがんだ鏡

（二）　登場人物たちのあやつり人形化

（三）仮面
（四）現実的というよりもむしろ舞台風の世界
（五）擬獣化
（六）巧みな用語、文章、リズム
（七）デフォルメされた死

（堀内 一九八〇、一〇七）

では、『理性の眠り』において、どのような部分にエスペルペントの特徴が表れているかを見ていこう。まず、（一）の「現実を戯画化し写し返してくるゆがんだ鏡」であるが、これはゴヤの黒い絵そのものである。そのことは、「密告や迫害。スペインを描くのは難しい。でも、わしは壁に描くぞ」というゴヤの言葉が証明する。また、ゴヤは、「国王は怪物だし、国王の取り巻きたちは国王にけしかけられたジャッカルだ」と言い、「わしら［自由主義者］はスペイン人ではなくて悪魔、あいつら［国王と腹心たち］は地獄を相手に戦う天使だなんて思ってるんだ……わしが名誉挽回してやる。悪魔や畜生の顔をしたあいつらを絵に描いてやる。あいつらが王国の祝祭と呼んでいる魔女の夜宴に集っているところをな」と息巻く。これらのゴヤの言葉は、黒い絵が「現実を戯画化した」ものであることを示している。フェルナンド七世は、「ゴヤは余の肖像画をほとんど描いていないし、妻たちのは皆無だ」と言うのだが、ドメネクの指摘するとおり、「それは大きな間違いだ、王宮やフェルナンドの治世は黒い絵に描かれているのだから」（Doménech 1993：212）ということになろう。

（二）の「登場人物たちのあやつり人形化」と（五）の「擬獣化」は、ゴヤの長男の配偶者グメルシンダが訪ねて来て、レオカディアと言い争う場面で顕著である。会話は聞こえないので何について議論しているのかは観客の想像の域を出ない。しかし、ゴヤが舞台上にいないときの二人の話の流れからすると、ゴヤの財産分与に関

図33　ゴヤの《理性の眠りは怪物を生む》に描かれる人物と同じポーズで眠るゴヤと、彼の夢に現れる猫の怪物
（『理性の眠り』2013年公演）

して言い争いをしていると推測できる。二人の女性の声は聞こえないため、彼女たちの怒りは表情やジェスチャーのみで表され、観客はあたかも操り人形を見ているかのように感じることであろう。しばらくすると、レオカディアの口からは「クワックワッ」という鶏の鳴き声が、グメルシンダからは「グーヒー、グーヒー」というロバの鳴き声が聞こえてくる。ゴヤは驚きの目で、しかし笑いをこらえて二人を見つめる。二人の発する鳴き声はどんどん大きく、激しくなっていき、最後は、勝利を確信したグメルシンダの発するロバの重々しい鳴き声が試合終了を告げる。この場面のエスペルペント的な演出により、財産を手にするという欲に操られた二人の女性の、ヒステリックな意味のない争いが揶揄される。

最もエスペルペント的な演出がなされているのは、第二幕の中盤である。舞台上のゴヤは銅版画《理性の眠りは怪物を生む》と全く同じポーズで机に突っ伏して眠りこんでいる。しばらくすると、ドアをノックする音が聞こえ、舞台上にはカーニバルでよく用いられる仮面をつけたデストロソーナ（破壊者）が五名登場する。一人はコウモリの耳のついた老人の仮面を被り、もう一人は猫の仮面をつけた巨乳の女性である。別の二人は豚の仮面を被り、最後に登場するのは髑髏の仮面の男であり、彼が身にまとう黒色のガウンの頭巾からは牛の頑丈な角が二本突き出ている。まさに、バリェ＝インクランのエスペルペントの特徴の（三）「仮面」、（四）「現実的というよりもむしろ舞台風の世界」、そして（五）「擬獣化」を満たしていると言えるであろう。この五人の怪物の場面については、次の節で詳しく分析してみたい。

四　理性の眠りが生み出す怪物たち

幕が上がってすぐに繰り広げられる国王と腹心カロマルデの会話の考察から始めよう。フェルナンド七世は優雅に刺繍をしながら、自分が命じたリエゴ将軍の処刑の様子をカロマルデに尋ねる。リエゴ将軍とは、自由主義者が制定したカディス憲法の復活を要求して一八二〇年に蜂起、フェルナンド七世に憲法を承認させた後に新政府の元帥となるが、三年後に王党派の陰謀により絞首刑となった人物である。彼は威厳のある英雄的な態度で処刑に臨んだと伝えられている（De Paco, 1992 : 19）。ところが、舞台上でカロマルデが国王に報告する内容は事実とはまったく逆であり、リエゴ将軍は処刑の直前、恐怖のあまりに粗相をし、みっともない姿をマドリード市民に見せたのだと言う。カロマルデはリエゴ将軍を何度も「臆病者」という言葉で表現する。その処刑を正当化するためには、相手が悪であり、侮蔑するに値する人間であることを強調する必要があるのである。リエゴ将軍の公開処刑の話に加えて、先述したように自由主義者たちを弾圧する法令が発布されたという話や、「何もしていない人たちが迫害され、殺されてきた」というレオカディアの台詞などから、当時のスペインの不穏な状況がうかがい知れる。ゴヤは医師アリエタに「あなたは何を見てきましたか?」と尋ねるが、医師は悲しそうに肩をすくめるだけである。ゴヤは医師に代わって、「数珠つなぎにされた囚人、下賤な連中の罵り、ひょっとして道路わきの溝の死体かもしれません……人間は残忍なのです」と答える。蛮行が日常化するほどにスペインの理性が眠っていることを表す言葉である。そして、怪物が生み出される。

　ゴヤの見る夢に現れるコウモリ、猫、豚、そして牛の怪物たちは、舞台を暴力で一杯にする。彼らは、ユダヤ教徒やフリーメーソンであれば持っているはずの尻尾をゴヤが持っていることを確認した後、彼に襲い掛かる。

図 34　ユーディトの姿でゴヤの夢に現れるレオカディア
（『理性の眠り』2013 年公演）

二人の豚人間は奇声をあげて、大きなハンマーを振り回す。猫女は南京錠のついた猿ぐつわをゴヤにはめ、彼から言葉を奪う。ゴヤは何度も突進してくる豚をうまくかわすが、最後には押し倒されてしまう。彼らは大きな鳴き声をあげ、鈴をかき鳴らし、「絶対なる専制君主万歳！」、「自由主義者に死を！」、「国王万歳、ネイション[25]に死を！」と叫ぶ。それから、黒い絵シリーズの一つ《ユーディト》に描かれるユーディトと同じ衣装をつけたレオカディアが手にナイフを持って登場する。彼女がゴヤの髪の毛を掴んでナイフを振り下ろそうとしたその瞬間、ドアを激しく叩く音がする。「鳥人間がマドリードのすべての家のドアを叩いている！」とゴヤが叫ぶやいなや、怪物たちは足早に立ち去り、ゴヤは元のとおりに机の上に突っ伏して眠る。つまり、すべては夢であったという演出である。

　重要なのは次の場面である。引き続き、ドアを叩く大きな音が響き、ゴヤは完全に目を覚ます。いつもの衣装に身を包んだ

図35　罪人の格好で手足を縛られ、十字架を持たされるゴヤと、その横で王党派の軍曹に暴行されるレオカディア（『理性の眠り』2013年公演）

レオカディアが怯えた表情で入ってきて、ゴヤに危険を知らせる。すると、サーベルを腰に差した五人の王党派の志願兵が現れる。ドアをノックしたのはゴヤを助けにきた鳥人間ではなく、ゴヤを痛めつけに来た王党派の兵士だったのである。ゴヤの夢のなかに現れた怪物は五人、そして兵士も五人である。一九七〇年二月のマドリードのレイナ・ビクトリア劇場での公演の配役を見ると、デストロソーナ役を演じた五人の俳優が王党派の兵士を演じている。スペインで出版された『理性の眠り』には配役に関する注意書きはないが、アメリカ合衆国で出版されたマリオン・ピーター・ホルト訳の英語版には、「夢のシークエンスでの人物を演じる俳優が王党派の志願兵を演じることが可能である」と記されている。つまり、怪物は人間なのだという解釈ができる。王党派たちはゴヤの夢のなかの化け物のように、ゴヤに暴力をふるう。軍曹はゴヤの口にぼろ布を押し込み、その上から猿ぐつわをはめる。兵士たちは何度も何度もサーベルでゴヤを殴りつけ、半殺しの目にあわせる。それから、X型十字のハンマーが描かれた贖罪服をゴヤに着せ、椅子の背もたれに後ろ手に縄で縛り（二〇一三年の公演では図35が示すとおり、両手は前で縛られている）、両足も椅子の脚に縛り付ける。さらに彼らはゴヤの縛られた手に十字架を差し込み、とんがり頭巾を目深に被せる。しまいには、ゴヤのすぐそばで、軍曹がレオカディアを強姦する。その間、舞台上では心臓の音、そして銅版画《理性の眠りは怪物を生む》に描かれているコウモリとフクロウの金切り声が鳴り響く。加えて、ロバと鶏の鳴き声、人間の高笑い、ぞっとするような悲鳴も舞台に響き渡る。ゴヤの夢に現れた化け物たちは、王党派兵士たちの暴力行為の予兆であったわけだが、王党派による行為の残虐さは夢のなかの怪物の比ではない。兵士たちの襲撃には、暴力行為だけでなく、ゴヤに贖罪服を着せたり、一緒に暮らす女性を強姦したりという、相手を貶め、屈辱を与える非道な行為さえみられる。理性の眠りが生むのは、残忍冷酷な人間という怪物なのである。

五　版画集『気まぐれ』と『戦争の惨禍』のメッセージ

前節で論じた王党派兵士によるゴヤへの暴行の場面で注目すべきことがある。それは、舞台上に姿を見せることのない男性と女性が、あるいはゴヤの声が短い言葉を発することである。例を見てみよう。

男性の声　（空中で）《おまえたちはそのことのために生まれてきたのだ》

男性の声　（空中で）《叫ぶな、バカ者！》
男性の声　（空中で）《それほどまでに！》

女性の声　（皮肉を込めて）《似たりよったり！》
男性の声　（憤慨して）《見ていられない！》
女性の声　《つけこんでいる》
女性たちの声　（笑いながら）《やはり野獣だ！》
男性の声　《だが仕方がない！》

男性の声　《なぜ？》
ゴヤ　（彼の声が空中で）《真実は死んだ》
ゴヤ　（空中で彼の声が大きく響く）《われわれを助けてくれる者はいない》

これらはすべて、ゴヤの版画集『気まぐれ』あるいは『戦争の惨禍』に収められた版画のタイトルである。黒い絵とは違い、これらの版画が舞台上に現れることはない。ゴヤの版画に詳しい観客であれば、それがどのような版画であるのかを頭に思い描くかもしれない。しかし、必ずしも観客にゴヤの版画に関する知識が要求されるわけではない。ブエロ・バリェホは、黒い絵の大きな映像を用いて、その絵の持つグロテスクなイメージを観客に突き付けるが、版画に関しては、そのタイトルつまり言葉が、舞台上で展開される暴力行為と呼応して、強烈なメッセージを観客に与える演出をしているのだ。ブエロ・バリェホは王党派の強襲を説明するのにまさにうってつけの言葉として版画のタイトルを利用している。黒い絵の演出が視覚に訴えるものであるのに対して、通常は視覚に訴えるはずの版画が聴覚に訴えるものとして使用されているのである。

ブエロ・バリェホが用いた版画のタイトルのほとんどは『戦争の惨禍』からのものである。この版画集には目を覆いたくなるような凄惨な場面が多く収められており、高階秀爾は「ゴヤと近代芸術の革命」のなかで次のように述べている。

フランス軍の侵入とそれによってもたらされた惨劇は、たしかにゴヤにとってひとつの決定的な事件であったろう。実際に発表されたのはずっと後（一八六三年）のことであるが、ちょうどこのフランス軍の統治時代に、版画集《戦争の惨禍》が作られたという事実は、そのことを明白に物語っている。この版画集の作品は、必ずしもすべてが「戦争」に直接関係のあるものばかりではないが、いずれも、個人を超えたおぞましい暴力、権力、弾圧のもたらす悲劇を、非情なまでになまなましく描き出している。

（高階　一九八九、二四六）

ゴヤの作品のなかで、対ナポレオン戦争の悲劇を描いたものとして有名なのは、二枚の油彩作品、《一八〇八年五月二日、マドリード　エジプト人親衛隊との戦い》と《一八〇八年五月三日、マドリード　プリンシペ・ピオの丘での銃殺》であろう。しかしながら、ブエロ・バリェホの『理性の眠り』においてこの二点が言及されることはない。本作のなかで用いられるゴヤの絵はどのような意図で選択されたのだろうか。上記二点の油絵についての大高保二郎の解説が参考になるように思う。

いずれにせよその制作を戦後の臨時摂政府に申し出たゴヤが述べた通り、ここに永遠化されたのは暴君ナポレオンの野望に敢然と立ち向かった、英雄的なスペイン市民の姿である。（略）一方、版画集『戦争の惨禍』には愛国的意図はない。そこではスペインの民衆であれフランスの兵士であれ、被害者にも加害者にもなり得る。証言者たるゴヤは常に冷徹な目を持ってその現実を見据え、人間を等しく蛮行へと向かわせる戦争の不条理を訴えるだけなのである。（大高　二〇一一、五二）

すでに先行する章で論じたように、ブエロ・バリェホの作品では善と悪、勝者と敗者が二項対立的に扱われてはおらず、その境界線は非常にあいまい、かつ流動的に描かれていることを思い起こす必要がある。したがって、暴君ナポレオンの軍隊と英雄的なスペイン市民という対立をわかりやすく描いた二枚の絵は、ブエロ・バリェホ作品が伝えたいメッセージとは相いれないのである。ゴヤが『戦争の惨禍』のなかで、「戦争に勝者も敗者もなく、民衆の受難と悲惨に懊悩しながら『人間とは何物だ』と問う」（大高　一九八九、一九〇）たことを、ブエロ・バリェホは演劇作品のなかで観客に問いかけているのである。

それでは、ブエロ・バリェホは舞台上のゴヤに自らの姿を重ねていると言えるだろうか。『ラス・メニーナス』に関する章で、主人公ベラスケスはこの劇作家の代弁者と言っても過言ではないと論じた。ベラスケスは絵の創作を通して声なき者に声を与え、見えない権力に立ち向かう。異端審問という「正義の場」の背後に隠蔽された人間のおぞましさや愚かさを、国王やその取り巻きの前で暴いてみせるのである。ゴヤの場合、国王に対して従順でないという点ではベラスケスと共通する。しかし、国王との接触を避け、ほとんど誰も訪ねてくることのない「聾の家」に閉じこもるゴヤは、現実逃避をしているように見えるのである。ブエロ・バリェホは演劇作品を通じて、独裁制という抑圧社会で現実から目を背ける者をこそ批判してきたのではなかったか。

六　権力行使する暴君ゴヤ

『理性の眠り』におけるゴヤという人物について考えてみたい。全聾であることを強調するためか、舞台のゴヤはとにかく声が大きく、怒鳴っていることが多い[26]。ゴヤのその声が、舞台上に不快、不穏、不安な雰囲気を作り出す。その負の空気は、愛人レオカディアに対するゴヤの非常に横柄で高圧的な態度によっていっそう重苦しいものとなる。

ゴヤは、「何をも誰をも恐れていない」と豪語する。しかし、郵便配達人が来たかどうかを何度も尋ねる場面では、彼が手紙に関するなんらかの不安を感じていることが示される。実は、彼は友人のサパテールに宛てた手紙のなかでフェルナンド七世を痛烈に批判したのである。サパテールはゴヤの長年の文通相手であり、必ず返信してくる人物である。ゴヤの手紙に対する返事が来ないということは、その手紙が途中で盗まれ、国王の手に渡った可能性があるのだ。もしそうであるなら、ゴヤは国王の復讐を警戒しなくてはならない。決して国王を恐れていないという態度を示すゴヤであるが、鳴り響く心臓の音が彼の恐怖を物語ることは先述したとおりである。それでも、レオカディアがゴヤに促すフランスへの亡命に同意することはなく、スペインで創作活動をするのだと言い張る。一見、ゴヤはどのような状況下にあっても祖国を見捨てず、芸術活動を通して信念を貫く人物のようだが、果たしてそうなのか。五人の王党派兵士に襲われた直後のゴヤは、「ここに残ればハンマーで頭蓋骨を割られてしまう」と言い、フランスへの亡命をいとも簡単に決意するのである。フランス行きを拒んだのは芸術家としての信念からというよりも、国王に対する反抗心が原因だったのであろう。亡命するためには国王の許可が必要なのだが、「あの忌々しいでかっ鼻、あの人殺しに頼みごとなどするものか！」と言い、国王に頭を下げることを拒んでいたのである。二人は意地の張り合いをしており、国王は反抗的なゴヤを服従させるために襲撃という手段を取ったのである。国王とゴヤには似ている点があり、それゆえに対立するのである。彼らは恐怖心を抱きながらも、それをひた隠しにするが、その実、相手側も恐怖で押しつぶされそうになっていることを感じ取っている。自己を投影する相手、つまり自分自身が抹殺したい部分を持つ相手がいる場合、その相手を侮辱したり、排除あるいは支配したりすることで、自分の抹殺したい部分が取り除かれ、清められると考えるのである。ゴヤは、国王との接触を避け、「聾の家」に籠って、フェルナンド七世の忌むべき治世を手紙で批判したり、グロテスクな絵で表現したりして間接的に国王を貶める。一方、国王は襲撃という直接的な手段を用いてゴヤを服従させるのである。

ゴヤがフランスへの亡命に合意しないのには別の理由もある。ゴヤは、レオカディアがフランス行きに執着するのは、フランス男が目当てではないかと勘ぐっている。ゴヤは彼女を失うことを極端に恐れているのである。その不安や恐れの根本には彼の老いがある。自分よりも四〇歳以上若いレオカディアを男性として満足させていないのではないかと不安になるとき、ゴヤは暴言や暴力で彼女を押さえこもうとする。彼は乱暴に彼女の腕を掴みながら、「まだお前に悲鳴をあげさせることができるんだ、快楽の悲鳴、あるいは恐怖の悲鳴をな！　選ぶのはおまえだ！」と詰め寄り、「売女！」と叫ぶ。そして、自由主義者に対する弾圧が激化するなか、ゴヤの「聾の家」がもはや安全ではないと判断したレオカディアが子供たちを知人の家に預けたことを知ると、ゴヤは激怒する。「娘を好きなようにできるのはわしだ！　父親だ！」と、ゴヤは母親よりも父親が権限を持つことを主張し、彼の庇護なくしてレオカディアも子供たちも生きていくことはできないと脅すのである。このやり取りの間、観客が聞くのはゴヤの怒鳴り声だけであり、レオカディアの声が一切聞こえてこないことは重要な意味を持つ。ゴヤが男性優位を主張するこの場面で、女性の声はかき消されてしまっている。全聾のゴヤの立場に立つ演出によって、権力行使する男性と抑圧される女性の関係が聴覚的にも示されるのである。

その後の場面でも、レオカディアと王党派の軍曹との関係を疑うゴヤは、彼女に暴力をふるい、罵りの言葉を投げつける。彼は怯えるレオカディアを魔女と呼び、「答えないのか？」「わしの質問に答えろ」と詰め寄るのである。それはまるで異端審問のようである。レオカディアの不貞はゴヤの推測にすぎず、証拠があるわけではない。彼をこのような狂暴な行為に走らせているものは、彼自身の劣等感による嫉妬なのである。「別の男のことを考えながら、薄汚れた老いぼれに身を任せていたということだな」と言い、「不潔な女狐め！」と叫びながらレオカディアの首を掴むゴヤは、もはや常軌を逸している。そしてこのときにもレオカディアの声は聞こえない。魔女、あるいは異端者として異端審問にかけられた者たちが声を持たなかったのと同じである。異端審問所に呼び出された経験を持つゴヤが、自分自身が受けた不当な行為を自ら行ってしまっている。なぜなのだろうか。

七　暴力の連鎖

ゴヤという人間についてもう少し考えてみよう。オルテガはゴヤに関して、「周囲世界に対して極端に敏感な人間、周囲によって生きている人間、性格分析学者、特に、精神病理学者のいう『同調性』sintónico の人間をわれわれに想起させる」（オルテガ　一九七〇、二九〇）と論じている。王付き画家に任命されると、「貴族の中でも最も身分の高い紳士淑女を知り、彼らと交際するようになったが、それと同時に、『啓蒙思潮』の支持者である著述家や政治家をも知った」。そして、「この時代以後、彼の中には、二人の対立する人間が共存した」。つまり、彼本来の田舎者の気質と、「高いもの選ばれたるもの（略）に向かう衝動」の間でさまよったのだと言う。そしてオルテガは、「この二元性はついに融合をみるにいたらず、ゴヤは、（略）永遠の不快さ、不安定さの中に生きることとなる。そして聾であることが、性格的には周囲世界によってしか生きられぬこの男、彼の生の最も個性的なものをもって答えるためには周囲世界に身をつつまれ捕えられていることを実感している必要のあるこの男を、拷問にも等しい孤独の中に閉じ込め、右のような状態を激化させ病的な段階にまで近づけたのである」（オルテガ　一九七〇、三〇六―三一一）という仮説を立てる。ブエロ・バリェホの演劇作品はフィクションであり、舞台上のゴヤが実際の画家と同じように描かれているわけではない。ただ、ブエロ・バリェホが画家志望の学生として美術学校で専門的に学んだこと、そして歴史劇を書く際には関係書物を読んで入念な準備をしたことを考慮すれば、彼がゴヤに関してかなりの知識を有しており、オルテガの著作に目を通していた可能性も高い。舞台上のゴヤは強い意志を持っているようでいて、その意志は意外にもろく、また非常に孤独な人間として描かれている。

不安を抱える孤独な男、それはゴヤであり、そしてフェルナンド七世なのである。王党派の襲撃を受けた直後に、ゴヤは彼にしか聞こえない声と次のような会話をする。

男性の声　（空中で）ある男が、たった今刺繍を完成させたのを知っている……

ゴヤ　（放心状態で）そしてこう言っている……仕上がりは完璧だ……

（略）

男性の声　（空中で）われわれの恐怖の原因は誰だ？

ゴヤ　恐怖で死にそうな男だよ……わしも腹のなかに大きな恐怖を抱えている。わしは負けた。でも、あの男はすでに負けていたのだ。

国王は不安や恐れがあるからこそ、自由主義者たちを徹底的に弾圧するのである。先に引用したドメネクの指摘のとおり、恐怖心が大きければ大きいほど、残虐さは増し、残虐であればあるほど、その人物の恐怖は大きいのである。そして、ゴヤ自身がそのことをよく理解した上で、フェルナンド七世を批判しているにもかかわらず、彼は最も嫌悪する国王と同じことをしてしまっている。ゴヤは自身の劣等感や不安を隠すために、愛人であるレオカディアに対して高圧的な態度を取り、暴言を吐き、暴力さえ振うのである。抑圧する国王（王党派）と抑圧されるゴヤ（自由主義者）という政治的な対立関係は、抑圧するゴヤ（年老いた男性）と抑圧されるレオカディア（年若い女性）との対立という個人的なレベルにおいて繰り返される。また、ゴヤは異端審問にかけられた経験があり、異端審問の愚かさを糾弾する絵を数多く描きながら、レオカディアには審問官のような態度で不貞を認めさせようとする。ここでも、宗教的あるいは思想的な動機による糾弾が、個人的な理由による糾弾へとレベルを変えて引き継がれている。ある種絶対的なものである政治的あるいは宗教的な大義によって隠蔽される愚かさが、個人レベルへと引き下げられることで顕在化するのである。

公的な大義と個人的動機という関係は、他のブエロ・バリェホ作品にも描かれている。たとえば、『サン・オビーディオの演奏会』のバリンディンは、救貧院に住む盲目の物乞いの生活を支えるため、ひいては神に仕えるためという宗教的な理由を掲げて大市で演奏会を行うが、本当の目的は利益の追求である。『バルミー医師の二つの物語』の警察署長パウルスは、国家の秩序を維持するためには政治犯に拷問をすることが必要であると考え、息子のような存在のダニエルが政治的に成長できるようにと彼に拷問の実行を命じる。しかし、その背後には、パウルスが以前ダニエルの母親に求愛するが拒絶されたという個人的な恨みがある。そして、イグレシアス・フェイフォーが指摘するように、バリンディンもパウルスも、そして『明り取り』のビセンテも一様に自分よりも下の立場の者を抑圧するが、実は彼らは上位にいる者から抑圧された状態にある（Iglesias Feijoo, 1982：415）のである。フェルナンド七世に支配されるゴヤがレオカディアを支配するという構図も同様である。そこには権力・抑圧の連鎖が存在する。

再び、『戦争の惨禍』について考えよう。この版画集に描かれているのは「臓物屋の店先だった」と書いているのはポール・モランである。彼の言葉を引用しよう。「百姓たちは、犠牲者たちの上に腰を降ろし、豚の喉をかき切るように犠牲者たちの喉をかき切る。軽騎兵が髪をつかんで女をひきずっていく。兵隊風のごろつきが死人を足から吊している。屠殺人と化した竜騎兵と女たちが争い、女たちは兵士を串刺しにする。娘たちは建物の暗がりに連れこまれ、怪我人は袋のように窓から投げすてられる。あちこちで卑劣な石殺しの刑が行われ、死体の衣服は引き裂かれ、なんという狂気だろう、死体は鋸で切られ、冒瀆され、硬直していようとなかろうと水に漬けられる。そうして、操り人形がばらばらにされるように、寸断され、解体されるのである」（バティクル一九九一、一四六―一四七）。残虐な行為をしているのは兵士だけではないのである。普通の市民たちがグロテスクなまでに残忍な光景を繰り広げている。ナポレオン軍の不当な侵略に対抗するという国家レベルでの大義を掲げた戦争が、人間の醜悪さや残忍さを引き出す結果となった。『バルミー医師の二つの物語』でも、国家安定のために政治犯を取り締るという大義が、拷問という正当化された暴力を産み出すことが描かれている。最初の一発の平手打ちが死に至らしめるほどの暴力にエスカレートしていき、最終的にその暴力は残虐な欲求を満たすための行為へと変容していく。暴力は連鎖するとともに、それに伴う残忍性は際限なく増していくのである。

八　もし夜が明けて目が覚めれば……

『理性の眠り』はブエロ・バリェホの他の作品同様、ハッピーエンドを迎えない。最後の場面をどのように解釈したらよいのか考察していこう。兵士に半殺しの目にあわされた後、ゴヤは箍《たが》が外れたように弱気になる。たまたま立ち寄った息子の妻グメルシンダはゴヤの様子に驚き、贖罪服を脱がせようとするが、ゴヤは従順にならなければまた痛めつけられると言って脱ごうとしない。そして驚いたことに、その頃ゴヤに代わって宮廷画家として王室の肖像画を描いていたビセンテ・ロペスに絵のレッスンを頼みたいとさえ口走る。

グメルシンダの訪問の直後に司祭ドン・ドゥアソと医師アリエタが訪ねてくる。司祭は夜八時前にゴヤ宅を訪ねてはならないと国王から命じられていた。つまり、国王が八時前にゴヤを襲撃するよう王党派兵士に命じていたのである。死ぬほどの恐怖を味わったゴヤは怯えた様子で、司祭の言うことにすべて従うと言う。そして、国王の機嫌のよいときに、ゴヤに代わって国王に許しを請うよう、そしてフランスへの亡命の許可を取りつけてくれるようにと司祭に懇願する。ゴヤの態度は手のひらを返したように一転し、人間とは弱い存在であることが示される。ゴヤをそこまで変えたのはいったい何なのか。おそらく恐怖の体験であろう。それまでもゴヤには恐怖心はあった。しかし、それは想像する恐怖であったと言ってよいだろう。王党派の襲撃により、肉体的かつ精神的な恐怖を実際に体験したことがゴヤを変え、それまでの発言とは正反対のことさえも言わしめたのである。これは、中世の、そしてフェルナンド七世が復活させた異端審問、あるいはフランコの時代の警察における拷問においても見られた現象に違いない。

完全なる敗北を認め、絶対服従の姿勢を見せるゴヤは、それでも、嫁のグメルシンダには強い態度を取り続ける。「聾の家」に住み続けることの危険性を実感したゴヤは、息子夫婦の家に住ませてほしいと嘆願するのだが、グメルシンダは危険が自分たち家族に及ぶのを恐れ、必死に断る。するとゴヤは彼女に向かって黙れと怒鳴り、平手打ちをくらわせる。またしても、自分の恐怖に打ち勝てないゴヤが自分よりも弱い者に対する暴力にはけ口を求めるのだ。ただ、この最後の場面にいたっては、ゴヤは自分の弱さを認識している。声を出さずにむせび泣くグメルシンダを見て、彼は言う。

ゴヤ　またただ。わしは怒りをぶつけることができる相手に怒りをぶつけてしまう。またしてもコメディアだ。わしにはコメディアに出てくるやくざ者くらいの価値しかない。（間）あいつらによって、わしは何にされてしまったのかな、レオカディア？　わしは自分を何にしてしまったんだ？

ゴヤの質問をどのように解釈したらよいだろう。ゴヤは自分の質問に「怪物にされてしまったのだ」と答えようとしているのではないか。フェルナンド七世による自由主義者への暴力が、王党派兵士によるゴヤへの直接的な暴力が、ゴヤを怪物にしてしまったのだ。暴力の連鎖である。同時に、ゴヤを怪物にしたのは彼自身でもあるのだ。つまり彼を苦しめる不安や恐怖心が彼を怪物にしたということである。彼は、「棺桶に片足を突っ込んでいる年寄り……棺桶に片足を突っ込んでいる国家……その国の理性は眠っている」とつぶやく。スペインという国の理性が眠ってしまうのは、国民一人一人の理性が眠っているからである。そして国全体の理性の停止により、ゴヤをも含めて続々と怪物が生み出される状況に歯止めがかからなくなっている。

ゴヤの絵に関して、「人間がそこに入るとたちまち（ipso facto）他と完全に交換可能な一個の人形と化してしまう事実は、すでに多くの人びとが気づいてきたことである。彼が描く顔は顔ではなく、仮面（careta）なのである」（オルテガ　一九七〇、二八六）とオルテガが指摘するとおり、ゴヤの黒い絵そして版画に描かれるグロテスクな顔は、誰の顔でもなく、それゆえに誰の顔にもなる。人間誰もが怪物になり得るということである。怪物を生み出す理性の眠りは、理性の沈黙であると解釈することができる。出版物の検閲官を務める司祭が口にする「スペインではとてつもない沈黙が保たれているが、それはよくないことである」という言葉はまことに皮肉である。それに対して医師アリエタが返す言葉は示唆的である。

　そのとおりです、神父様。大きな沈黙が命じられてきたのです。そして、神父様がなさっている検閲こそが沈黙を証明するものであります。沈黙を破ろうとする者は高い代償を払うのが常でございます。

ゴヤが舞台上にいるときには対話者の声や物音が聞こえない演出を思い出そう。観客がゴヤの声のみを聞く舞台上で、ゴヤに猿ぐつわがはめられるとき、もはや人間同士のやりとりは一切聞こえない。沈黙するスペイン、万人に猿ぐつわがはめられた状態のスペインが演出されているのである。そして、沈黙するスペイン、理性の眠ったスペインにおいて響くのは、怪物たちのグロテスクな奇声だけなのだ。

　最後に舞台上では、ゴヤの版画集『気まぐれ』に収録されている版画（図36）のタイトル《もし夜が明ければ、いなくなろう》を、男女が繰り返し合唱する。ト書きには、「何度も何度もそのフレーズが繰り返され、混乱した合唱がハリケーンのように舞台全体を占領する」とある。ゴヤのその銅版画には、満天の星の下に全裸で集う者たちが描かれているが、人間と呼ぶにはあまりにもグロテスクな顔をしており、妖怪あるいは怪物と呼ぶにふさわしい。「夜が明ければ」彼らはいなくなる。すなわち、目が覚めれば、眠りから覚めれば、理性の眠りから

図36　ゴヤ《もし夜が明ければ、いなくなろう》
（プラド美術館、マドリード）

覚めれば、怪物たちはいなくなるのである。

ブエロ・バリェホは『理性の眠り』において、黒い絵の映像、ゴヤの聴覚障害、心臓の音や動物の鳴き声、ゴヤの夢と幻想、そして銅版画のタイトルを巧みに演出することにより、人間の残虐性を糾弾する陰鬱で抑圧的な舞台世界を創造した。最後も、「もし夜が明ければ」という条件文を提示することで、決して希望のあるエンディングにはなっていない。それでも、可能性はゼロではない。舞台上のゴヤもわれわれ観客も、その「もし」に期待をつなぐのである。

第九章　狂気からの覚醒と過去の責任

——『財団』、寓話の解体という寓話——

『バルミー医師の二つの物語』の多層的な劇構造、『明り取り』のサイエンス・フィクション的な設定、そして『理性の眠り』の音声を消す演出など、実験的な舞台演出を試みてきたブエロ・バリェホは、一九七四年一月初演の『財団』でも新たな方法で観客に衝撃を与える。『バルミー医師の二つの物語』では劇の冒頭にこれから舞台上で繰り広げられることに言及するブルジョアのカップルを、『明り取り』では三〇世紀の実験者のカップルをそれぞれ登場させ、観客に客観的な視線で舞台を見せる演出がなされた。しかしながら、『財団』において観客は、主人公の視点と同一化することを無抵抗に引き受けることになる。つまり、幕が上がったときに観客が見る舞台上のセットはすべて主人公トマスの幻覚なのである。[27] 部屋の調度品だけでなく、登場人物たちの服装などもすべてトマスの幻覚なのだが、観客にその事実は知らされない。トマスが少しずつ正気を取り戻し、現実を認識するようになるのと並行して、観客も舞台上に現実を見ることになる。

トマスが奨学金を受けて文化事業に従事している財団は、実際は刑務所である。おなじ雑居房にいる囚人五名は全員政治犯であり、死刑判決を受けている。ブエロ・バリェホ自身、内戦終結の一九三九年に政治犯として投獄され、死刑を宣告された。作者はそのときの体験が本作品の土台にあることをマリアノ・デ・パコとのインタビューで語っている。

コンデ・デ・トレノ刑務所で、はるか昔にあったあの脱走計画が『財団』のいくつかの点にインスピレーションを与えたことは確かです。死刑囚全員が脱走を考えていたわけではありません。外に出ても見通しが明るいとは思っていませんでしたから。でも私と他の何人かはその準備を手伝いました。(De Paco, 1994 : 21)

ただ、本作品の演出において自身の経験が役立ってはいるが、決して自伝的作品ではないと作者は述べている。本章では、『財団』の特異な劇構造に注目し、主人公と観客を同一化する演出がいかなる効果を生んでいるのかを検証する。その際に、「二部からなる寓話」という副題について考察し、本作品のなかで二つの寓話がどのような関係にあるのかを明らかにする。最終的には作品に描かれる狂気からの覚醒、過去に対する責任の履行、そして連帯が可能にする抵抗を読み解く。

一 『財団』の劇構造と主人公の狂気

幕が上がると、すでに観客はトマスの幻覚の世界にいる。豪華な調度品が整った快適な部屋で、トマスはロッシーニの『ウィリアム・テル』の序曲を聴きながら床掃除をしている。時折、病に伏している男性にトマスが話しかけると、男性は疲れた様子で応じる。間もなくしてトマスの恋人ベルタが登場する。「財団」の快適な部屋、音楽、男性の声、そしてベルタは、実際にはすべてトマスの幻覚であるが、観客にはそれらが現実であるかのように提示される。イグレシアス・フェイフォーが指摘するように、本作品を見る「観客は主人公の一人称の視点で舞台を見ており」、「常に主人公が空想した世界を共有し、彼の錯乱に参加していると意識せずにそうすることを余儀なくされる」（Iglesias Feijoo, 1982：440–441）のである。

ブエロ・バリェホは前章までに扱ったすべての作品で「没入の効果」を用いている。しかし、本作品が特別であるのは、観客はそれが「没入の効果」であるとは知らずに主人公トマスの視点で舞台を見るという点である。ホルトは、「それまでブエロ・バリェホは常に正常な状態から没入の効果に入っていったが、『財団』ではそのプロセスが逆であり、トマスのアブノーマルな世界の視点から劇が始まる」（Holt, 1985：11）と論じる。観客はトマスの狂気を共有することを余儀なくされ、他の登場人物たちの言動や舞台装置の微妙な変化により、次第に何かがおかしいと気づいていくのである。そして観客は、「狂気から現実へと続くプロセス」（Iglesias Feijoo, 1982：441）をトマスとともに歩むことになる。

トマスの狂気はいかにして発生したのか。トマスをはじめ同室のアセル、トゥリオ、マックス、リノ、そして病気の男性の全員が、実際には死刑宣告を受けた政治犯である。最初に逮捕されたトマスが拷問に耐えかね自白したことが原因で多くの者が逮捕された。アセルによれば、トマスは刑務所内で軽蔑の眼差しを向けられ、中庭で侮辱的な言葉を投げかけられることもあった。自責の念に苦しむトマスは飛び降り自殺を試みるが、アセルに助けられる。その一連の出来事がトラウマとなり(28)、以後トマスは過去の記憶を抹消し、奨学金を得て「財団」で働くエリートとしての自分を創り上げる。彼は自分自身を作家、実際にはエンジニアであるアセルを医者、書店経営のマックスを数学者、旋盤工のリノをエンジニアだと思い込む。トマスが写真家と呼ぶトゥリオだけは、実際にもホノグラフィ（レーザー光線写真術）の研究者である。「財団」の部屋は快適で、窓からは素晴らしい田園風景を眺めることができる。食事は豪華なフルコース、テレビやレコード・プレーヤーも完備されている。トマスの幻覚には同室の囚人も刑務所側も気づいているが、あえてそれを指摘せずに話をあわせている。一つ注意しておくべきは、病気の男の発する言葉はトマスの幻聴であり、恋人ベルタは幻視だが、他の囚人あるいは職員の発する言葉はトマスの想像ではなく、現実のものだということだ。観客が舞台上に見るものすべてがトマスの幻覚というわけではなく、現実も織り込まれている。物語が進行するに従い、より多くの現実が挟み込まれるようになり、様々な矛盾が生じる。観客は幻覚と現実が作り出す矛盾に翻弄されながら、謎解きのプロセスを体験していく。

二　狂気から正気へ

刑務所側にとってトマスの狂気はどのような意味を持つのか。トマスの意識内に刑務所は存在しない。刑務所の職員は高級ホテルの支配人あるいはウエイターの姿をし、親切かつ丁寧に対応してくれる。彼は監獄という閉ざされた空間によって自由を奪われてもいなければ、抑圧を感じることもない。つまり、トマスは監視する側の権力を認識していない。トマスの幻覚である「財団」は、ブエロ・バリェホ本人が述べているように、『燃ゆる暗闇にて』の盲学校と同様の働きをする施設なのである（Buero Vallejo, 1994：479）。何の疑問も持たないトマスは権力を行使する側にとって非常に管理しやすい人間である。エミリオ・ベヘルとラミロ・フェルナンデスは記号論を用いて本作を次のように分析する。「アセル（欲望者）はすべての囚人（受取者）を自由にしたい（目的）。そのためには刑務官（敵対者）の抵抗がある。（略）トマスは最初、『真実』を見ることを許さない錯乱した空想世界に住んでいるので、敵対者（敵対者の援助者）として現われる」（Bejel y Fernández, 1988：185）。つまり、監獄という空間を否定するトマスは、監獄が行使する権力の共犯者となるのである。トマスの狂気は監視する側にとって都合のよいものであり、トマスに話を合わせて彼の狂気を維持する限りにおいて支配は容易なのである。

図 37　国家事業の成功のために尽力するトマス（前列右端）と同室の 4 人、実は……
（『財団』1999 年公演）

その一方で、トマスの狂気は同室の囚人にとっては彼らを脅かす不安材料である。彼らはトマスが無意識に囚人たちの不利になることを看守に話すのではないかと恐れている。たとえば、散歩から戻った四人がトマスに誰か来なかったかを尋ね、トマスが「来たよ、一人」[29]と答えたときの四人の反応は尋常でない。緊張した面持ちで顔を見合わせ、トゥリオは苛立ちまじりのため息をつき、リノはトマスを横目で見る。この時点で観客はトマスの幻覚に気づいていないため、突然の緊張感に戸惑い、不安を感じるはずである。また、トイレの悪臭の件でも同室の囚人たちはトマスの行動に肝を冷やす。実は、幕が上がったときからベッドに横たわっている男性はすでに死亡しているのである。しかし、彼に配分される食事を受け取り続けるために、同室の者たちはその死を刑務官に伝えていない。死後六日ほど経過し、死臭がひどくなっている。トマスは、男性は病気のために寝たきりであり、室内の悪臭はトイレの排水が悪いためだと思い込んでいる。トイレの排水の修理を職員に頼んでおいたというトマスの言葉を聞き、同僚たちは恐怖に顔をゆがめる。トマスの狂気は仲間にとって一種の爆弾なのである。

では、なぜ同室の囚人はトマスの幻覚につきあうのか。アセルはトマスを正気に戻したいのである。しかし、急激な刺激はよい結果をもたらさないと考え、当分は彼の幻覚につきあうように同室の仲間に頼む。しかし、トゥリオだけはトマスの幻覚につきあうことを拒み、トマスに対して冷たい態度で接する。彼はトマスが差し出す想像上のビールもタバコもすべて拒絶する。トマスの見ている幻覚に話をあわせる他の者たちは、あえてその幻覚を壊すことはせずに、むしろ真実を指摘するトゥリオを変人あるいは狂人扱いする。そのようなトゥリオがアセルに説得され、自ら進んでテーブル・セッティングをする振りをするとき、あるいはグラスをカメラに見立てて写真を撮る振りをするとき、トマスはトゥリオが真似事をしていることに気づき、怒りをあらわにする。そして、トマスに疑念が生じる。トゥリオが本当に狂っているのではないかという疑いである。疑いを持つことと狂気からの目覚めを論じるフーコーは、「懐疑の歩みでは、人は狂気を一挙に遠ざけることができる。というのは、方法的である限りにおいては懐疑は、絶えず狂気の自己満足からの意志的な脱却である、あの目覚めの意志のなかに包まれているのだから」（フーコー　一九七五、一六四）と述べている。トマスは自分の見ている世界が幻覚であることにこの時点では気づいていない。しかし、トゥリオの普段とは異なる態度がトマスに懐疑の念を生じさせる。

トマスの幻覚を基準とした場合に狂人とされるトゥリオが、トマスの幻覚に同調するとき、トマスは疑念を持つと同時に、狂気というものを意識する。つまり、フーコーの論じる「鏡における認知」である。フーコーによれば「狂気は自分の妄想の絶対的な主観のなかに捕らえられつつ、相手の同じ狂人のなかに妄想の客観的で嘲笑的な姿を不意に見つけだすようになる」。また、「狂人保護院は狂人共同体のなかで、一種の鏡を人々に配列していたのであるから、最後には必ず狂人は自分が狂人であることを自分の意に反して不意に見つけだすのである」(フーコー　一九七五、五二〇)。トマスの狂気にあわせるトゥリオの行為が、トマスの幻覚のなかで狂人として映るとき、トマスはその狂気のなかに自らの狂気を認識する。つまり、他人の狂気を見ることは彼を狂気から覚醒させ、正気へと導くことになる。こうして彼は少しずつ自らが創りだしていた妄想の世界に気づき始める。トマスの狂気は『バルミー医師の二つの物語』のカップルや、『明り取り』の父親と共通するが、トマスが彼らと異なるのは狂気から覚醒するという点である。同室のトゥリオの行為以外にもトマスの覚醒を促すものがある。それはトマス自身が創造する人物ベルタである。

三　トマスの分身――ベルタとモルモット

トマスの幻覚のなかで恋人のベルタが何度か姿を見せる。トマスによれば、彼女も彼と同様に奨学金をもらい、「財団」の別の棟で研究に従事している。最初の訪問で彼女はモルモットを連れてくる。彼女はそのモルモットを「トマシート(トマスちゃん)」と呼び、実験材料になることから彼を救いたいのだと言う。

ベルタはどのような役割を担っているのか。マリアノ・デ・パコはベルタが「二重人格であるトマスの一人格」(De Paco, 1994 : 186)であると論じる。イグレシアス・フェイフォーをはじめとする多くの研究者も、ベルタはトマスの分身であるという立場を取る。「互いに目を合わせないトマスとベルタは同一人物のうちにある二つの側面、つまり葛藤を象徴し、ベルタとトマスが七二番という同じ番号をシャツにつけているのは偶然ではない」(Newman, 1991：97) というニューマンの指摘もある。

ベルタはトマスの想像上の人物ではなく実在するトマスの恋人である。現実のベルタが一度だけ面会に来たことがトマスによって伝えられる。面会室でのベルタは、トマスの部屋に入ってくるベルタとは別人のようで、泣いてばかりで様子がおかしかったとトマスが語る。トマスが創りだしたベルタは、幻想によって閉じ込められた彼の記憶の回復、すなわち正気に戻ることを助ける人物である。精神的苦痛から逃れるために空想の世界に住むトマスではあるが、どこかで現実に戻らなければならないという意識が働いており、その意識が創りだしたのが財団のベルタなのである。記号論で本作品を分析するベヘルとフェルナンデスは、正気に戻る前の錯乱したトマスをトマス1、狂気から覚醒した彼をトマス2と分類し、「ベルタ (願望) はトマスの一種の分身であり、彼を錯乱状態から救いたい (目的)。ベルタのこの過程は明らかにトマス1の象徴であるトマシートと呼ばれるモルモットを用いた象徴的レベルで進む」(Bejel y Fernández, 1988：189) と分析する。トマスはベルタに対して「君は僕の最後の頼みの綱だ」と言う。ライスは、ベルタの登場は幻想世界を必死に維持しようとするトマスの意志の現れであり、この言葉もそのことを示すと論じている (Rice, 1992：73)。しかし、ベルタの言葉のなかにはトマスが正気であったのなら発していたであろう言葉、「財団なんか大嫌い」あるいは「財団はモルモットを犠牲にしている」という嘆きの言葉が含まれていることに留意しなければならない。つまり、想像上のベルタは現実のトマスと幻想の世界に生きるトマス、言い換えれば正気と狂気という二つの領域を繋ぐ架け橋となっている。

ベルタがトマスの分身であるということに異論はない。ただ、彼女の手にしているモルモットこそが、その名前も示すように、トマスの分身なのである。トマスと名付けられたモルモットを助けたいのだとベルタが言うと、トマスは、モルモット、犬、そしてサルを科学の英雄と呼び、次のように言う。

甘美な殉教だよ。彼らは自分たちが死ぬことを知らないし、最後まで丁重に扱ってもらえる。なんていい運命だい？　僕がモルモットならそういう運命を受け入れるな。

死刑囚であるトマスを待ち受けているものは死であり、モルモット同様に抵抗もせずに死の瞬間を待つしかない。しかも、幻想のなかに生きる彼は、自分が死ぬべき運命であることを知らず、「財団」によって特権を与えられ、優遇されていると考えている。つまり、トマスがモルモットについて語る言葉は彼自身について述べたものにほかならない。トマスは幻想のなかでユートピアを作り上げると同時に、自分が無抵抗に死す運命にあるモルモットのような存在であることを意識しているのである。ベルタとトマスの会話は、現実を認識するトマスと幻想世界に生きるトマスとの対話であり、幻覚においても常に現実が意識されている。ベルタはモルモットの名前がトマスだからこそ、どうしても救いたいと主張する。そして彼女はトマスの記憶回復につながるような質問やコメントをしていくのである。トマスがアセルの名前を出したときには、彼女はアセルとは以前からの知り合いなのかと尋ね、「財団」に来る以前のことをトマスに想起させようとする。もちろんトマスはアセルと既知の仲であることを否定するが、実は彼らは秘密結社の仲間であった。秘密結社という性質上、彼らは互いの顔を知らなかったのだが、トマスの密告によりアセルは逮捕されたのである。また、ベルタは室内の悪臭も指摘する。そして、愛し合うために別の場所へ行こうと言うトマスに、「どこへ？」と尋ね、トマスの言葉を詰まらせる。このようにトマスが創造するベルタという人物は、彼が創り上げた幻想の世界を解体していく役目を担う。幻想からの目覚めは、外部からではなく内部からなされるのである。

四　観客に与えられるサスペンス

幕が上がると同時にトマスの目を通して舞台を見ることを余儀なくされる観客は、物語の進行とともに、トマスと同じように、「なにかがおかしい」と感じるようになる。疑念を抱かせるのは同室の者の言動であったり、刑務所職員たちの様子だったりする。「トマスは他の者たちが企てた陰謀の犠牲者のようであり、彼らはトマスの言葉の信憑性を否定して喜んでいるように見える」(Payeras Grau, 1987 : 59) という指摘もある。一幕二場では舞台上の調度品にも変化が現れ、いよいよ観客はそれまで見てきたもの、それまで信頼してきたトマスや彼の同僚の言葉に疑いを持つようになる。観客に多くの謎を与える演出はいかなる効果を生み出すのか。マーティン・エスリンは『演劇の解剖』のなかで「感興とサスペンス」について論じているが、『財団』におけるブエロ・バリェホの演出はまさにサスペンスを作り出していると言ってよい。エスリンによれば、異なったタイプのサスペンスがあるが、ひとつだけ確かなことは、「どのような劇形式の場合でもある種の基本的な問いかけが比較的早い段階で現れ、観客はサスペンスにいわば落ち着いて取り組めるようになる点である」(エスリン　一九九一、六九) と述べる。しかしながら、『財団』においては、観客はサスペンスに落ち着いて取り組むことがなかなか許されない。観客はトマスあるいは仲間の言動に不審を抱きながら一幕全部を見なければならない。一幕の最後になって、登場人物たちが監獄にいることが示唆されるが、それでも観客はどの部分が現実でどの部分がトマスの幻覚なのかを常に意識しながら、あるいは迷いながら舞台を見なければならない。

第二幕一場の後半でトマスは自分が刑務所にいることを認識する。ハルセイは、「舞台に現実が現れると、観客は約三五年間ずっとそうであった自分たちの現実を見ることになる」と指摘し、「伝統的な形式を壊すブエロ・バリェホはイデオロギー装置全体を壊す」と結論づける（Halsey, 1994：85）。「財団」だと思っていた場所が刑務所であることが明らかにされた今、そしてトマスの正気が戻った今、観客の謎解きのプロセスは終わり、客観的な目で舞台を見ることができるはずである。エスリンも論じるように、「ひとたび観客がこの重要な主題や行動の主要な目的をつかんでしまえば、彼らの期待感は最終目的にしかと定められて、自分たちの芝居がどこに向かって進んでいるのか、その一番の問いかけがなんなのか、わかる」（エスリン　一九九一、六九）からである。

しかしながら、囚人たちにさえ納得のいかない謎が浮上するため、観客のサスペンスは続行する。観客はいくつかの謎について登場人物たちとともに考えなければならない。まずひとつは、食事を一人分多く受けとるために同室の病人の死を隠していた件が看守の知るところとなったにもかかわらず、誰も何の罰も受けないという謎である。論理的に考えても処罰を受けないのはおかしいとアセルが言い、観客もまたその謎をアセルと共有する。一方、トマスとリノは、なぜアセルが罰として地下の独房に移ることを望んでいるのか、理解できない。この謎についても観客に答えは与えられ

図38　同室の5名。胸元の番号は何を意味するのか（『財団』1974年公演）

ない。また、なぜトマスだけが面会室に呼ばれたのか、トマスが何か不都合なことを言ったのではないか、他にスパイがいるのか、というかいくつかの疑問を持ちながら観客は舞台を見続ける。ここで明らかになるのは、観客は舞台上の出来事に合理性を求めるということである。つまり、最初の「没入の効果」によりトマスの幻覚を現実であると騙されて見ることになった観客は、その後も舞台上に矛盾を見ることで、常に疑いの目を持つことを余儀なくされる。作者ブエロ・バリェホはなぜこのような立場に観客を置くのか。トマスの幻覚に入り込まされた観客は、トマスの狂気を共有し、しかも集団的な狂気を体験させられる。狂気のなかにいるときわれわれは多くのことに疑問も持たず、論理性も求めない。窓から見える素晴らしい田園風景が常に昼のままであり、決して夜が来ないことの不合理にトマスも観客も気づかない。ブエロ・バリェホは、現実だと思って見ている光景に疑問を持つことを観客に訴える。疑問を持つことは幻想からの覚醒を促し、変化を引き起こす。ここで、トマスの「狂気から現実へと続くプロセス」に立ち戻って、彼の変化について考察しよう。

五　夢からの目覚めと連帯

拷問に耐えかねて仲間を密告したことに苦しむトマスは、自殺に失敗した後、過去の記憶を抹消する。そして、「財団」で文化事業に従事する作家という新しい自分を捏造する。幻想世界つまりフィクションを創造しているという点においては作家と言えなくもない。しかし、彼は本当に物語を創作していると言えるのだろうか。

トマスにとっての時間は、過去の記憶を隠蔽したときで止まっていると言えるであろう。『明り取り』の父親の時間がトラウマ的出来事の直前で止まったのと同様である。トマスの止まった時間は幻覚のなかの窓の景色に象徴される。窓から見える田園風景は暖かい日差しの、絵に描いたような平和な光景である。それはいつ眺めても昼間であり、時間の経過とともに変化することはない。時間の止まった幻想世界に生き、過去の記憶を語らなくなることは、行動することを阻み、未来への道を閉ざすことになる。同室のアセルは、他の者が語るトマスの過去をトマスに認めさせるのではなく、彼自身で記憶を回復することを促すのである。記憶は他者によって語られるのではなく、自ら語らなければならない。

記憶を回復し、未来に向けて行動するためには、幻想世界から脱出し、現実と向き合わなければならない。本作品ではホログラフィー（レーザー光線写真術）が何度も話題に上る。実際にホログラフィーの研究をしている写真家トゥリオは、現実と間違えるほどの映像を作り上げることが可能であると語る。しかし、ホログラフィーで映し出される映像は、どれほど本物のように見えても、実体のないものである。夢や幻覚などの実体のないものにとどまったままでは行動を起こすことはできない。まず目覚めることが必要なのである。目覚めに関して、ベンヤミンは歴史記述と関連づけて次のように述べている。「プルーストがその生涯の物語を目覚めのシーンから始めたのと同様に、あらゆる歴史記述は目覚めによって始められねばならない。歴史記述は本来、この目覚め以外のものを扱ってはならないのだ」（ベンヤミン　二〇〇三、一九一）。トマスの狂気からの目覚めは、過去の記憶を回復し、過去を語ること、そして自らの罪の責任を引き受けることを可能にする。

本作品で描かれる目覚めは、作品構造とも関係している。「二部からなる寓話」という副題について考察しよう。本作品は二幕であるため、そして主人公の幻想世界がテーマとなっているため、「二部からなる寓話」という副題になったと考えることもできるだろう。しかしながら、それほど単純ではない。本作品にはトマスの作り出す想像のユートピアを描いた寓話と、トマスが幻想世界から覚醒するという寓話、つまり二つの寓話が存在するという解釈が可能である。ほぼ同様の解釈をするテレンス・マクマランは、「伝統的に、寓話は美学用語とみ

図 39　財団は実は出口のない監獄であった。(『財団』1999 年公演)

なされ、二つのものを意味する。ひとつは想像によって創られたフィクション」であり、「もうひとつの重要な特徴は、知るということであり、道徳的教訓を含有する」(McMullan, 1996：170) と述べている。重要なのは、寓話のこの二つの意味が作品内でどのように表象されているかを考察することである。トマスの幻想という寓話の外枠に、その寓話からの覚醒という寓話が存在し、二つの寓話は入れ子構造になっている。つまり、内枠の寓話の解体が外枠の寓話を成立させている。内枠の寓話のなかで止まっている時間を外枠の寓話が再び動かす。凍結した時間が解凍するとき、過去の記憶は回復され、歴史の構築が可能になる。

幻想からの覚醒は連帯することも可能にする。狂人は自分以外の者と同じ視点を共有することができない。つまり、狂人であれば他の者と連帯を組むことができないのである。無名の個人の重要性を説く『明り取り』の父親は、個人の歴史に注意を向けさせることはしたが、それを共同体の力として正史に抵抗する歴史にすることはできなかった。なぜなら彼は最後まで狂気から覚めることがなく、他の者たちと連帯することができなかったからだ。『財団』には、刑務所からの脱走計画にかかわる多くの者の連帯が描かれる。別の棟の囚人たちが地下独房の明り取り窓から工具を差し入れたり、トンネルを掘ったあとの土の始末をしたりして協力することになっている。死刑囚ではない彼らはトマスたち死刑囚の脱走を成功させるために、「自己を犠牲にして手助けをする」準備ができているのである。一方、アセルは尋問のための呼び出しを受けたとき、拷問に耐えられずに脱走計画を自白してしまうことを恐れ、ベランダから飛び降り自殺をする。彼もまた仲間に脱走の可能性を残すために自己を犠牲にする。対照的に、マックスは食べ物やワインのために「告げ口屋」となって刑務官に情報を与えたため、間接的にトゥリオやアセルの死を招く。その「告げ口屋」をリノがベランダから突き落として殺すのである。アセルの自殺で刑務所職員が混乱する隙を見た一瞬の出来事である。そのときトマスは「狂人」の振りをし、事故だったと喚き散らし、刑務官を煙に巻く。幻覚から覚めたトマスはアセルの自殺の意味を理解し、リノのマックス殺しを偽りの告白によって隠蔽する。このときのトマスについてイグレシアス・フェイフォーは、「状況は以前とはかなり異なる。そのとき彼は空想に支配される代わりに空想を支配する。財団はもはや避難場所ではなく、独居房へ移動し、自由の可能性を手に入れるために、看守に抗して利用される武器となる」（Iglesias Feijoo, 1982：455）と分析する。現実を受け入れたトマスは行動し、連帯するのだ。囚人たちの連帯は、監獄が支配権を維持するために阻止されねばならないものである。なぜなら、「受刑者の孤立化（イゾルマン）は、他のいかなる影響力によっても相殺されない権力が最大限の強度で受刑者に行使されうる事態を保証するのであって、孤立状態は、全面的な服従の第一条件である」ため、「同質的で連帯的な集団を形づくってはならない」からである（フーコー　一九九七、二三六）。つまり、狂気によるトマスの孤立は絶対的服従を意味し、監獄が望むものであった。したがって、彼が正気を回復し仲間と連帯することは、絶対的支配にとっての脅威となるのである。

幻覚や夢によって行動が阻まれると論じてきたが、本作品では夢を見ることが否定的にのみ捉えられているわけではない。同僚にとってトマスの狂気は自由のない監獄生活の中での慰めにもなった。トマスの勧めるままに想像上のビールを飲み、タバコを吸う振りをするとき、それが真似事であっても彼らの心に安らぎが与えられたのである。唯一トゥリオだけが幻想の世界に住むトマスに厳しい態度で接してきたが、その彼も自分の恋人の話をしながらトマスに理解を示す。

トゥリオ　少しだけ夢を見させてくれ、アセル！（立ち上がる）彼［トマス］も恋人と会うだろうし、僕だって恋人に会うさ！　そういったことが起こらない人生なんて意味がないよ。トマス、君の言うこと、よくわかる。（トマスは振り向かずに否定する）いつかきっと僕たちはこの手で恋人を抱きしめることができる！　幻覚なんかじゃなく、ホノグラフィーなんかでもなく！（トマスはきつく握り締めた両手で顔を押さえる）感動的な現実……正真正銘のね。（アセルに近付き）だから、あんたが言うこと、どんなことでもするよ。やり遂げなくちゃ。

夢を見ることは行動するための原動力になる。トマスが見ているという美しい田園風景についてアセルは、「世界はすばらしい。そしてそれこそが我々の強みだ。ここからだって世界の美しさを認識することはできるんだ。鉄格子が邪魔することはできない」と言い、心のなかに描く美しい世界は誰にも妨害されない貴重なものだと強調する。夢見ることは、現実逃避的な慰めでもあるが、希望を持って生きるための肯定的な行為でもある。作者ブエロ・バリェホが主張するのは、次のトゥリオの言葉である。

トゥリオ　（略）トマス、夢を見ろよ。君の空想を非難したりして悪かった。夢見ることは僕たちの権利だ。両目をしっかり開いて夢を見よう！　それに、君はもう目を開きかけている。目を開いて夢を見るなら、前に進むことができる！

トマスが作り上げた幻想の世界は、過去からも現在からも隔離されたものである。このような孤立した世界にとどまることは他の人間、時間、空間、ひいては歴史などあらゆるものとの接触を不可能にする。トマスは自分が作家であると言った。物語を書く本人がその物語に取り込まれている場合、その物語は実体のないものとなる。書き手になるためには観察者になることが必要である。孤立した幻想から抜け出し、過去の責任を負って現実を直視するときに、初めてトマスは物語を書くことができる。彼の書く物語は、脱走計画の成功のために一役買うことになるであろう。

六　行動、そして寓話の解体

全体主義社会において人はモルモットのように生きていると言えるのではないか。彼らは自分たちが国のために素晴らしい貢献をしているのだと思いこむ。すなわち、『バルミー医師の二つの物語』のダニエルがそうであったように、いかなる行為であれ、それは国家の利益のためであると考えるようにイデオロギー操作をされている。あるいは、本作品前半のトマスのように、権力側に都合のよい寓話を自ら作り出し、そのなかに取り込まれて生きる者も少なくない。第二幕一場の最後にベルタが姿を見せるとき、彼女は死んだモルモットを手に持ち、それを垂直に床に落とす。モルモットは、自分が死ぬ運命にあることを知らず、丁重に扱われていると勘違いするトマスの象徴であった。モルモットの死はトマスの死とはならず、彼の狂気の死を、そして彼が作り上げた寓話の解体を意味する。トマスが覚醒した今、彼を助けるベルタという人格は必要なくなり、彼女は姿を消す。

マリア・ゲレロ劇場の一九九八―九九年のシーズンで上演された『財団』の演出家ファン・カルロス・ペレス・デ・ラ・フエンテは、多くのブエロ・バリェホ作品のなかでなぜ『財団』を選んだのかという質問に次のように答えている。

『財団』はスペイン人がまだ独裁制の重圧のもとで生活していた一九七四年に初演されました。それは困難な時期でした。あまりに長い年月、自由が封じ込められ、民主主義を勝ち取ることが達成すべき一番の目標でした。観客が、台詞の行間に込められたこと、つまり日常生活において言うことのできないことを聞くために、劇場に足を運び、そうして『財団』という作品を自由への重要な儀式としたことは疑いのないことです。

（Teatro María Guerrero, 1999：23）

本作品は幻想からの覚醒が導く「自由への重要な儀式」というわけである。ハルセイは「自由への旅」という言葉を用いて本作品を分析する。「この自由への旅は内側へ（トマスの場合は自身の真実の過去へ）、そして外側へ（ますます輝く光に向けてトンネルが掘られなければならない一連の監獄から外へ）向かうべきであるとブエロ・バリェホは比喩的に主張する」（Halsey, 1994：94）という彼女の指摘は重要である。

第二幕の中盤でアセルが仲間に打ち明ける脱走計画は、アメリカ映画の『大脱走』（一九六三年公開）を彷彿させる。掘ったトンネルから出る土の処理の仕方や、トンネルが地上に出る地点等、共通点が多い。『大脱走』

では、逃げ果せた者は数人に過ぎず、大半は殺され、生き残った者は再び捕虜収容所に送り戻される。スティーブ・マックイーン扮するヒルツも脱走に失敗し、収容所に連れ戻される。最後は彼が独居房で壁に向かってキャッチボールをするところでエンドマークが流れる。観客は大々的な脱走の実行前にもヒルツが独房でキャッチボールをしていたシーンを覚えている。したがって、この最後の場面は絶望的な印象を与えたりはしない。観客は、キャッチボールをするヒルツが再び「行動する」ことを確信し、そこに希望を見るのである。

『財団』においてもトマスとリノが脱走できる確率は極めて低い。最後に二人が呼び出されたのは死刑執行のためかもしれない。たとえ希望どおりに地下の独房に移動したとしても、トンネルを掘ることができるのは十四と十五号室の二部屋だけであり、他の部屋に入れられた場合、脱走計画はあきらめなければならない。それでも、最後の場面に希望があるのは、観客が二人の連帯を見るからである。リノはハンガーから自分とトマスの麻袋をはずし、トマスは棚から二人分の皿、コップ、そしてスプーンを取り、互いに相手に手渡す。そして、「行こうか、リノ?」というトマスに、リノは「行こう」と答え、二人とも満足げな表情で退場する。彼らも観客も二人が地下の独房に移ることを夢見ると同時に、そこでトンネルを掘るという「行動」を起こすことを期待する。そして、そのときには、トマスは彼の「狂気」を武器としてうまく利用するであろう。彼はアセルの計画をリノとともに実行するために、もはや幻覚ではなく、彼自身が創作した物語で刑務官を翻弄するであろう。そう観客は望むのである。

さて、ラスト・シーンについて考察するときが来た。トマスとリノが刑務所職員に呼ばれ、独房を出た後、観客が目にするのは第一幕が開いたときとまったく同じ舞台装置である。ト書きには次のように書かれている。

ロッシーニの田園曲が遠くでかすかに聞こえ始める。虹色の照明が当たる。カーテンが下りて部屋の隅のトイレのある部分を隠す。上手のカーテンが上がると再び本棚やテレビが姿を現す。電話が小テーブルの上に再び現れる。ベッドの頭部には小型ランプが再度現れる。（略）空想の大スクリーンが以前あった場所までゆっくりと下りてくる。最後には広い窓が現れ、その背後には素晴らしい風景が輝いている。大きな音で音楽が流れる。ドアが開く。それは刑務所長であり、彼はすぐに敷居の前に立つ。（略）所長は正装をしており、非常に優しい微笑を浮かべながら、新しい入居者たちを部屋に招き入れる。

幕が下りる直前に、なぜトマスの空想の世界が戻ってくるのか。イグレシアス・フェイフォーは、このラストが「舞台の外の現実世界で観客を罠に陥れる『さまざまな財団』があることの観客への警告であり、人間社会で彼らを制限したり錯乱させたりするすべてのことに注意を払うようにとの訴えである。なぜなら、その具体的な監獄は論破されたが、世界にはまだまだ他にも多くの監獄があるからだ」（Iglesias Feijoo, 1982：455）と分析する。確かにこの分析は、「監獄を出ても次の監獄が我々を待ち受け、それを出ればまた次の監獄、そしてまた次の監獄が待っている」という作品中のアセルの台詞と合致する。しかし、本作品の劇構造に注目すると、次のような別の解釈も可能になる。

『財団』で作者が用いた「没入の効果」は、観客を無抵抗な状態でトマスの幻想する「幸福な社会」へと招く。つまりそれは現在生きている社会が不自由のない素晴らしい世界であると観客に思わせる国家のイデオロギーなのであり、姿を見せない権力なのだ。観客が与えられた情報に裏切られるというこの劇構造は、ブエロ・バリェホが『バルミー医師の二つの物語』で用いたブルジョアカップルの役割の逆転構造と類似する。そして、国家のイデオロギー操作を可視化するという点でも同様である。劇の最後に「財団」が再現されるとき、観客は国家権力を姿あるものとして認識する。そして、彼らが劇場から出て現実社会に戻ったとき、もし彼らが自分たちのいる組織あるいは社会を「財団」のように見ていたのなら、矛盾点や疑問点に気づき、不合理を修正し、真実を求めることになるだろう。観客は夢から覚め、記憶を回復し、そして正気に戻ったトマスが言うように「これから起こることを覚えておく」のである。

本作品に「二部からなる寓話」という副題がついていることを思い起こそう。トマスの空想物語という寓話は、トマスの目覚めという寓話によって解体された。寓話は何度も読まれることが多く、読み手は大概話の筋を知っている。同様に、最後にトマスの幻想という寓話が再び舞台上に現れるとき、観客はすでに物語の展開を知っている。「この最後が観客を欺くことはない。なぜなら彼らは、新たな居住者の受け入れ準備をする施設が本当は何の組織であるのかをトマスの導きで知ったからだ」(Iglesias Feijoo, 1982：455) というわけである。『財団』は、自由で幸福な社会という幻想からの覚醒を主人公を介して提示するだけでなく、実際にその覚醒を観客に体験させる。最後に再び設備の整った財団の舞台装置が現れたとき、もはや観客が幻覚の世界に惑わされることはない。観客は次のトマスが覚醒するプロセスが新たに始まることを確信し、劇場を後にする。すでに一度トマスとともに目覚めた彼らは、今後も現実と幻覚の境界を見極めることに努めるのである。目覚めはイデオロギーの支配に亀裂を入れる。そして、イデオロギー支配から自由になったとき、人は行動することができる。

終章　監獄から次の監獄へ

――『燃ゆる暗闇にて』から『財団』へ――

アントニオ・ブエロ・バリェホの劇作は「現実的改革主義（posibilismo）」と呼ばれることが多いが、急進的な改革を望む者は、この言葉に妥協的な創作活動という軽蔑的な意味合いを込める。果たしてブエロ・バリェホの作品は当時の国家、すなわち独裁制の抑圧に譲歩して創作されたものなのか。その答えは第二章から第九章の分析が明らかにしているはずである。彼の劇作法は直接的ではないが、実際には権力そして暴力を行使する社会を痛烈に批判しているのである。

ブエロ・バリェホは国家が隠蔽する権力あるいはイデオロギーを可視化する。『燃ゆる暗闇にて』の盲学校、『サン・オビーディオの演奏会』の救護院、『バルミー医師の二つの物語』のブルジョアのカップルや「祖母」が住む社会、そして『財団』のトマスの幻覚を維持する刑務所はすべて、権力があたかも存在していないかのように見せかける。権力そしてイデオロギーが〈自然〉のものとされ、意識されないとき、まさに人々はその支配下に取り込まれていると言えるのだ。とりわけ全体主義では、本来存在する支配者と被支配者、勝者と敗者などの二項対立を隠蔽するのが常である。ブエロ・バリェホは処女作『燃ゆる暗闇にて』から、この隠された二項対立を顕在化させる作業を始めるのである。彼はまた、現実社会においては様々な権力関係が必然的に存在することを暴いていく。そして、権力関係が転覆可能であること、常に変化する性質を持ち合わせたものであることを、『燃ゆる暗闇にて』のカルロスとイグナシオ、『サン・オビーディオの演奏会』のバリンディンとダビド、『バルミー医師の二つの物語』の女性たちなど、登場人物の関係性から描いている。権力関係の逆転を可能にするのが真実を知ること、現実を見ること、文字を持つこと、語る声を持つことであると提示される。ブエロ・バリェホは、真実を知らない者、現実を見ない者、文字を持たない者、声を持たない者を登場させ、彼らに変化を与え救い出す。つまり、それは被支配者（＝敗者）として歴史から排除された無名の者たちに光を当て、彼らの記憶を回復することなのである。

たとえば、『サン・オビーディオの演奏会』でブエロ・バリェホは、史実とフィクションを織り交ぜながら正史の書き換えを行う。つまり、バレンティン・アユイによる盲学校設立の動機となった盲人の演奏会という史実に、決して記録されることのなかった盲人一人一人、その演奏会にかかわった者たち一人一人の声を想像し、創作し、挟み込んでいく。また、『ラス・メニーナス』では、ベラスケスの《ラス・メニーナス》という絵に描かれる、声を出さぬ者たちを絵から解放し、自由に言葉を発する機会を与える。『バルミー医師の二つの物語』では、バルミーの口述というナラティヴ、バルミーの患者のナラティヴ、そして患者のナラティヴ内のナラティヴというように、語りの入れ子構造を巧みに利用する。この多層的なナラティヴ構造は、隠蔽された国家のイデオロギーを可視化するとともに、拷問を実行する国家の歯車となった者、その拷問の犠牲となった者、あるいは共犯者となった者などの多重の声を演劇化する。抑圧される者たちの声を響かせることに成功した本作品をオーラル・ヒストリーとして捉えることが可能である。次の作品『明り取り』においては無名の人々に一層の光が当てられる。認知症の父親が熱中する絵葉書の切り取り作業や明り取り窓で行うなぞなぞ遊びなどによって、個人の記憶や歴史の再構築が試みられると同時に、正史による無名の個人の排除が前景化する。『理性の眠り』では、ゴヤの黒い絵や銅版画を視覚的、あるいは聴覚的に用いて、スペイン社会に、そして人間一人一人に潜む恐怖や残虐さを描き出す。人間の残忍さ、それに伴う恐怖は、作品の舞台となる一九世紀以前から引き継がれてきた負の遺産なのである。ゴヤの絵によって、人々は過去の、そしてこれからの蛮行を記憶することになる。『財団』において記憶の回復は、主人公トマスの目覚めのプロセスを観客が同時に体験するという形で行われ、しかも、最も希望ある形で引き継がれる。このように、『燃ゆる暗闇にて』から『財団』に至るまで一貫してブエロ・バリェホは記憶の隠蔽と忘却された記憶の回復を舞台にのせてきた。

もう一点、彼が舞台で描き続けることに執心したものに言及しなければならない。それは時に殺人にも発展する暴力である。「暴力の本質を問うことは、歴史の本質を問うことに等しい」(今村　一九九五、三七)と考える筆者は、ブエロ・バリェホの歴史認識に関しても論じる本研究において暴力を分析することは不可欠だと考える。そこで、ブエロ・バリェホ作品における暴力あるいは殺人について考察してみたい。

『燃ゆる暗闇にて』でイグナシオは、盲学校の権力とイデオロギーを可視化し、盲目の生徒たちが晴眼者の持つ眼差しの権力を持ち得ない、常に見られる客体であることを暴露する。「鉄のモラル」の信奉者カルロスは、それまで隠蔽に努めてきた事実を掘り起こすイグナシオに敵意を抱く。カルロスによるイグナシオの殺害は真実の認識を拒否するものである。施設の幸福のため、「鉄のモラル」を維持するための殺害という大義の背後に、自分自身の幸福・優越感・存在価値を守るためという利己的な動機がある。『サン・オビーディオの演奏会』のダビドの場合、自分が盲目の物乞いであることを強く認識している。そして、彼は記録される対象でもなく、記憶を記録する手段も持たないため、忘却される存在にしかなり得ないということを理解しており、読み書きを習得することを切望するのである。ダビドのバリンディン殺しは盲人たちが受けた抑圧そして侮辱に対する復讐であり、バリンディンに暴力を振るわれる盲人仲間やアドリアーナを救うためでもあったろう。しかし、ダビドは彼女をめぐってバリンディンとライバル関係にあること、そして、他の盲人たちは音楽にそれほど興味があるわけではなく、ダビドほど演奏会の茶番に屈辱を感じていないことを考え合わせると、ダビドの殺害にも私的な動機があったと言わねばならない。つまり、カルロスとダビドの場合、個人的復讐のための殺人であり、決して国家や社会という大きな権力に対する抵抗になってはいない。

『ラス・メニーナス』では、主人公のベラスケスが全面の信頼を寄せていたペドロが警官に捕えられ殺害される。この作品での殺人は権力側からの一方的なものであり、他の作品で描かれている暴力とは意を異にする。ベラスケスは友人の死を自分のことのように嘆き悲しむが、あたかも死んだペドロが乗り移ったかのように、異端審問の場面では雄弁に反駁する。芸術家にとって異端審問で自分の作品が裁かれ、破棄を命じられることは死刑宣告に等しいことであろう。ベラスケスを異端審問で裁いている者、あるいは間接的に彼をそういう立場に追い込んだ者たちに注目すると、彼らもまた、ベラスケスを裁くにあたって彼の信仰心や忠誠心の欠如を表向きの理由としながら、その裏側に悋気や嫉妬、羨望、猜疑という個人的動機を隠している。

国家権力に対する抵抗は、『バルミー医師の二つの物語』および『明り取り』で前景化する。この二作品の殺人に共通するのは行為者の狂気である。『バルミー医師の二つの物語』でブエロ・バリェホは登場人物の人間関係が常に権力関係にあることを呈示した。その関係は必然的に抵抗を生み出し、逆転可能な可変的なものであることは先に論じたとおりである。『燃ゆる暗闇にて』、そして『サン・オビーディオの演奏会』においても殺人は抵抗の一手段であったが、それは敵対する者への抵抗という私的なものであった。しかしながら、『バルミー医師の二つの物語』と『明り取り』でブエロ・バリェホは国家権力が自ら生産する抵抗を明示する。メアリーの場合、夫ダニエルが息子ダニエリートを去勢するという妄想に取り付かれており、息子を守るという目的が夫殺しにはあったであろう。しかし、彼女の精神はそのときすでに異常をきたしており、正常な判断の末の正当防衛とは言いがたい。『明り取り』の父親は認知症のため家族を認識することさえできない。そのような彼が長男を殺すとき、その殺人の意図は決定不可能なものとなる。メアリーと父親の殺人には説得力のある理由もなければ、本人に殺す意志があったかどうかも疑わしい。彼らの暴力は内戦の後遺症、あるいは拷問という暴力を行使する独裁制国家が自ら生産した抵抗であり、つまりは内側からの抵抗なのである。では、彼らの抵抗は国家権力に打撃を与える有効な抵抗であったと言えるのか。

『バルミー医師の二つの物語』は、メアリーが警察に連行され、残されたダニエリートをあやす「祖母」が再び「ダニエリートの物語」を語るところで幕が下りる。この最後は新たな拷問者ダニエルが育成されていくことを暗示する。メアリーのダニエル殺しが国家権力システムの歯車のひとつを除去することでシステムの動きに変化を与えたことは確かである。しかし、悪の循環システムを終わらせるほどの決定的な打撃とはなり得なかった。『明り取り』の最後では、父親が精神病院に入れられ、はさみを持つことが許可されないため手で雑誌をちぎっているとマリオがエンカルナに語る。マリオは彼女に求婚し、生まれてくる子供を自分の子として育てていくことを約束する。最後の場面で重要なのは、マリオが兄ビセンテの死は自分が招いたと認めることである。ビセンテは死の直前まで二歳の妹の死の責任が自分にあることを認めず、それどころか別のバージョンの記憶を創り上げ、罪の意識から逃れていた。対照的にマリオは、実際に兄を殺害したのは父親であるが、頻繁に実家に帰るように仕向けたのは自分であり、兄を「救いたかった……そして殺したかった」と告白する。マリオは言う。「僕たちは実際なにを望んでいたのだろう？　僕はなにを望んでいたのだろうか？　僕はどんな人間なのだろう？　僕は誰なんだろう？　誰が誰の犠牲者だったのだろう？　決して知ることはない……決して」。絵葉書や雑誌に写った人を切り取り、それが誰かを尋ねる父親の作業は、無名の人々の記憶ひいては歴史を再構築する試みであった。しかし、彼は最も近くにいる自分の家族に対してその作業を行わなかった。それゆえに、彼は誰も救えなかったのである。マリオが父親の繰り返す質問を自分自身そして家族に向けるとき、この家族の記憶、つまり歴史が再構築される。確認すべきことは、父親は個人の重要性に執着し、無名の人々が埋もれていたコンテクストから彼らを救い出すことはしたが、記憶を新たに構築することはできなかった。なぜなら彼が狂人であるからだ。狂気のなかにいるとき、人は記憶を回復することはできない。

『理性の眠り』では、自由主義者であるリエゴ将軍の処刑、数珠つなぎになって歩く囚人や溝に捨てられた死体などの残虐な場面が、登場人物の会話のなかに頻発する。ゴヤの夢のなかで彼を襲う怪物、現実世界において彼を襲撃し、半殺しにする王党派の兵士たちが舞台の上で暴れまわる。そして、人間誰もが残忍な怪物になり得ることが描かれている銅版画『戦争の惨禍』シリーズの版画のタイトルが響きわたる。本作品においては舞台上で殺人が実行されることはないが、黒い絵の演出効果もあり、暴力と恐怖が充満する社会が描写される。最後は、怪物のようなグロテスクな容姿の者たちが星空の下に集う場面を描いた版画「もし夜が明ければ、いなくなろう」のタイトルが連呼されて幕を閉じる。理性の眠りから覚めれば、怪物のいない社会を取り戻すことができるというわずかな望みが示される。

狂気からの目覚めは最後に取り上げた作品『財団』の大きなテーマである。本作品では四つの死が提示される。トマスと同室の病気の男の栄養失調による死、トゥリオの死刑執行、アセルの自殺、そしてリノによるマックスの殺害である。この四つの死はどれも舞台上では演出されない。病気の男は幕が上がったときにはすでに死亡しており、トゥリオの死刑は、彼が刑務官に呼び出され部屋を出ることで示唆される。アセルの自殺とマックスの殺害については、物音や人々の声のみで観客に提示される。思い起こせば、『燃ゆる暗闇にて』のイグナシオの殺害も舞台では演じられず、それを目撃するドーニャ・ペピータの表情だけがその死を語るのだった。『サン・オビーディオの演奏会』のバリンディン殺しにしても、劇場内の照明がすべて消された暗闇のなかでの殺害のため、観客が目で見ることはなく、バリンディンのあえぎ声によってその死が示唆される。殺人行為が舞台上で行われるのは、『バルミー医師の二つの物語』のメアリーと『明り取り』の父親の場合だけなのである。つまり、常軌を逸した二人の殺人行為のみが観客の目前で演じられる。それは暴力を行使する国家が、暴力という同様の武器を用いた抵抗を自ら生み出すことを強調するためにほかならない。暴力の連鎖が舞台上で展開されるのである。『理性の眠り』では殺人に至ることはないが、ゴヤが王党派兵士に暴行される衝撃的な場面も舞台上で展開する。これは、恐怖を実際に体験することが人間性を変えてしまうほどの力を持つことを示すため、そして、理性の眠りが生む怪物たちの恐ろしさを伝えるためである。この襲撃場面すべてが当時の検閲官によって削除されたことは非常に興味深い。

さて、『財団』でのマックス殺しはどのような意味を持つのだろうか。マックスは少しの飲食物がほしいために「告げ口屋」となる。アセルは脱走計画をリノとトマスにのみ話し、他の者には秘密にしているが、マックスは秘密裏に何かが動いていると感づいている。アセルは呼び出しを受けたとき、自分が拷問され、自白してしまうことを恐れて自殺を選択する。早々に執行されたトゥリオの死刑も、アセルを自殺に追い込んだ呼び出しも、おそらくはマックスの告げ口が原因であるとリノとトマスは考える。リノのマックス殺しはトゥリオとアセルの死の復讐であると同時に、脱獄を成功させるためであり、決して利己的な理由によるものではない。

ブエロ・バリェホは『財団』で初めて連帯が可能にする抵抗を描く。『燃ゆる暗闇にて』の盲学校では、一見カルロスは他の生徒と連帯しているように見えるが、それは「鉄のモラル」のもとで装われた偽りの連帯である。『ラス・メニーナス』では、ベラスケスを親友と呼ぶ国王も、妻のファナも、従弟のニエト、恩師ナルディ、弟子のパレハに至るまで、誰一人としてベラスケスを理解しておらず、ましてや協力関係など存在しない。『サン・オビーディオの演奏会』のダビドは、団結して素晴らしい音楽を奏で、晴眼者を見返してやろうと何度も他の盲人に呼びかけるが決して聞き入れてはもらえなかった。彼が息子のように可愛がってきたドナートはアドリアーナをめぐる嫉妬心のためダビドを警察に売りさえする。『バルミー医師の二つの物語』のメアリーも「祖母」やルシーラに一緒に戦うことを嘆願するが聞き入れてもらえない。『明り取り』の父親は記憶から家族を排除し、誰とも人間関係を築くことはない。ただ、息子のマリオが兄や父親の責任を引き受け、エンカルナと生まれてくる子供とともに新たな道を歩むことを決意する。『理性の眠り』では、愛人レオカディア、友人の医師、同郷人の司祭の誰一人としてゴヤと彼の絵を理解していない。そして、ブエロ・バリェホはフランコの独裁制が終わる一年前に執筆した『財団』で初めて、トンネルの先にある希望の光を声高に語る。イグナシオも光を求めた。しかし、彼の求める光は先天的盲人にとっては決して獲得できないものであり、彼の希望が適う可能性はほぼゼロに近い。ゴヤが到来を待っている鳥人間は腐敗した社会を救うとされるが、それはゴヤの幻想にすぎず、実現の可能性はないであろう。また、ゴヤの版画「もし夜が明ければ、いなくなろう」の大合唱にかすかな希望は見られるものの、ゴヤが国家権力に完全に屈服し、画家として、人間としての矜持を捨てる姿を見る観客が、本作品のエンディングを楽観的に捉えることはないであろう。しかし、『財団』では、トマスとリノが脱出する可能性は極めて低くはあるが、二人が協力してその可能性に向けて行動するとき、そこには希望がある。そしてなによりも二人の表情には強い意志と希望が満ちあふれている。狂気から目覚めたトマスは国家の共犯者から抵抗者へと変化する。不可能な夢の実現のためには死ぬしかないかもしれないと言うイグナシオは何の行動も起こせなかった。しかし、トマスは仲間と連帯することで、行動する抵抗者となったのである。

『燃ゆる暗闇にて』から『財団』まで、ブエロ・バリェホは一貫して国家権力やイデオロギーの隠蔽と可視化、記憶の忘却と回復、権力と抵抗、そして暴力を舞台化してきた。彼は〈敗者〉とされる無名の人々に光を当て、彼らの声を演劇化した。しかし、ブエロ・バリェホは〈敗者〉の叫びだけではなく、〈勝者〉として生きているように思える者たちの苦悩も描いていることを指摘する必要がある。優等生カルロスは、盲学校という限られた空間ではあるが、自由で幸福な生活を送っている。つまり彼は限定された空間において、眼差しの権力を持つ〈勝者〉であるがごとく振る舞う。しかし、イグナシオにより彼の偽りの〈勝者〉の姿は仮面を剥がされ、最後にはイグナシオと同じ叫びをあげる。『ラス・メニーナス』では、全権を握る〈勝者〉であるはずの国王フェリペ四世が決して〈勝者〉として描かれていない。彼は側近たちに操られており、異端審問の場においても隣にいるドミニコ会修道士に相談しなければ意見を述べることすらできない。そして、自分自身を「この世で一番みじめな人間」と呼ぶのである。次の作品『サン・オビーディオの演奏会』では、盲人や他の使用人を支配し、実業家として成功しているバリンディンは〈勝者〉として映る。しかしながら、彼も貧しい家の出身であり、ある伯爵の恩恵を受けてブルジョア階級に成り上がったにすぎない。彼の身分を保証するのは王室からもらった短剣のみであり、その身分を維持するために彼は金の亡者となる。彼は不安や劣等感を抱えるがゆえにアルコールに依存する。愛人アドリアーナから真の愛情を得ることができない彼は、子孫を残すという願いも拒否される。泥酔し、真っ暗な出し物小屋で盲人に殺されるバリンディンの「アドリアーナ！」という最後の叫びは〈勝者〉のように見える男の不安と苦悩の叫びである。『バルミー医師の二つの物語』では、警察という〈勝者〉の側にいる者全員が身体的苦痛に悩まされている。彼らは絶対的な権力を有する立場でありながら、自らが行使する暴力が生み出す抵抗に苦しめられ、抜け出すことのできないシステムのなかであがいている。最後に妻のメアリーに射殺されるダニエルの「ありがとう」という言葉は、循環する負のシステムのなかで身動きがとれないという苦悩に終止符を打つことへの感謝の言葉である。『明り取り』で、父親は末娘の死の責任、あるいは長男ビセンテを

〈勝者〉側へ渡してしまったことへの後悔などから苦しみ、その結果、認知症になって過去を忘却する。家族のなかでただひとり列車に乗り込み、経済成長する国家の〈勝者〉側へと移動したビセンテは、隠蔽してきた過去の記憶が、認知症の父親が熱中する絵葉書の切り取り作業や、明り取り窓でのなぞなぞ遊びによってよみがえるために苦悩する。父親とビセンテの苦悩は列車の音として表現されるが、息子が父親に殺される直前、彼らの苦悩を表す列車の音は轟音となって劇場内に響き渡る。

このように、ブエロ・バリェホの作品は、単に〈敗者〉の声を回復するだけでなく、権力者つまり〈勝者〉の側にいる者や、いると思われる者たちのジレンマや苦しみをも前景化する。〈勝者〉の創った歴史に抜け落ちている〈勝者〉側にいる者たちの不安や良心の呵責、重圧、悔恨などの負の部分もブエロ・バリェホ作品は訴えるのである。「歴史と記憶の間」を書いた梅森直之は、「〈もうひとつの歴史〉が、〈もうひとつの正史〉へと転じてしまうこの逆説を、歴史家はいかにして回避しうるのか」（梅村　一九九九、一七六）と問う。ブエロ・バリェホ作品においては、権力関係を逆転した〈敗者〉も決して〈勝者〉になるわけではなく、〈勝者〉は存在しないと提示することで、「〈もうひとつの歴史〉が、〈もうひとつの正史〉へと転じてしまう」ことを回避しているように思うのだ。結局、唯一、国家という実体のない存在、個人を飲み込む抽象的な存在のみが〈勝者〉としての姿を誇示する。「敗者の歴史」あるいは「もうひとつの歴史」とは、個々の人間に焦点を当てた全人類の歴史となるべきなのである。

劇作家アントニオ・ブエロ・バリェホは、当時のスペイン社会を多くの比喩を用いて描いたという点で、歴史の証人であると言えるであろう。また、本書で扱った『サン・オビーディオの演奏会』、『ラス・メニーナス』、『理性の眠り』以外でも、ユリシーズとペネロペを主人公とする『夢を織る女』、エスキラーチェ侯爵が主人公の『民衆のために夢見る者』、そして批評家であり小説家でもあったマリアノ・ホセ・デ・ラーラを描いた『爆裂』（初演一九七七年）など多くの歴史劇を手がけたという点で、歴史と深くかかわった作家であると言える。しかしながら、歴史劇以外の多くの作品においても記憶、忘却、権力、暴力を描き、権力としての歴史すなわち正史に対する抵抗を訴え続けた作家であることを忘れてはならない。ジェイムソンは、「現在まで残っている文化的記念碑とか傑作のたぐいは、その定義からして、どうしても、階級対話の一方の声、つまりヘゲモニーを握る階級の声だけを、永遠のものとして祭り上げてしまうので、それらを正しく対話システムの関係の網の目のなかに位置づけようと思えば、最初に異議申し立てを行った声を人為的に再構築して、復活させなければならないだろう。対立する側の声はおおむね押し殺され、沈黙を余儀なくされるか、周辺へと追いやられるか、あとかたもなく吹き散らされてしまうか、ヘゲモニー文化に再所有されるかの、いずれかなのだから」（ジェイムソン　一九八九、一〇三）と論じる。ブエロ・バリェホは〈敗者〉の声を「人為的に再構築して、復活させ」、舞台にのせることで正史に抵抗した。その抵抗は、亡命せずに国内に残り、検閲を受けながらの創作であったという点で、国家権力が生み出した内側からの抵抗だったのである。

注

（1）序章の第一節「一七世紀からのスペイン演劇の流れ」と第二節の「スペイン内戦以後の演劇」に関しては、煩瑣になるため、特に必要のない限り、引用の出典は詳記しない。参考にした文献は、（Bonnín Valls, 1998）、（Elizalde, 1977）、（García López, 1698）、（Moreiro Prieto, 1990）、（Pedraza Jiménez, 1995）、（Ruiz Ramón, 1997）、（Tusón y Lázaro Carreter, 1995）、（牛島、一九九七）、（ガルシア・ロペス、一九九九）、（佐竹、二〇〇一）である。

（2）一九七八年にロジャー・ドゥヴィヴィエ（Roger Duvivier）に宛てた手紙のなかでブエロ・バリェホは次のように述べている。「検閲があってもなくても、独裁制下であっても自由の下（相対的であるが）であっても、斜めの視線は、角度はさまざまであるが、常に芸術作品に内在する条件であることを忘れないでおきましょう」（Buero Vallejo, 1994：488）。一九八二年に出版された『スペイン内戦と文学』に収録された野々山真輝帆との対談でも、ブエロ・バリェホはこの視線について語っているが、「斜にかまえた視線」と訳されている。

（3）第一章の第一節「内戦勃発」と第二節「内戦終結そして独裁制へ」に関しては、煩瑣になるため、特に必要のない限り、引用の出典は詳記しない。参考にした文献は、（斎藤、一九八四）、（塩見、一九九八）、（人民戦線史翻訳刊行委員会、一九七〇）、（砂山、一九九八）、（トマス、一九六六ａ，ｂ）、（中塚、一九九八）、（ボルケナウ、一九九一）、（若松、一九九二）である。

（4）第一章の第三節「検閲について」に関しては、煩瑣になるため、特に必要のない限り、引用の出典は詳記しない。参考にした文献は、（Abellán, 1980）、（Andrés-Gallego, 1997）、（Delibes, 1985）、（Muñoz Cáliz, 2005）、（Muñoz Cáliz, 2006）、（Neuschäfer, 1994）、（Ugarte, 1999）である。

（5）第一章の第四節「アントニオ・ブエロ・バリェホと検閲」に関しては、煩瑣になるため、特に必要のない限り、引用の出典は詳記しない。参考にした文献は、（Muñoz Cáliz, 2005）、（Muñoz Cáliz, 2006）、（Neuschäfer, 1994）である。

（6）作品の引用は、Antonio Buero Vallejo. *En la ardiente oscuridad / Un soñador para un pueblo*, 8ª edición. Madrid : Espasa Calpe, S. A., 1984 に基づく。日本語訳は佐竹謙一の『現代スペイン演劇選集――フランコの時代にみる新しいスペイン演劇の試み』に収録されている「燃ゆる暗闇にて」を参考にしたが、基本的には拙訳である。

（7）ベンサムの設計した一望監視施設パノプティコンについてミシェル・フーコーは次のように論じる。「権力の自動的な作用を確保する可視性への永続的な自覚状態を、閉じ込められる者にうえつけること。監視が、よしんばその働きに中断があれ効果の面では永続的であるように、また、権力が完璧になったためその行使の現実性が無用になる傾向が生じるように、さらにまた、この建築装置が、権力の行使者とは独立した或る権力関係を創出し維持する機械仕掛になるように、要するに、閉じ込められる者が自らがその維持者たる或る権力的状況のなかに組み込まれるように、そういう措置をとろう、というのである」（フーコー　一九七七、二〇三）。

（8）ベラスケスの当作品の呼称は数回変更されている。一六六六年の財産目録には《la Señora Emperatriz con sus damas y una enana》、一六八六年には《retratada la Sra. Emperatriz Ynfanta de España con sus damas y criados y una enana, original de mano de Diego Belázquez pintor de cámara y Aposentador de Palaçio donde se retrató a sí mismo pintando》となっており、一七三四年からは《la familia del Señor Rey Phelipe Cuarto》、現在の《Las Meninas》になるのは一八四三年からである（Checa 2008 : 199）。

（9）戯曲『ラス・メニーナス』からの引用は、Antonio Buero Vallejo. *Las Meninas*. Madrid: Espasa Calpe, 1999 に基づく。

（10）フアン・デ・パレハ（一六一〇―七〇）は実際にベラスケスの奴隷だった人物で、ベラスケスから絵を学び、後に画家となる。ベラスケスはイタリア旅行にパレハを同行させている。一六五〇年、ベラスケスはパレハを奴隷の身分から解放し、彼の肖像画を描く。フェルナンド・チェカはパレハの肖像画を「奴隷の表情や視線は明らかに尊大で挑戦的」と解説している（Checa 2008 : 184）。おそらくブエロ・バリェホはチェカの指摘と同様の印象をこの絵から受け、舞台上のベラスケスとパレハのやり取りを創作したのであろう。

（11）第一の機能は、「現実の絵の左側の部分全体を占め、表象されている画布の裏側を象っている丈たかい単調な長方形は、芸術家がじっと見つめているものの奥行きのある不可視性、つまりわれわれがそこにおり、われわれ自身でもあるその空間を、平面という形相のもとに復元している」（フーコー　一九七四、二八）ことである。

（12）本作品の舞台はフランスであり、登場人物の名前をフランス語風に記すべきかもしれない。しかし、たとえば Melania de Salignac（実際には Mélanie）のようにブエロ・バリェホがスペイン語風に綴りを変えているものもあるため、基本的に名前はスペイン語読みをカタカナ表記することにする。

（13）作品の引用は、Antonio Buero Vallejo. *El concierto de San Ovidio/El tragaluz*. Madrid: Editorial Castalia, 1971 による。

（14）不適切な表現であるが、時代背景および発話者の性格を考慮し、この部分に限り、使用する。

（15）実在する盲目のフランス人女性メラニー・ド・サリニャック（Mélanie de Salignac）についてはディドロが「盲人に関する手紙　補遺」のなかで紹介し、賞賛している。

（16）イグレシアス・フェイフォーは本作品に多用される動物のモチーフと一九世紀の劇作家バリェ＝インクランのエスペルペントとの関連を指摘する（Iglesias Feijoo, 1982：316）。バリンディンは被支配者層を動物扱いするが、ブエロ・バリェホはト書きで、権力を持つ警察の二人を動物化していることに注目すべきである。「上手から私服の警官二人、ラトゥシュとデュボア登場。ラトゥシュはキツネ顔で、デュボアはブルドッグのような顔をしている」。

（17）バルミーは心療内科医であるため、本来ならば「患者」ではなく「クライエント」という語を使用するべきであろう。しかし、ブエロ・バリェホ自身が「患者（paciente）」という語を用いているということ、そしてバルミーが一部のクライエントを「狂気（locura）」という言葉を用いて表現し、彼らを精神病患者として認識していると思われることから、本書では「患者」という言葉を使用する。

（18）本作品の引用は、Antonio Buero Vallejo. *La doble historia del doctor Valmy/Mito*, 4ª edición. Madrid: Espasa Calpe, S. A., 1996 に基づく。

（19）イーグルトンは「イデオロギー」という用語の意味が多様であることを述べ、「近年、いろいろなところで見受けられるイデオロギー定義」を一六ほど列挙している。そのなかで、本論では、「支配的政治秩序を正当化するのに貢献する概念」あるいは「支配的政治秩序を正当化するのに貢献する偽りの概念」（イーグルトン　一九九九、二〇一一）という意味で「イデオロギー」という用語を使用する。イーグルトンによれば、「アルチュセール自身は、知ってか知らずにか、イデオロギーに関する考察を、支配的社会構成体に奉仕するものという狭い意味だけに着目する方向にすすめてしまう」（イーグルトン　一九九九、五五）ということであるから、アルチュセールのイデオロギー論を援用する本論においては、一六の定義のうち上記の二つを採用するのが適切であると考える。

(20) イグレシアス・フェイフォーは、出血しないのは、ハサミが武器であるだけでなく男性性器の象徴でもあるからだと論じ、メアリーが「傷つけてちょうだい！　あなたが望むなら私を刺して！」と言うとき、そこには恐怖ではなく欲望が表現されており、明らかにハサミが男性性器を象徴すると分析する（Iglesias Feijoo, 1982：334）。フロイト論を分析するマックス・ミルネールは、「夢内容が、たとえ些細な出来事や人物を表象しているとしても、まさに抑圧された性的欲望とつながりがあるのはこのときなのである」と記す。そうであるならば、イグレシアス・フェイフォーの指摘は説得力を持つ。

(21) ブエロ・バリェホは、この実験者は二五世紀から三〇世紀の人間であると記しており、かなりの幅がある。本論では、三〇世紀と記すことにする。

(22) 本作品の引用は、Antonio Buero Vallejo. *El concierto de San Ovidio/El tragaluz*. Madrid: Editorial Castalia, 1971 に基づく。

(23) 本作品の引用は、Antonio Buero Vallejo. *El sueño de la razón*. 18ª edición. Madrid: Espasa Calpe, S. A., 1999 に基づく。

(24) ゴヤと対話するときに、レオカディアやアリエタが、ゴヤと観客には聞こえないにしても、言葉を発し、手話あるいは身振り手振りで表現するのに対し、司祭ドン・ドゥアソは一切言葉を発することがなく、筆談という方法のみを用いることは興味深い。筆談の場合、観客に対して何一つ表現されず、観客の推測を一切拒否するのである。司祭は国王により出版物の検閲官に任命されたばかりである。検閲という秘密裏の作業が、筆談による会話によって暗示されているように思う。

（25）ここでのネイション（Nación）は、一般的な訳である「国家」とは異なる。一九世紀初頭の自由主義者にとっての観念であるネイションを意味している。彼らにとってネイションとは、「自由で平等な個人、しかも君主の臣下という立場ではない個人から成る集合体」（中本　二〇一四、九六）のことである。

（26）実際にゴヤは機嫌が悪く、苛立つことが多かったことが、彼が親友のサパテールに宛てた手紙からわかっている（Iglesias Feijoo, 1982：403）。

（27）ブエロ・バリェホは本作品におけるスペイン黄金世紀の作品、セルバンテスの『ドン・キホーテ』やカルデロン・デ・ラ・バルカの『人生は夢』の影響を語っている（Buero Vallejo, 1994：476-477, 536）。

（28）キャシー・カルースは『トラウマ・歴史・物語――持ち主なき出来事』のなかで、「トラウマ状態に陥ると、たいていの場合、問題の出来事に対する反応は後になってから現れ、その症状として、幻覚やその他の現象が繰り返し人の精神に割り込んできて、本人には制御できなくなる」（カルース　二〇〇五、一七）と論じている。『財団』の主人公トマスに当てはまる症状である。

（29）本作品の引用は、Antonio Buero Vallejo. *La Fundación*. 11ª edición. Madrid: Espasa Calpe, S. A., 2001 に基づく。

参考文献

Abella, Rafael. "Julio 1936—Dos Españas frente a frente." *Testimonio – Ayer, hoy y mañana en la historia 9*. Barcelona : Editorial Bruguera, S. A., 1976.

Abellán, Manuel L. *Censura y creación literaria en España (1939–1976)*. Barcelona : Ediciones Península, 1980.

Andrés–Gallego, José. *¿ Fascismo o Estado católico ? Ideología, religión y censura en la España de Franco 1937–1941*. Madrid : Ediciones Encuentro, 1997.

Alvarez, Carlos. "Introducción." *La doble historia del doctor Valmy/Mito*. Antonio Buero Vallejo. Madrid : Espasa Calpe, S. A., 1996. 9–45.

Arrabal, Fernando. "Objeciones de Arrabal al artículo de Dowling." *Estreno 3* (otoño 1975) Cincinnati : University of Cincinnati, 1975. 5.

Bejel, Emilio. Fernández, Ramiro. *La subversión de la semiótica – Análisis estructural de textos hispánicos*. Geithersburg : Ediciones Hispamérica, 1988.

Bonnín Valls, Ignacio. *El teatro español desde 1940 a 1980 – Estudio histórico-crítico de tendencias y autores*. Barcelona : Ediciones OCTAEDRO, S. L., 1998.

Borel, Jean Paul. "Buero Vallejo : Teatro y política." *Estudios sobre Buero Vallejo*. Ed. Mariano de Paco. Murcia : Universidad de Murcia, 1984. 37–46.

————. "Prólogo – Buero Vallejo ¿Vidente o ciego ?" *El concierto de San Ovidio*. Antonio Buero Vallejo. Barcelona : Aymá S. A. Editora, 1963. 9–20.

Buero Vallejo, Antonio. *El concierto de San Ovidio/El tragaluz*. Madrid : Editorial Castalia, 1971.

———. *El sueño de la razón*. 18ª edición. Madrid: Espasa Calpe, S. A., 1999.

———. *El tragaluz*. 33ª edición. Madrid: Espasa Calpe, S. A., 2004.

———. *En la ardiente oscuridad.* 23ª edición. Madrid: Espasa Calpe, S. A., 2002.

———. *En la ardiente oscuridad.* New York: Charles Scribner's Sons, 1954.

———. *En la ardiente oscuridad/Un soñador para un pueblo.* 8ª edición. Madrid: Espasa Calpe, S. A., 1984.

———. *Historia de una escalera.* 55ª edición (3ª en esta presentación). Madrid: Espasa Calpe, S. A., 2007.

———. *La doble historia del doctor Valmy/Mito*. 4ª edición. Madrid: Espasa Calpe, S. A., 1996.

———. *La Fundación.* 11ª edición. Madrid: Espasa Calpe, S. A., 2001.

———. *La Meninas*. Madrid: Espasa Calpe, 1999.

———. *Las Meninas -A Fantasia In Two Parts.* Translated by Marion Peter Holt. Texas: Trinity University Press, 1987.

———. *Obra Completa II Poesía, narrativa, ensayos y artículos*. Madrid: Espasa Calpe, S. A., 1994.

———. *The Sleep of Reason (El sueño de la razón)*. Translated by Marion Peter Holt. Pennsylvania: ESTRENO, 1998.

Casa, Frank P. "The Darkening Vision: The Latter Plays of Buero Vallejo." *Estreno Vol.V-No. 1 Primavera 1979.* Cincinnati: University of Cincinnati, 1979. 30-33.

Chávez, Carmen. *Acts of Trauma in Six Plays by Antonio Buero Vallejo*. Ontario: The Adwin Mellen Press, 2001.

Checa, Fernando. *Obra Completa Velázquez*, Barcelona: Ramdom House Mandadori, S. A., 2008.

Clavel Lledó, Enrique. *El teatro español de posguerra: Antonio Buero Vallejo: El tragaluz.* Madrid: Alhambra Longman., 1995.

Corrigan, Robert W., ed. *Masterpieces of the Modern Spanish Theatre.* New York: Collier Books, 1967.

De Haan, Christopher. "A Note on the Play." *The Sleep of Reason (El sueño de la razón)*. Translated by Marion Peter Holt. Pennsylvania: ESTRENO, 1998. vii-viii.

Delibes, Miguel. *La censura de prensa en los años 40 (y otros ensayos).* Valladolid: Ambito Ediciones, S. A., 1985.

De Paco, Mariano. *De re bueriana.* Murcia: Universidad de Murcia, 1994.

———. "Introducción." *En la ardiente oscuridad.* Antonio Buero Vallejo. 12ª edición. Madrid: Espasa Calpe, S. A., 1991. 9-35.

Diago, Nel. "El teatro ciencia-ficción en España: De Buero Vallejo a Albert Boadella." *El teatro de Buero Vallejo. Texto y espectáculo: Actas del III Congreso de Literatura Española Contemporánea, Universidad de Málaga, 14, 15, 16 y 17 de noviembre de 1989.* Ed. Cristóbal Cuevas García. Barcelona: Editorial Anthropos, 1990. 173-186.

Díez de Revenga. "Introducción." *La Fundación.* Antonio Buero Vallejo. 11ª edición. Madrid: Espasa Calpe, S. A., 2001. 9-34.

Doménech, Ricardo. "A propósito de 《*El Tragaluz*》." *Estudios sobre Buero Vallejo.* Ed. Mariano de Paco. Murcia: Universidad de Murcia, 1984. 247-251.

———. *El teatro de Buero Vallejo: una meditación española,* 2ª edición. Madrid: Gredos, S. A., 1993.

———. "Introducción." *El concierto de San Ovidio/El tragaluz.* Antonio Buero Vallejo. Madrid: Editorial Castalia, 1971. 7-53.

Edwards, Gwynne. "El espejo de *Las Meninas.*" *El teatro de Buero Vallejo: homenaje del hispanismo británico e irlandés,* ed. Victor Dixon y David Johnston, Liverpool: Liverpool University Press, 1996. 57-70.

Elizalde, Ignacio. *Temas y tendencias del teatro actual.* Madrid: Cupsa Editorial, 1977.

Espinosa, Juan Delgado. "Efectos especiales oculares." *El concierto de San Ovidio de A. Buero Vallejo – un montaje teatral de Miguel Narros durante la temporada 85-86.* Madrid: Teatro Español Ayuntamiento de Madrid, 1986. 229.

Gagen, Derek. "The Germ of Tragedy: The Genesis and Structure of Buero Vallejo's *El concierto de San Ovidio.*" *Quinquereme 8(1985) núm 1.* 1985. 37-52.

García López, José. *Resumen de historia de las literaturas hispánicas.* Barcelona: Editorial Teide, 1968.

García Pavón, Francisco. "Prólogo." *La doble historia del doctor Valmy.* Antonio Buero Vallejo. Madrid: Espasa Calpe, S. A., 1976. 9-29.

Gutiérrez, Fabián y Ricardo de la Fuente. *Cómo leer a Antonio Buero Vallejo.* Madrid: Júcar., 1992.

Halsey, Martha T. *Antonio Buero Vallejo.* New York: Twayne Publisherers, Inc., 1973.

———. "De *Historia de una escalera* a *Las cartas boca abajo* (La iniciación de una dramaturgia)." *Estreno Vol.V-No.1*

Primavera 1979. Cincinnati: University of Cincinnati, 1979. 4–5.

———. *From dictatorship to democracy: The recent plays of Buero Vallejo.* Ottawa: Dovehouse Editions Canada, 1994.

Holt, Marion Peter, ed. *Drama Contemporary Spain.* New York: Performing Arts Journal Publications, 1985.

———. *The Contemporary Spanish Theater (1949-1972).* Boston: Twayne Publishers, 1975.

Iglesias Feijoo, Luis. "Buero Vallejo: Un teatro crítico." *El teatro de Buero Vallejo. Texto y espectáculo: Actas del III Congreso de Literatura Española Contemporánea, Universidad de Málaga, 14, 15, 16 y 17 de noviembre de 1989.* Ed. Cristóbal Cuevas García. Barcelona: Anthropos, 1990. 70–98.

———. "Circunstancia y sentido de 'El concierto de San Ovidio'." *El concierto de San Ovidio de A. Buero Vallejo – un montaje teatral de Miguel Narros durante la temporada 85–86.* Madrid: Teatro Español Ayuntamiento de Madrid, 1986. 13–19.

———. "Introducción de Luis Iglesias Feijoo." *El tragaluz.* Antonio Buero Vallejo. Madrid: Espasa Calpe, S. A., 2004. 9–48.

———. *La trajectoria dramática de Antonio Buero Vallejo.* Santiago de Compostela: Universidad de Santiago de Compostela, 1982.

Johnston, David. *Buero Vallejo El concierto de San Ovidio.* London: Grant & Cutler Ltd., 1990.

———. "Introducción." *El concierto de San Ovidio.* Antonio Buero Vallejo. 9ª edición. Madrid: Espasa Calpe, S. A., 1991. 9–47.

Jordan, Barry. "Introduction." *La doble historia del doctor Valmy.* Antonio Buero Vallejo. Manchester and New York: Manchester University Press, 1995. 1–43.

———. "Las relaciones de poder en *El concierto de San Ovidio.*" *El teatro de Buero Vallejo: homenaje del hispanismo británico e irlandés.* Eds. Victor Dixon y David Johnson. Liverpool: Liverpool University Press, 1996. 111–125.

Kronik, John W. "Buero Vallejo y su sueño de la razón." *Estudios sobre Buero Vallejo.* Ed. Mariano de Paco. Murcia: Universidad de Murcia, 1984. 253–261.

Lyon, John. "Buero Vallejo y el tema de la violencia." *El teatro de Buero Vallejo: homenaje del hispanismo británico e irlandés.*

Eds. Victor Dixon y David Johnston. Liverpool: Liverpool University Press, 1996. 127–139.

McMullan, Terence. "La tendencia lúdica en *La fundación*." *El teatro de Buero Vallejo: homenaje del hispanismo británico e irlandés*. Eds. Victor Dixon y David Johnson. Liverpool: Liverpool University Press, 1996. 159–174.

Moreiro Prieto, Julián. *El teatro español contemporáneo (1939-1989)*. Madrid: Ediciones Akal, S. A., 1990.

Muñoz, Willy O. "La búsqueda de la verdad en *La doble historia del doctor Valmy* de Buero Vallejo." *Cuadernos de ALDEEU*. Asociación de Licenciados. Doctores Españoles en EE. UU., 1983. 45–55.

Muñoz Cáliz, Berta. *El teatro crítico español durante el franquismo, visto por sus censores*, Madrid, Fundación Universitaria Española, 2005.

————. *Expedientes de la censura teatral franquista,* Madrid, Fundación Universitaria Española, col. "Investigaciones bibliográficas sobre autores españoles", 2006. http://www.xn--bertamuoz-r6a.es/exedientes/01%20buero_vallejo/tablabuero.html

Neuschäfer, Hans-Jörg. *Adiós a la España eterna – La dialéctica de la censura. Novela, teatro y cine bajo el franquismo.* Barcelona: Editorial Anthropos, 1994.

Newman, Jean Cross. *Conciencia, culpa y trauma en el teatro de Antonio Buero Vallejo*. Valencia: Albatros Hispanofila Ediciones, 1992.

O'Connor, Patricia W. *Antonio Buero Vallejo en sus espejos*. Madrid: Editorial Fundamentos., 1996.

————. "Censorship in the Contemporary Spanish Theater and Antonio Buero Vallejo." *Estudios sobre Buero Vallejo*. Ed. Mariano de Paco. Murcia: Universidad de Murcia, 1984. 81–92.

O'Connor, Patricia W. & Anthony W. Pasquariello. "Buero Vallejo: El hombre y la obra (Homenaje a Antonio Buero Vallejo en Nueva York)." *Estreno Vol. V–No.1 Primavera 1979.* Cincinnati: University of Cincinnati, 1979. 4.

O'Leary, Catherine. *The theatre of Antonio Buero Vallejo: ideology, politics and censorship*. Woodbridge: Tamesis, 2005.

Ortega y Gasset, José. *Velázquez*, Madrid: Revista de Occidente, 1968.

Ortiz Heras, Manuel. *Violencia política en la II República y el primer franquismo.* Madrid: Siglo XXI de España Editores, S. A., 1996.

Pajón Mecloy, Enrique. *Buero Vallejo y el antihéroe: una crítica de la razón creadora.* Madrid: Breogan., 1986.

————. *El teatro de A. Buero Vallejo: Marginalidad e infinito.* Madrid: Editorial Fundamentos., 1991.

París, Inés. "Sobre el trabajo de los actors." *El concierto de San Ovidio de A. Buero Vallejo – un montaje teatral de Miguel Narros durante la temporada 85–86.* Madrid: Teatro Español Ayuntamiento de Madrid, 1986. 195–196.

Payeras Grau, María. "Complejidad dramática y trasfondo ético en el teatro de Buero Vallejo (a propósito de dos dramas de intención política)." *Anthropos No 79 Extraordinario – 10 1987.* Barcelona: Editorial Anthropos. Promat. S. Coop. Ltds., 1987. 58–63.

Pedraza Jiménez, Felipe B. y Milagros Rodríguez Cáceres, *Manual de Literatura española XIV. Posguerra: dramaturgos y ensayistas.* Pamplona: CÉNLIT ediciones, S. L., 1995.

Pérez Henares, Antonio. *Antonio Buero Vallejo ——Una digna lealtad.* Junta de comunidades de Castilla–La Mancha., 1998.

Portús, Javier. "La Sala de las Meninas en el Museo del Prado; o la puesta en escena de la obra maestra." *Boletín del Museo del Prado, núm. 45*, 2009, 100–128.

Rice, Mary Kathleen. *Distancia e inmersión en el teatro de Buero Vallejo.* New York: Peter Lang Publishing. Inc., 1992.

Ruiz Ramón, Francisco. *Historia del Teatro Español Siglo XX.* Madrid: Cátedra, S. A., 1997.

Salabert, Juana. "La ceguera: luz y tinieblas en la literatura." *El concierto de San Ovidio de A. Buero Vallejo – un montaje teatral de Miguel Narros durante la temporada 85-86.* Madrid: Teatro Español Ayuntamiento de Madrid, 1986. 31–33.

Serrano, Virtudes. "Introducción" *Las Meninas*, Antonio Buero Vallejo, Madrid: Espasa Calpe, 1999, 9–52.

Teatro Español. *El concierto de San Ovidio de A. Buero Vallejo – un montaje teatral de Miguel Narros durante la temporada 85-86.* Madrid: Teatro Español Ayuntamiento de Madrid, 1986.

Teatro María Guerrero. *Centro Dramático Nacional Temporada 98-99 La fundación de Antonio Buero Vallejo.* Madrid: Ministerio de Educación y Cultura, 1999.

Thompson, Michael. "La mirada imperfecta: metateatro en El tragaluz." *El teatro de Buero Vallejo: homenage del hispanismo*

británico e irlandés, Liverpool, Liverpool University Press, 1996. 175–195.
Torres, Rosana. "Entrevista con A. Buero Vallejo." *El concierto de San Ovidio de A. Buero Vallejo – un montaje teatral de Miguel Narros durante la temporada 85–86*. Madrid: Teatro Español Ayuntamiento de Madrid, 1986. 23–29.
Tusón, Vicente y Fernando Lázaro Carreter, *Literatura del siglo XX*. Madrid: Anaya, 1995.
Ugarte, Michael. *Literatura española en el exilio – un estudio comparativo*. Madrid: Siglo XXI de España Editores S. A., 1999.
Verdú de Gregorio, Joaquín. *La luz y la oscuridad en el teatro de Buero Vallejo*. Barcelona: Ariel, 1977.

アッシュクロフト、ビル、ガレス・グリフィス、ヘレン・ティフィン（木村茂雄訳）『ポストコロニアルの文学』青土社、一九九八年。

アルチュセール、ルイ（柳内隆・山本哲士訳）『アルチュセールの〈イデオロギー〉論』三校社、一九九九年（初版一九九三年）。

イーグルトン、テリー（大橋洋一訳）『イデオロギーとは何か』平凡社、一九九九年。

今村仁司『ベンヤミンの〈問い〉――「目覚め」の歴史哲学』講談社、一九九五年。

上野千鶴子『家父長制と資本制――マルクス主義フェミニズムの地平』岩波書店、一九九〇年。

上村忠男「歴史が書きかえられる時」『歴史を問う5　歴史が書きかえられる時』岩波書店、二〇〇一年。

ヴォルフ、ノルベルト『ディエゴ・ベラスケス』タッシェン・ジャパン、二〇〇〇年。

牛島信明『スペイン古典文学史』名古屋大学出版会、一九九七年。

梅森直之「歴史と記憶の間」『記憶のかたち――コメモレイションの文化史』柏書房、一九九九年、一六七―一八七頁。

エイベル、ライオネル（高橋康也・大橋洋一訳）『メタシアター』朝日出版社、一九八〇年。

エスリン、マルティン（佐久間康夫訳）『演劇の解剖』北星堂書店、一九九一年。

大高保二郎『NHKプラド美術館二　宮廷画家の夢　ベラスケス』日本放送出版協会、一九九二年。

――――「人間の根源をつかんだ巨人の野望」大高保二郎・雪山行二編『ゴヤの世界』リブロポート、一九八九年、一八〇―一九三頁。

――「ベラスケスと宮廷画家――伝統と革新」木下亮、田辺幹之助、渡邉晋輔編集『プラド美術館展』読売新聞社、二〇〇二年a、三一―三六頁。

――「カタログ四六　ベラスケス・デ・シルバ・ディエゴ《セバスティアン・デ・モーラ》」木下亮、田辺幹之助、渡邉晋輔編集『プラド美術館展』読売新聞社、二〇〇二年b、一五四―一五五頁。

大高保二郎・松原典子『もっと知りたい　ゴヤ――生涯と作品』東京美術、二〇一一年。

岡真理『記憶／物語』岩波書店、二〇〇〇年。

小山田義文『ゴヤ幻想　「黒い絵」の謎』三元社、二〇〇二年。

オルテガ・イ・ガセー、ホセ（神吉敬三訳）『オルテガ著作集3』白水社、一九七〇年。

オロスコ、エミリオ（吉田彩子訳）『ベラスケスとバロックの精神』筑摩書房、一九八三年。

ガルシア・ロペス、ホセ（東谷穎人・有本紀明共訳）『スペイン文学史』白水社、一九九九年。

カルース、キャシー（下河辺美知子訳）『トラウマ・歴史・物語――持ち主なき出来事』みすず書房、二〇〇五年。

カーン、マイケル（園田雅代訳）『セラピストとクライエント――フロイト、ロジャーズ、ギル、コフートの統合』誠信書房、二〇〇〇年。

神吉敬三「ゴヤ――人と作品」大高保二郎・雪山行二編『ゴヤの世界』リブロポート、一九八九年、一九八―二二五頁。

――『プラドで見た夢』小沢書店、一九八六年。

クレーマー、ロイド・S「文学・批評・歴史的想像力――ヘイドン・ホワイトとドミニク・ラカプラの文学的挑戦」リン・ハント編（筒井清忠訳）『文化の新しい歴史学』岩波書店、二〇〇〇年。

コンネル、ロバート・W（森重雄・加藤隆雄・菊池栄治・越智康詞訳）『ジェンダーと権力――セクシュアリティの社会学』三交社、一九九三年。

斎藤孝『スペイン戦争――ファシズムと人民戦線』中公新書、一九八四年。

佐々木健一『せりふの構造』筑摩書房、一九八五年。

笹山隆『ドラマと観客――観客反応の構造と戯曲の意味』研究社、一九八二年。

佐竹謙一『現代スペイン演劇選集　フランコの時代にみる新しいスペイン演劇の試み』水声社、一九九四年。

――『スペイン黄金世紀の大衆演劇――ロペ・デ・ベーガ、ティルソ・デ・モリーナ、カルデロン』三省堂、二〇〇一年。

ジェイムソン、フレドリック（大橋洋一・木村茂雄・太田耕人訳）『政治的無意識――社会的象徴行為としての物語』平凡社、一九八九年。

塩見千加子「フランコ体制」立石博高・関哲行・中川功・中塚次郎編『スペインの歴史』昭和堂、一九九八年、二二九―二三七頁。

ジジェク、スラヴォイ（中山徹・清水知子訳）『全体主義――観念の（誤）使用について』青土社、二〇〇二年。

人民戦線史翻訳刊行委員会訳『スペイン人民戦線史』新日本出版社、一九七〇年。

ジンメル、ゲオルグ（北川東子・鈴木直訳）『ジンメル・コレクション』ちくま学芸文庫、二〇〇四年。

砂山充子「王政復古から内戦まで」立石博高・関哲行・中川功・中塚次郎編『スペインの歴史』昭和堂、一九九八年、一八八―二〇九頁。

ソペーニャ、J・『スペイン――フランコの四〇年』講談社、一九七七年。

ソンタグ、スーザン（富山太佳夫訳）『隠喩としての病い』みすず書房、一九八二年。

高木信「歴史記述としての『平家物語』と『太平記』――怨霊の表象／表象の怨霊」『岩波講座文学9　フィクションか歴史か』岩波書店、二〇〇二年。

高階秀爾「ゴヤと近代芸術の革命」大高保二郎・雪山行二編『ゴヤの世界』リブロポート、一九八九年、二三四―二五八頁。

高橋哲哉『記憶のエチカ』岩波書店、一九九七年。

――「歴史　理性　暴力」『差別』岩波書店、一九九〇年。

多木浩二『眼の隠喩――視線の現象学』筑摩書房、二〇〇八年。

ディドロ、ドゥニ（小場瀬卓三・平岡昇監修）（平岡昇訳）「盲人に関する手紙（一七四八）眼のみえる人びとのために」「盲人に関する手紙　補遺（一七八二年頃）」『ディドロ著作集第一巻　哲学Ⅰ』法政大学出版局、一九七六年、四三―一〇九頁。

デリダ、ジャック＋M-F・プリサール（鈴村和成訳）『視線の権利』哲学書房、一九八八年。

トゥルニエ、ポール（山田實訳）『暴力と人間――強さを求める人間の心理』ヨルダン社、一九八〇年。

トマス、ヒュー（都築忠七訳）『スペイン市民戦争Ⅰ』みすず書房、一九六六年a。

――（都築忠七訳）『スペイン市民戦争Ⅱ』みすず書房、一九六六年b。

トンプソン、ポール（酒井順子訳）『記憶から歴史へ――オーラル・ヒストリーの世界』青木書店、二〇〇二年。

中塚次郎「内戦研究の過去と現在」立石博高・関哲行・中川功・中塚次郎編『スペインの歴史』昭和堂、一九九八年、二二〇―二二八頁。

中本香「近代スペインの政治――エリートのネイション論に見る自由主義」*Estudios Hispánicos*　第三八号、大阪大学外国語学部スペイン語部会、二〇一四年、八七―一一二頁。

野々山真輝帆編訳『スペイン内戦と文学――亡命・検閲の試練に耐えて』彩流社、一九八二年。

バティクル、ジャニーヌ（高野優訳、堀田善衞監修）『ゴヤ　スペインの栄光と悲劇』創元社、一九九一年。

パリス、ジャン（岩崎力訳）『空間と視線――西欧絵画史の原理』美術公論社、一九七九年。

ハント、リン（筒井清忠訳）『文化の新しい歴史学』岩波書店、二〇〇〇年。

兵藤裕己「まえがき――歴史叙述の近代とフィクション」『岩波講座文学9　フィクションか歴史か』岩波書店、二〇〇二年、一―一三頁。

Ⅶ　知／身体

フーコー、ミシェル（蓮實重彦・渡辺守章監修、小林康夫・石田英敬・松浦寿輝編）『ミシェル・フーコー思考集成Ⅶ　知／身体』筑摩書房、二〇〇〇年。

――（田村淑訳）『監獄の誕生―監視と処罰―』新潮社、一九七八年。

――（田村淑訳）『狂気の歴史―古典主義時代における―』新潮社、一九七五年。

――（渡辺一民・佐々木明訳）『言葉と物―人文科学の考古学―』新潮社、一九七四年。

――（渡辺守章訳）『性の歴史Ⅰ　知への意志』新潮社、一九八六年。

ベンヤミン、ヴァルター（高原宏平、野村修編訳）『ヴァルター・ベンヤミン著作集1　暴力批判論』晶文社、一九六九年。

――（野村修訳）「歴史の概念について」『ボードレール他五篇　ベンヤミンの仕事2』岩波書店、一九九四年。

――（今村仁司、三島憲一訳）『パサージュ論』岩波書店、二〇〇三年。

堀内研二「エスペルペントとは何か？」*Estudios Hispánicos*　第七号、大阪外国語大学、一九八〇年、一〇一―一一三頁。

ボルケナウ、フランツ（鈴木隆訳）『スペインの戦場――スペイン革命実見記』三一書房、一九九一年。

ミルネール、マックス（市村卓彦訳）『フロイトと文学解釈――道具としての精神分析』ユニテ、一九八九年。

モーリス‐スズキ、テッサ（田代泰子訳）『過去は死なない――メディア・記憶・歴史』岩波書店、二〇〇四年。

森村敏己「終章――『記憶のかたち』が表象するもの」『記憶のかたち――コメモレイションの文化史』柏書房、一九九九年、二二五―二四三頁。

モロウ、フェリックス（山内明訳）『スペインの革命と反革命』現代新潮社、一九六六年。

ライト、トーマス（幸田礼雅訳）『カリカチュアの歴史――文学と芸術に現われたユーモアとグロテスク』新評論、一九九九年。

ラカプラ、ドミニク（前川裕訳）『歴史と批評』平凡社、一九八九年。

リクール、ポール（久米博訳）『記憶・歴史・忘却〈上〉』新曜社、二〇〇四年。

ル・ゴフ、ジャック（立川孝一訳）『歴史と記憶』法政大学出版局、二〇〇〇年。

若松隆『スペイン現代史』岩波書店、一九九二年。

渡邊千秋「現代史における国家と教会」立石博高・関哲行・中川功・中塚次郎編『スペインの歴史』昭和堂、一九九八年、二三八―二四七頁。

あとがき

アントニオ・ブエロ・バリェホ作品との出会いは今から三一年前になる。その頃、英語専攻だった私はカリフォルニア大学アーバイン校に一年間留学した。それは思いもよらずスペイン語と密にかかわる留学となった。アーバインがカリフォルニア州の南部に位置しているためヒスパニックの学生が多かったことと、たまたま入った学生寮ミスティ・マウンテンの環境が大きく影響している。ミスティ・マウンテンはランゲージ・プログラマーと称する学生が配置された特殊な寮で、スペイン語スイート、フランス語スイート、ドイツ語スイートに分かれていた。私は日本の大学で第二外国語としてスペイン語を履修していたため、スペイン語スイートに入居した。スペイン語を母語とする学生やスペイン語の習得に意欲を燃やす学生が居住し、常にスペイン語が飛び交うなかに身を置くこととなった。三月から翌三月までの留学だったのだが、夏休みには学生寮を追い出される。さてどうしたものかと思い悩み、カリフォルニア州の北部にあるカリフォルニア大学バークレー校でスペイン語の夏季集中講座を受けることにした。そのときの文学の授業でスペインの劇作家アントニオ・ブエロ・バリェホの戯曲『燃ゆる暗闇にて』を読んだのである。

大学卒業時、大学院への進学や、スペイン語専攻のある大学への編入という選択肢はまったくなかった。英語を使用する職に恵まれ、十年ほど企業に勤める。いつの頃だったたか、突然、あるいはずっとそういう気持ちが眠っていたのかもしれないが、スペイン語の勉強がしたくなる。そして、一九九七年、会社を辞め、大阪外国語大学に編入学する。その後、大学院に進み、文学を、演劇を、ブエロ・バリェホを研究することに決めたのは、やはりアメリカ留学中に読んだ『燃ゆる暗闇にて』の衝撃が強かったからだと思う。登場人物のほとんどが視覚障害者という設定に驚き、身体的そして精神的に不自由な状況に苦悩する者たちに心を揺さぶられ、なにか大事なものを受け取ったのだと思う。

本書は、二〇〇七年に提出した博士論文「アントニオ・ブエロ・バリェホの劇作と抵抗」を大幅に加筆修正したものである。二〇一三年度大阪大学教員出版支援制度（若手部門）により、大阪大学未来基金の助成を得て、刊行されることとなった。長年の研究を一冊の本として世に出していただけるとは感慨無量である。加えて、日本での知名度が低いブエロ・バリェホの紹介という意義ある仕事の一端を担えることを光栄に思う。序章でも述べたのだが、スペイン演劇がガルシア・ロルカで止まってしまっている感のある日本で、ブエロ・バリェホという劇作家の存在をもっと多くの方に知っていただきたいと常に思ってきた。本書をお読みいただければ、ブエロ・バリェホがスペイン演劇においていかに重要な作家であるかをおわかりいただけるであろう。

彼の作品には直截的にではないが、スペイン内戦や独裁制が色濃く陰を落としている。ただ、登場人物たちの言葉、あるいは作品が発するメッセージは、単なる反戦あるいは独裁制批判にとどまらない。現代社会に対する警告として捉えることができるのである。現在でも独裁制国家は存在するし、宗教・領土をめぐる民族紛争や戦争が後を絶たない。かてて加えて、民主主義国家においてさえも、暴力、権力行使、抑圧、排除の問題は常在する。戦場という非日常空間での暴力、残虐行為や殺戮などがたびたびメディアに取り上げられるが、そのような特殊な状況でなくても、学校や職場でのいじめ、子供や老人への虐待、ドメスティック・バイオレンス、マイノリティ嫌悪、あるいは親族間の問題などが、場合によっては殺人事件にまで発展する。日常の身近なところで起こり得る問題も、正義が悪を根絶するという大義を掲げた戦争も、それを引き起こす根源的な心理構造は同じである。そのことを訴えているのがブエロ・バリェホなのである。彼の作品は、攻撃する者と攻撃される者という単純な二項対立を描くのではなく、攻撃する側の良心の呵責、やらなければ共同体から排除されるという恐怖に加え、残酷な行為や痛みに対する麻痺、そして人間的感情の欠如に至るプロセスまでをも可視化する。つまるところ、人間の弱さが活写された作品であり、それゆえに読む者（上演の場合は観る者）の心を揺さぶるのである。

本書のなかの数章は学術論文としてすでに発表されている。初出一覧は以下のとおりである。

序章　なぜアントニオ・ブエロ・バリェホなのか？——一七世紀から二〇世紀までのスペイン演劇の流れ——
　　博士論文『アントニオ・ブエロ・バリェホの劇作と抵抗』序章「抵抗者ブエロ・バリェホ」（大幅に加筆修正）

第一章　フランコ政権と検閲
　　書き下ろし

第二章　盲目が可視化する権力——『燃ゆる暗闇にて』における神話の解体——
　　博士論文『アントニオ・ブエロ・バリェホの劇作と抵抗』第一章「盲目が可視化する権力」

第三章　絵画と視線の権力——『ラス・メニーナス』のなかのベラスケス——
　　「アントニオ・ブエロ・バリェホの『ラス・メニーナス』におけるベラスケスの絵画」*Estudios Hispánicos* 第三七号、大阪大学外国語学部スペイン語部会、二〇一三年

第四章　敗者の叫びと歴史叙述——『サン・オビーディオの演奏会』における救済——
　　博士論文『アントニオ・ブエロ・バリェホの劇作と抵抗』第二章「敗者の叫びと歴史叙述」

第五章　オーラル・ヒストリーのための戦略――国家のイデオロギーを可視化する『バルミー医師の二つの物語』――
「もうひとつの歴史を叙述するアントニオ・ブエロ・バリェホの戦略――国家のイデオロギーを可視化する『バルミー博士の二つの物語』の多層ナラティヴ」*EXORIENTE* 第一一号、大阪外国語大学言語社会学会、二〇〇四年
第六章　権力と抵抗の関係――『バルミー医師の二つの物語』における内部からの抵抗――
「アントニオ・ブエロ・バリェホの『バルミー博士の二つの物語』にみられる国家権力と抵抗」『京都産業大学論集　人文科学系列』第三四号、京都産業大学、二〇〇六年
第七章　無名の人々の救済――『明り取り』における記憶と歴史――
「アントニオ・ブエロ・バリェホの *El tragaluz* における記憶と歴史」*HISPÁNICA* 第四九号、日本イスパニヤ学会、二〇〇五年
第八章　グロテスクなものの舞台化――『理性の眠り』に描かれるゴヤの幻想と黒い絵――
書き下ろし
第九章　狂気からの覚醒と過去の責任――『財団』、寓話の解体という寓話――
博士論文『アントニオ・ブエロ・バリェホの劇作と抵抗』第六章「狂気からの覚醒と過去の責任」
終章　監獄から次の監獄へ――『燃ゆる暗闇にて』から『財団』へ――
博士論文『アントニオ・ブエロ・バリェホの劇作と抵抗』結論「監獄から監獄へ」

大阪大学出版会の落合祥堯氏から、専門書というよりは一般書として刊行したいので、内戦や独裁制についても簡単に紹介したらどうか、とのご提案をいただいた。スペインの文学や歴史に馴染みのない方たちにも読んで

いただきたいという気持ちは私も落合氏と同じであり、序章ではスペイン演劇の流れ、第一章では内戦と独裁制について紹介した。しかし、とりわけ第一章に関しては、スペイン現代史における最重要テーマである内戦そして独裁制を一章にまとめることは困難を極め、説明が不十分であることは重々承知している。ご専門の先生方がお読みなったら眉をしかめる部分がたくさんあると思うが、どうかご海容いただきたい。

第二章からの作品分析に関しては、先行研究を参考にしたものの、自由に論を展開した。分析不足、説得力を欠く部分も多々あると思う。本書の刊行を機に、ご意見やご指摘をいただければ幸いに思う。

大阪外国語大学大学院では大変多くの先生方にお世話になった。博士前期課程での指導教官、堀内研二先生には、授業でブエロ・バリェホ作品を一緒に読んでいただき、スペイン文学講読に関して多くのことを教わった。博士後期課程で主指導教官を引き受けてくださったフランス文学の岩間正邦先生は、博士論文の執筆が遅々として進まない私を常に励まし、支えてくださった。ご退官後も、お送りする拙論にコメントしてくださるご厚意に心より感謝している。副指導教官をしてくださったアメリカ演劇の貴志雅之先生には文学理論をはじめ、演劇作品の分析方法や論文執筆に関して多くのことをご教授いただいた。ラテンアメリカ史の染田秀藤先生にも副指導教官をお引き受けいただき、研究に対する真摯な姿勢や歴史認識を学ばせていただいた。博士論文審査に加わっていただいたドイツ演劇の市川明先生からも論文に関して有益なコメントをいただき、その後も演劇学会等で貴重なお話を聞かせていただいている。

神戸市外国語大学元学長の東谷穎人先生には学部時代に集中講義でスペイン文学史を教わり、大きな影響を受けた。その後、ブエロ・バリェホ作品の拙訳の添削をご快諾いただいたり、マドリードにある文部省管轄の演劇資料センターＣＤＴ（Centro de Documentación Teatral）を教えていただいたり、大変お世話になった。はじめてＣＤＴを訪れた二〇一〇年夏、そのスタッフであり、演劇研究者でもあるベルタ・ムニョス・カリス史は突然の訪問にもかかわらず大歓迎してくださった。その後の変わらぬ友情と研究支援にお礼を述べたい。また、大阪外国語大学大学院時代の同期でアメリカ文学専攻の田中千晶氏には、何度か拙論を読んでいただき、貴重なコメントをいただいた。そして、大阪大学出版会の落合祥堯氏は本書をより良いものにするためにご尽力くださった。今までお世話になった先生方、先輩や同期、そして友人たちがまだまだたくさんいる。このように多くの皆様の支えがあり、本書出版の運びとなったことは感謝に堪えない。

最後に、言葉少なではあるが溢れるばかりの愛情で東京の地より私を応援し続けてくれる両親、煮詰まっているときに電話をすると、面白い話をして馬鹿笑いさせてくれる妹の篤子にも心からのお礼を言いたい。そして、大阪外国語大学編入時以来、私の勉学や研究に理解を示し、様々な面で長年サポートしてくれている夫、浩樹の寛大さに感謝し、本書を捧げる。

岡本淳子

二〇一四年八月二五日　豪雨の後の大阪、自宅にて。

23. *Jueces en la noche*（夜の裁判官）、1978-79 年、1979 年

24. *Caimán*（カイマン）、1980 年、1981 年

25. *Diálogo secreto*（秘められた対話）、1983 年、1984 年

26. *Lázaro en el laberinto*（迷宮のラサロ）、1986 年、1986 年

27. *Música cercana*（近くで聞こえる音楽）、1988-89 年、1989 年

28. *Las trampas del azar*（偶然の策略）、1991-92 年、1994 年

29. *Misión al pueblo desierto*（荒れ果てた村への使命）、1997-98 年、1999 年

1）本作品の邦訳は、『スペイン内戦と文学―亡命・検閲の試練に耐えて』（野々山真輝帆編訳、彩流社、1982 年）に収録されている。

2）邦訳されていない作品に関しては、カギ括弧はつけていない。

3）本作品の邦訳は、『現代スペイン演劇選集―フランコの時代にみる新しいスペイン演劇の試み』（佐竹謙一編訳、水声社、1994 年）に収録されている。

4）1976 年はスペインでの初演年度。イギリスのチェスターで 1968 年に初演された。

5）ブエロ・バリェホ唯一のオペラ作品。

アントニオ・ブエロ・バリェホ演劇作品一覧

（原題（邦訳）、執筆年度、初演年度の順）

1. *Historia de una escalera*（『ある階段の物語』[1]）、1947-1948 年、1949 年
2. *Las palabras en la arena*（砂上の言葉[2]）、1948 年、1949 年
3. *En la ardiente oscuridad*（『燃ゆる暗闇にて』[3]）、1946 年（1950 年改稿）、1950 年
4. *La tejedora de sueños*（夢を織る女）、1949-50 年、1952 年
5. *La señal que se espera*（待たれる合図）、1952 年、1952 年
6. *Casi un cuento de hadas*（ほとんどおとぎ話）、1952 年、1953 年
7. *Madrugada*（夜明け）、1953 年、1953 年
8. *Aventura en lo gris*（灰色の冒険）、1948-49 年（1963 年改稿）、1963 年
9. *El terror inmóvil*（不動の恐怖）、1949 年、未上演
10. *Irene, o el tesoro*（イレーネ、すなわち宝物）、1953-54 年、1954 年
11. *Hoy es fiesta*（今日は祭日）、1954-55 年、1956 年
12. *Las cartas boca abajo*（裏返しのカード）、1956-57 年、1957 年
13. *Un soñador para un pueblo*（民衆のために夢見る者）、1958 年、1958 年
14. *Las Meninas*（ラス・メニーナス）、1959-60 年、1960 年
15. *El concierto de San Ovidio*（サン・オビーディオの演奏会）、1962 年、1962 年
16. *El tragaluz*（明り取り）、1966 年、1967 年
17. *La doble historia del doctor Valmy*（バルミー医師の二つの物語）、1964 年、1976 年[4]
18. *Mito*[5]（神話）、1967 年、未上演
19. *El sueño de la razón*（理性の眠り）、1969 年、1970 年
20. *Llegada de los dioses*（神々の到来）、1971 年、1971 年
21. *La Fundación*（財団）、1972-73 年、1974 年
22. *La detonación*（爆裂）、1975-77 年、1977 年

1976　『バルミー医師の二つの物語』、スペイン国内で初演。定期刊行物の『ガセタ・イラストラーダ』の金メダル受賞。

1977　『爆裂』、観客と批評家賞受賞。スペイン内戦元兵士連盟および市民戦争元囚人・報復被害者の会の設立委員となる。

1978　ニューヨークで開催された現代言語学会の特別セッションに招待される。

1979　1949 年に執筆後、未刊行であった『不動の恐怖』がムルシア大学から出版される。スペイン語学・文学研究者ドイツ協会の学会に名誉講演者として招待される。グアダラハラの高校にアントニオ・ブエロ・バリェホの名前が付けられる。

1980　ドイツのフライブルク大学、スイスのヌーシャテル大学およびジュネーブ大学で講演。それまでの全演劇作品に対して国民演劇賞が授与される。

1981　『カイマン』が観客と批評家賞、ロング・ラン賞受賞。作家連合の学会に出席するためソビエト連邦へ渡航。

1982　ヘンリック・イプセンの『野鴨』のブエロ・バリェホ版を上演。

1983　フランスの教育功労賞オフィシエ勲章を受賞。

1984　『秘められた対話』が観客と批評家賞、ロング・ラン賞、エルシーリャ賞受賞。作家・芸術家協会からバリェ＝インクラン・メダルを授与される。

1985　グアダラハラ市議会がアントニオ・ブエロ・バリェホ演劇賞を創設。

1986　『サン・オビーディオの演奏会』の再演を機に、エスパニョール劇場で本作品に関する国際セミナーおよび展示会が開催される。俳優である次男エンリケ・ブエロ・ロドリゲスが交通事故で死去。パブロ・イグレシアス賞を受賞。『迷宮のラサロ』、観客と批評家賞受賞。劇作家として初めてミゲル・デ・セルバンテス賞を受賞。

1987　国立図書館にてブエロ・バリェホの展覧会開催。全国作家連盟の名誉理事に就任。ムルシアで開催された国際シンポジウム「ブエロ・バリェホ（40 年間の演劇）」に出席。

1988　カスティーリャ・ラ・マンチャの金メダル受賞。作家・芸術家協会の名誉会員。『民衆のために夢見る者』が『エスキラーチェ』という題名で映画化。

1989　マラガで開催されたスペイン演劇学会はブエロ・バリェホ研究大会となる。

1991　出版社エスパサ・カルペ主催の第一回コンクールのテーマは「ブエロ・バリェホ—その人と作品」。劇作家協会の名誉会長となる。

1993　『イラスト集』を出版。芸術における功績に対して金メダル受賞。

1994　マドリードのアルコルコン劇場にアントニオ・ブエロ・バリェホの名前が付けられる。エスパサ・カルペ社から全集が二巻本で刊行される。

1996　国民文学賞受賞。劇作家として初の受賞となる。

1997　マドリードのカルロス三世大学から名誉メダル、カスティーリャ・ラ・マンチャ大学からメダル、グアダラハラ県から金メダル、ベネズエラからアンドレス・ベリョ勲章を授与される。

1999　マックス賞の名誉賞を受賞。

2000　4 月 29 日、脳梗塞のため永眠（85 歳）。

アントニオ・ブエロ・バリェホ略歴

1916　9月29日グアダラハラに生まれる。

1926–1933　中等教育をグアダラハラ、後に父親の転勤に伴いモロッコで受ける。父親の豊富な蔵書の影響で、幼少期から絵画や文学に興味を持つ。

1934–1936　マドリードのサン・フェルナンド美術学校で学ぶ。1936年、共和国軍の軍人であった父親フランシスコ・ブエロが同軍により射殺される。

1937–1939　内戦中、共和国軍の衛生兵として数カ所の任地に赴く。ベニカシム病院で後の親友ミゲル・エルナンデスと出会う。軍の定期刊行物のためのイラストや文章を担当。内戦後、ソネハの収容所に送られる。一度は釈放されるが、反政府秘密結社を結成し、反逆罪で逮捕、死刑判決を受ける。

1939–1946　いくつかの収容所を転々とさせられる。コンデ・デ・トレノ収容所でミゲル・エルナンデスの肖像画を描く。

1946　マドリードからの追放という条件付きで釈放される。

1947　恩赦によりマドリードに戻ることを許可される。

1948　『ある階段の物語』と『燃ゆる暗闇にて』をロペ・デ・ベーガ賞に応募する。

1949　『ある階段の物語』、ロペ・デ・ベーガ賞を受賞。次作『砂上の言葉』がキンテロ友の会の一等賞を受賞。

1950　『ある階段の物語』映画化。

1952　初の海外公演、米国カリフォルニア州のサンタ・バーバラで『燃ゆる暗闇にて』上演。

1956　『今日は祭日』、国民演劇賞とマリア・ロリャンド賞を受賞。

1957　『裏返しのカード』、国民演劇賞を受賞。『夜明け』映画化。

1958　『民衆のために夢見る者』、国民演劇賞とマリア・ロリャンド賞を受賞。

1959　『今日は祭日』がフアン・マーチ財団の演劇賞を、『民衆のために夢見る者』がバルセロナ批評家賞を受賞。アルゼンチンで『燃ゆる暗闇にて』を基にした映画『影の中の光』制作。女優のビクトリア・ロドリゲスと結婚。

1960　長男カルロス誕生。226人の知識人・芸術家と共に検閲に対する抗議文に署名。

1961　次男エンリケ誕生。シェイクスピアの『ハムレット』をブエロ・バリェホ版で上演。

1962　『サン・オビーディオの演奏会』、ララ賞を受賞。

1963　アストゥリアスの鉱山労働者への警察の弾圧に対して100名の知識人と共に抗議文を提出。母親マリア・クルス・バリェホ死去。

1966　ベルトルト・ブレヒトの『肝っ玉おっ母とその子どもたち』をブエロ・バリェホ版で上演。

1967　『明り取り』、観客と批評家賞、レオポルド・カノ賞を受賞。

1968　『バルミー医師の二つの物語』の英語版がイギリスのチェスターで上演される。

1970　『理性の眠り』が観客と批評家賞、レオポルド・カノ賞を受賞。『バルミー医師の二つの物語』のスペイン語版が米国のベルモントで上演される。

1971　スペイン王立アカデミーの会員に選出される。全米ヒスパニック協会の会員になる。『神々の到来』、レオポルド・カノ賞を受賞。

1974　『財団』が観客と批評家賞、レオポルド・カノ賞、マイテ賞、ロング・ラン賞、ル・カルセール賞、演劇フォーラム賞を受賞。

図版出典

扉の写真　スペイン、マドリードの Centro de Documentación Teatral（以下 CDT）提供

図 1　Pérez Henares, Antonio. *Antonio Buero Vallejo— Una digna lealtad.* Junta de comunidades de Castilla-La Mancha., 1998.

図 2　CDT 提供

図 3　*Estreno Vol. XXVII, No. 1 Primavera 2001.* Cincinnati: University of Cincinnati, 2001.

図 4，5，6　CDT 提供

図 7，8，9　Abella, Rafael. “Julio 1936 — Dos Españas frente a frente.” *Testimonio – Ayer, hoy y mañana en la historia 9.* Barcelona: Editorial Bruguera, S. A., 1976.

図 10，11　CDT 提供

図 12　スペイン、ムルシア大学正教授マリアノ・デ・パコ（Mariano de Paco）氏からいただいたポスター

図 14，16，19，20　CDT 提供

図 21　Buero Vallejo, Antonio. *El concierto de San Ovidio/El tragaluz.* Madrid: Editorial Castalia, 1971.

図 22，23，24，25，26，27，28，29，31，32，33，34，35，37，38，39　CDT 提供

岡本淳子（おかもと　じゅんこ）

1961 年 9 月 29 日　東京都生まれ
1985 年 3 月、青山学院大学文学部英米文学科卒業
2007 年 3 月、大阪外国語大学大学院言語社会研究科言語社会専攻博士後期課程修了
博士号取得（言語文化学）
現在、大阪大学言語文化研究科言語社会専攻　講師
著書（共著）
「アントニオ・ブエロ・バリェホ」『スペイン文化事典』川成洋、坂東省次編（丸善出版、2011 年）
「スペインの婦人参政権に関する一考察」『交錯する知—衣装、信仰、女性』（思文閣出版、2014 年）
（主要論文）
「アントニオ・ブエロ・バリェホの *El tragaluz* における記憶と歴史」（『HISPÁNICA』第 49 号、日本イスパニヤ学会、2005 年）
「死の恐怖から自由になるために—『唇は閉じて、歯は離して』」（『アメリカ演劇』第 20 号、全国アメリカ演劇研究者会議、2009 年）
「アントニオ・ブエロ・バリェホの『ラス・メニーナス』におけるベラスケスの絵画」（*Estudios Hispánicos* 第 37 号、大阪大学外国語学部スペイン語部会、2013 年）
「オーガスト・ウィルソン劇が語り継ぐアフリカ的価値—音楽、信仰、血の継承」（『アメリカ演劇』25 号、日本アメリカ演劇学会、2014 年）

現代スペインの劇作家

アントニオ・ブエロ・バリェホ

―― 独裁政権下の劇作と抵抗 ――

2014 年 9 月 30 日　初版第 1 刷発行　［検印廃止］

著　者　岡本淳子

発行所　大阪大学出版会
代表者　三成賢次

〒 565-0871　吹田市山田丘 2-7
大阪大学ウエストフロント
TEL　06-6877-1614（直通）
FAX　06-6877-1617
URL：http://www.osaka-up.or.jp

印刷・製本　尼崎印刷株式会社

ISBN 978-4-87259-487-4　C3074